'S ann à Glaschu a tha Shelagh a' sgrìobhadh leabhraichean ficse. dh'inbhich sa Ghàidhlig. Chaidh Duais Ghàidhlig mar phàirt de Duaisean nan Sgrìobhadairean Ùra Urras Leabhraichean na h-Alba a bhuileachadh oirre ann an 2022. Bhuannaich i Duaisean Litreachais airson làmh-sgrìobhainn neo-fhoillsichte as fheàrr do chloinn ann an 2020 is 2023 agus chaidh an sgrìobhadh aice fhoillseachadh ann an *New Writing Scotland*, *Northwords Now* agus *Causeway/Cabhsair*.

Far na Slighe

SHELAGH CHAIMBEUL

Luath Press Limited
DÙN ÈIDEANN

A' chiad chlò 2024

ISBN: 978-1-80425-129-4

Gach còir glèidhte. Tha còraichean an sgrìobhaiche mar ùghdar
fo Achd Chòraichean, Dealbhachaidh agus Stèidh 1988 dearbhte.

Chuidich Comhairle nan Leabhraichean am foillsichear
le cosgaisean an leabhair seo.

Chaidh am pàipear a tha air a chleachdadh
anns an leabhar seo a dhèanamh
ann an dòighean coibhneil dhan àrainneachd,
a-mach à coilltean ath-nuadhachail.

Air a chlò-bhualadh 's air a cheangal le
Robertson Printer, Baile Fharfair.

Air a chur ann an clò Sabon 10.5 le
Main Point Books, Dùn Èideann.

Airson mo phàrantan agus mar chuimhneachadh
air mo sheanmhair

Taing

BU MHATH LEAM taing a thoirt do na leanas:

Urras Leabhraichean na h-Alba agus Comhairle nan Leabhraichean airson an taic a fhuair mi tro sgeama Duaisean nan Sgrìobhadairean Ùra 2022.

Luchd-obrach Chomhairle nan Leabhraichean – John, John Norman, Màiri agus Thomasin – airson an taic agus comhairle a bhios iad a' toirt do sgrìobhadairean.

Alison Lang, a leugh a' chiad dreachd den nobhail agus a bha deònach beachdan agus comhairle a thoirt dhomh. Mura robh i air a bhith cho taiceil agus brosnachail, cha bhithinn air dàrna dreachd a sgrìobhadh.

Màiri E. NicLeòid, a thug meantoradh dhomh mar phàirt de Dhuaisean nan Sgrìobhadairean Ùra - chòrd am pròiseas rium gu mòr agus bha buaidh mhòr aig na beachdan smaoineachail agus a' chomhairle aice air an nobhail.

Michel Byrne, a dheasaich an nobhail ann an dòigh cho ealanta agus a thug dhomh molaidhean is comhairle luachmhor.

Roinn na Ceiltis is na Gàidhlig Oilthigh Ghlaschu, far an do thòisich mi ag ionnsachadh na Gàidhlig. Taing do Sheila Kidd gu h-àraid airson a' chiad chlas Gàidhlig a rinn mi - mura robh ise cho taiceil, cha bhithinn air leantainn orm is Gàidhlig ionnsachadh.

Luchd-obrach Luath Press, a rinn obair mìorbhaileach air an leabhar.

An teaghlach agam – mo phàrantan, Neil agus Andrew– airson a h-uile rud.

Sean agus Percy, a bha cho foighidneach leam fhad 's a bha mi a' sgrìobhadh an nobhail.

Diardaoin 24 Ògmhios 2004 – Cill Rìmhinn

BHA RUDEIGIN AGAM ri dhèanamh – dè bh' ann? Cho fliuch, is a' ghrian air teicheadh. Càit an robh mi a' dol?

Dè thachair dhomh? Carson a tha mi ri taobh na mara? 'Eil Art beag còmhla rium? Bha esan airson mucan-mara fhaicinn. Cha tigeadh mucan-mara a-mach air oidhche cho garbh, is a' ghaoth cho fiadhaich.

Solais bheaga, pinc is buidhe, a' priobadh orm. Cò iad? Na sìthichean?

Càit an deach Art? Thèid Mam is Dad às an ciall ma tha e air chall. An rachadh e dhan uisge? Dè an uair a tha e? Anmoch. A' mhuir cho dorcha, fuar is feargach – chan eil fios a'm ciamar a gheibh mi lorg air.

Mo cheann! Ò mo cheann!

Cà' bheil na rionnagan? Cus sgòthan ann a-nis, dubh-dorcha. Bha iad cho brèagha a-raoir. A' sgèith gu Bheunas nam inntinn, seachad air a' ghealaich is an reul-iùil chun an t-solais as soilleire sna speuran. Saoghal dhomh fhìn air a' phlanaid – beathaichean annasach, tràighean geala gun chrìoch agus muir dheàlrach, cho blàth ri amar. Agus na craobhan! Craobhan den a h-uile seòrsa, craobhan ùra nach lorgar air an Talamh. Duilleagan ann an cruthan iongantach, a h-uile dath. Fàileadh nam flùraichean annasach air feadh an àite.

Fàileadh na mara an seo cho eu-choltach ri flùraichean. Cha bhi i cho blàth ris a' mhuir agam air Bheunas, is boinneagan geura bho sgòthan feargach ga briogadh gun stad.

An robh Art còmhla rium air an t-slighe seo? Slighe cho lùbach: clachan is freumhan a' feitheamh san dorchadas gus an tuislich mi orra. Cà' bheil mi? Chan urrainn dhomh smaoineachadh, is fuaim cho aimhreiteach nam chluasan. Gaoth ghrànda a' sèideadh, a' srannail, a' feadaireachd gun sgur. Nan robh i ceòlmhor, bhithinn a' dannsadh. 'S dòcha.

Am pian seo nam cheann! Nì mi cinnteach nach do thuit Art.

Cho dorcha, gaothach is fliuch. Cuimhne agam air Granaidh ag ràdh gum b' ann coltach ri plangaid mhòr, chòir a bha a' mhuir: a' còmhdachadh an t-saoghail agus a' dìon chreutairean den a h-uile seòrsa. Abair sgeulachd! Chan eil i cho còir – seall oirre, a' bualadh nan creagan! Dè rinn iadsan oirre? Cuiridh i às dhaibh mura h-eil i faiceallach, i fhèin is na tuinn fiadhaich, dubha aice.

Ma tha Art san dubh-dhorchadas, feumaidh mi a chuideachadh. Art, mo ghaol. Sùilean mòra, gorma; am fuaim binn, ceilearach sin a nì e nuair a bheir rudeigin gàire air. Feumaidh mi a shàbhaladh… ach mo cheann! Tha m' eanchainn gus leum às mo cheann.

Tha Bheunas falaichte a-nis, air cùl sgòthan greannach. Ach tha i fhathast ann, a' coimhead sìos orm. Taigh fiodha, dathach a' feitheamh orm air an tràigh an sin – air gach taobh dheth, craobhan air a bheil duilleagan àlainn, a' smèideadh is a' cagarsaich rium gu socair.

Feumaidh mi Art a lorg. Thèid mi nas fhaisge air an oir.

2

Dimàirt 28 Cèitean 2024 – Baile Nèill, Glaschu

'S DÒCHA NACH biodh iad air feart a ghabhail den bhidio mura robh Ciara far a h-obair le cnatan dona.

Nuair a ràinig Amy dhachaigh an dèidh latha fada, doirbh san oifis far an robh i na dealbhaiche grafaigeach, bha i an dòchas gum biodh Ciara na cadal. Cha robh i airson bruidhinn mu dheidhinn nan còmhraidhean mì-thlachdmhor a bha air a bhith aice le duine aineolach, is i a' feuchainn ri dearbhadh dha gun robh i a cheart cho comasach air an obair a dhèanamh 's a bhiodh na co-obraichean fireann aice. Cha robh i airson dad sam bith a dhèanamh ach sìneadh air an t-sòfa agus coimhead air prògraman gàirnealaireachd, air nach robh Ciara idir measail. Bha i fhathast a' faighinn cleachdte ri leth-uair a thìde a chur seachad air trèan a h-uile madainn is feasgar, is iad air gluasad o chionn sia mìosan bhon flat a bh' aca air màl ann an taobh an iar Ghlaschu gu taigh beag le gàrradh mòr ann am Baile Nèill, baile beag air taobh a deas a' bhaile mhòir.

Choisich Amy a-steach dhan trannsa, bhreab i na sàilean àrda aice fon bhòrd bheag agus shad i a seacaid is a baga air an ùrlar. Bha i an impis a sgiorta theann, a bha air a bhith a' greimeachadh air a meadhan fad an latha, a tharraing dhith, nuair a chuala i guth ìosal, briste, ag ràdh rudeigin rithe bhon t-seòmar-suidhe. Chaidh i a-steach gu seòmar blàth, dùmhail, anns an robh fàileadh làidir menthol. Ged a bha aodann Ciara geal, le sròn dhearg is làraich dhubha fo sùilean, cha mhòr nach robh i a' leum às an t-sòfa, a' feuchainn ris an naidheachd aice innse do dh'Amy fhad 's a bha guth fhathast aice.

'Amy! Nach d' fhuair thu na teachdaireachdan agam? Tha mi

air na mìltean de theacsaichean a chur thugad! Cha chreid thu seo! Fhuair mi lorg air sreath ùr madainn an-diugh, *Fuasgladh Cheist*, anns am bi iad a' dèanamh sgrùdadh air bàsan amharasach!'

Bhris guth Ciara, ach lean i oirre a' bruidhinn co-dhiù.

'...nighean às a' Chuimrigh... snaigheadh... cha b' urrainn dhomh creidsinn... Drogaichean! Murt! Seall, Amy!'

'Ceart, bheir mi sùil air!' thuirt Amy, a' feuchainn ris a' bhòrd air beulaibh na sòfa a sgioblachadh. 'Bha fios agad gun robh coinneamhan agam fad an latha, is nach biodh cothrom agam coimhead air a' fòn, nach robh?'

Cha chuala Ciara i, is ise a' casadaich gun sgur. Thog Amy cruinneachadh de nèapraigean is truinnsearan bhon bhòrd, a bha fhathast na bhùrach, agus chaidh i dhan chidsin airson *Lemsip* agus cupa tì a dhèanamh. Bha i a' faireachdainn na bu sgìthe is na bu ghreannaiche buileach. Dè am murt anns an robh Ciara air ùidh a ghabhail a-nis? Ged a bha Ciara air a beò-ghlacadh le prògraman mu dheidhinn mhurtairean is eucoir, b' fheàrr le Amy coimhead air sreathan air nàdar, no gàirnealaireachd, no sgeadas-seòmrach, no daoine a' ceannach thaighean thall-thairis, a bheireadh togail dhi às dèidh latha trom san oifis. Cha robh i airson na facail *Making a Murderer* no *Serial* a chluinntinn a-rithist, ged a chuireadh Ciara seachad uairean de thìde a' coimhead is ag èisteachd ris a leithid de sgudal, is a' dèanamh rannsachadh air-loidhne.

Bha Amy air geama air an robh *Super Sleuths* (freagarrach do dh'aois 8-10 a rèir a' bhogsa) a cheannach dhi mar fhealla-dhà, ach cha tug e gàire air Ciara. 'Chan eil murt èibhinn, Amy,' bha i air a ràdh, a' coimhead air a' ghlainne-mheudachaidh agus an stais fhuadain le gràin. 'Thachair na rudan uabhasach sin do dhaoine bochda ann an dha-rìribh agus 's dòcha gum b' urrainn dhomhsa no cuideigin eile fianais a lorg a bhiodh cuideachail.'

An àite a bhith ag argamaid rithe, bha Amy air an stais a chur oirre agus droch bhlas Fraingis, coltach ri Hercule Poirot, a chleachdadh gus an d' rinn Ciara gàire. A-nochd, ge-tà, cha robh de neart innte tarraing às a bean. Bhiodh i a' faireachdainn ciontach co-dhiù, leis cho tinn 's a bha Ciara a' coimhead.

Mus do thill Amy dhan t-seòmar-suidhe, dh'fhosgail i pacaid

bhriosgaidean teòclaid agus phut i dhà dhiubh na gob, gan cagnadh gu luath gus nach biodh Ciara a' gearan gun robh i a' milleadh a dìnneir.

'Seo *Lemsip* dhut, a ghràidh,' thuirt i, às dèidh dhi seasamh san trannsa airson diog no dhà, ag imlich teòclaid bho bilean. 'Òl seo agus laigh sìos air an t-sòfa – nis, dè am prògram seo arithist?'

'Sreath ùr,' thuirt Ciara ann an cagar. 'Fhuair mi lorg air an-diugh – a rèir choltais, bha iad ga shanasachadh beagan sheachdainean air ais, is ag iarraidh air daoine fios a chur thuca nan robh iad eòlach air cùis inntinneach: cuideigin a bhàsaich no a chaidh air chall ann an suidheachadh amharasach. Bidh iad a' coimhead gu dlùth air an fhianais ceangailte ris a' chùis thairis air trì no ceithir prògraman, is ag iarraidh air an luchd-amhairc am beachdan fhèin a thoirt seachad a h-uile seachdain.'

Sheall Amy oirre. 'Nach eil sin cunnartach? Buidheann de lorgairean air-loidhne aig nach eil eòlas no tuigse dhomhainn air an t-suidheachadh? Nach bi daoine a' cruthachadh theòiridhean co-fheall?'

Leig Ciara osna aiste. 'Cò aig a tha fios, chan eil ach aon phrògram ri fhaighinn air-loidhne fhathast.'

Thòisich i a' casadaich a-rithist agus thug Amy an *Lemsip* dhi. 'Na feuch ri bruidhinn an-dràsta. An toir sinn sùil air, ma-thà?'

Rinn Ciara fiamh-ghàire lapach fon phlaide agus chuir i a làmh air glùn Amy nuair a shuidh i ri a taobh. Rinn Amy fhèin fiamh-ghàire sgìth agus bhrùth i 'Cluich' air coimpiutair Ciara. Bàs an àite bhlàthan – abair oidhche. Cha b' fhada gus an do thuig i carson a bha Ciara cho troimh-a-chèile ge-tà.

'Fàilte oirbh gu *Fuasgladh Cheist*: sreath ùr anns am bi cothrom agaibh fhèin fuasglaidhean a lorg. Is mise Sorcha Kelly agus seo Calum Barr. Bidh sinn a' dèanamh sgrùdadh air muirt, bàsan amharasach agus daoine a chaidh air chall. Thairis air a' chiad cheithir phrògraman, 's ann air bàs nighean òg ann am Fìobha a bhios sinn a' toirt sùil. An t-seachdain seo, tha sinn an cuideachd bràthair Joni Dawson, boireannach òg às a' Chuimrigh a chaochail o chionn fichead bliadhna ann an Alba. Thuit Joni, nach robh ach fichead 's a h-aon bliadhna a dh'aois, far slighe air an robh i a' coiseachd air oidhche stoirmeil, agus b' e co-dhùnadh nam poilis aig an àm gun robh i air drogaichean a ghabhail mus do thuit i. Cha robh a teaghlach a-riamh ag aontachadh ris an aithris oifigeil, ge-tà.'

Bha Sorcha agus Calum nan suidhe air sòfa ri taobh duine àrd le falt buidhe, is bòrd air am beulaibh air an robh maicreafòn mòr agus trì glainnichean uisge. Fhad 's a bha Sorcha a' bruidhinn, bha dealbhan a' nochdadh air sgrìon air an cùlaibh: Tràigh an Ear Chill Rìmhinn; carabhanaichean os cionn na tràghad a bha a' coimhead a-mach air a' mhuir; sràidean làn oileanaich is teaghlaichean air saor-làithean.

'Tha Art Dawson, à Swansea, còmhla rinn an-diugh gus innse dhuinn mu dheidhinn Joni, a phiuthar, a chaidh a lorg ri taobh Slighe Chladach Fìobha, faisg air Cill Rìmhinn, ann an 2004.'

Thòisich cridhe Amy a' bualadh rud beag na bu luaithe. Thug i sùil air Ciara, ach b' ann ris an sgrìon a bha na sùilean aicese glacte.

Bha Art Dawson, a bha mu thrithead bliadhna a dh'aois, a' coimhead sìos air a' bhòrd agus ag òl uisge, is coltas sgìth, aonaranach air aodann.

'Bha Joni air a bhith ann an Alba fad seachdain mus deach i air chall – bha i air inntearnas fhaighinn ann an Gàrradh Lusan Dhùn Èideann tron t-samhradh agus bha i air cur roimhpe seachdain no dhà a chur seachad a' coiseachd air Slighe Chladach Fìobha mus deach i dhan phrìomh-bhaile. Bha i air campachadh ann an Cathair Aile Oidhche Chiadain, 23 Ògmhios, agus bha i air làrach-campaidh a chur air dòigh ann am pàirc-charabhain ann an Cill Rìmhinn son an-ath-latha. Chan eil dearbhadh againn gun do ràinig i Cill Rìmhinn Oidhche Ardaoin – b' ann faisg air Kingsbarns a chunnaicear Joni beò mu dheireadh, air madainn Diardaoin 24 Ògmhios. Bha droch shìde ann am Fìobha tron fheasgar agus air an oidhche ud agus, nuair a dh'innis a teaghlach dhan a' phoileas gun robh Joni air chall, bha dragh orra gun robh tubaist air a bhith aice air an t-slighe, a bhios cunnartach san dorchadas. Bha i air a fòn a chall aig toiseach na seachdaine, agus cha robh dòigh aig a teaghlach grèim fhaighinn oirre. Fhuair na poilis lorg air corp Joni seachdain às dèidh sin fo phreasan ri taobh na slighe – bha a h-amhaich briste agus bha e coltach gun robh i air tuiteam far na slighe. Nuair a rinn iad deuchainnean air a corp, lorg iad beagan *Ecstasy* ann, agus bha dà phile ann am pòcaid Joni cuideachd. Chaidh aontachadh leis a' phoileas gun robh Joni air drogaichean a ghabhail, air dol air chall anns an droch shìde agus air tuiteam far na slighe. Cha robh teaghlach Joni a-riamh a' creidsinn gur ann mar sin a chaochail i ge-tà. Bha bann-làimhe prìseil, ainneamh air Joni, a dhealbhaich seudaire ainmeil, nach deach a lorg a-riamh. Nam beachd-san, thug cuideigin air Joni drogaichean a ghabhail agus rinn iad cron oirre, gus am faigheadh iad cothrom am bann-làimhe a ghoid. Tha Art airson innse dhuinn dè a' bhuaidh a bh' aig bàs Joni air a theaghlach agus dè na planaichean a th' aige airson cuimhneachan a thogail dhi ann an Cill Rìmhinn.'

Thòisich am boireannach a' bruidhinn ri Art, ach cha chuala Amy facal eile. Bha fuaim àrd, biorach na cluasan agus dh'fhàs a làmhan critheanach, fallasach. Bha an dà dhealbh a bha a-nis air an sgrìon loisgte na h-inntinn: air aon taobh, bha nighean bhrèagha, òg, le falt fada, donn, dualach. Coltas oirre gun robh i air a bhith a' siubhal airson greis, is briogais *khaki*, seacaid phurpaidh, dhìonach, bòtannan mòra, tiugh, is màileid-droma trom oirre. Air taobh eile an sgrìon, bha dealbh de bhann-làimhe.

Bann-làimhe annasach, eireachdail, air an robh pàtrain nach deach a dhèanamh ann am factaraidh sam bith, ach le làmhan agus le gaol. Duilleagan àlainn, cho mionaideach 's gun tigeadh iad beò nuair a ghluaiseadh am bann-làimhe air do ghàirdean. Bann-làimhe nach lorgar ann am bùth no margaidh sam bith.

Bann-làimhe a bha a-nis air a' bhòrd air beulaibh Amy. Bann-làimhe air an d' fhuair i lorg o chionn fichead bliadhna, is i a' coiseachd air Slighe Chladach Fìobha.

Innsbruck, 1920

Bha a' ghrian lag a' dol fodha eadar na beanntan sneachdach os cionn a' bhaile, agus bha dorsan nam bùithtean a' dùnadh mus deidheadh an luchd-obrach dhachaigh gu teintean is biadh blàth. Mus deach na solais a chur dheth ann an aon bhùth bheag air sràid chumhang, dh'iarr fear na bùtha air a nighean bruidhinn ris.

'Chan e obair bhoireannach a tha seo,' thuirt athair Frieda rithe. 'Cha tug Dia mac no bràthair dhomh, ge-tà, agus b' fheàrr leam an gnìomhachas a chumail san teaghlach. Feumaidh tusa na sgilean ionnsachadh.'

Chrom Frieda a ceann gun fhacal a ràdh, ged a bha i a' dannsadh is a' seinn na h-inntinn. Deich bliadhna a dh'aois, is i a' beachdachadh air soidhne na bùtha mar-thà, mus robh i fiù 's air sàbh no eighe a thogail: Frieda Wüst: Ceàrd-airgid. *Bhiodh a' bhùth aice ainmeil: daoine a' tighinn bho air feadh na h-Ostaire airson an seudradh aicese a cheannach.*

Dh'fhosgail slighe ùr air a beulaibh: cha bhiodh aice ri còcaireachd, nigheadaireachd no fuaigheal ionnsachadh tuilleadh. Cha do dh'inns i dha h-athair gun robh i air uairean a chur seachad anns a' bhùth-obrach aige mar-thà, nuair nach robh esan ann: air a cuairteachadh le fàilidhean meatailte is lìomh; a' togail nan innealan grinn agus a' leigeil oirre gun robh i fhèin a' dèanamh fàinne no bann-làimhe.

'Innsidh mi do Fräulein Braun nach bi thu a' tilleadh dhan sgoil san t-Sultain,' thuirt e. 'Bheir mi fhìn leasanan dhut sa bhùth-obrach gach madainn agus feumaidh tu mo chuideachadh anns a' bhùth gach feasgar.'

Bha sùilean a h-athar dorcha is trom: chaidh an solas a bh' annta a mhùchadh o chionn trì bliadhna, nuair a chaochail màthair agus piuthar bheag Frieda air an leabaidh shiùbhla.

Chaidh teine a lasadh ann an cridhe Frieda, ge-tà: Frieda Wüst: Ceàrd-airgid.

3

BHRÙTH CIARA 'STAD' air a' bhidio agus choimhead i air Amy, a' feitheamh air beachd bhuaipe. Cha robh comasan-labhairt aig Amy ge-tà, is i a' feuchainn ri na briosgaidean a bha i air a stobadh na gob sa chidsin a chumail sìos.

An dèidh diog no dhà, chuir Ciara làmh theth air corragan fuar Amy. 'Feumaidh gur e an aon bhann-làimhe a th' ann, nach e? Nach b' ann ann an Cill Rìmhinn a fhuair thu lorg air, nuair a chaidh thu fhèin is Ruaraidh dhan charabhan còmhla ri Scott is Gemma?'

Cha do fhreagair Amy i, ach lean Ciara oirre a' bruidhinn.

'Feumaidh gun robh sibhse ann nuair a chaidh an nighean ud air chall, nach robh? Smaoinich, Amy – tha an teaghlach air a bhith a' lorg a' bhann-làimhe seo fad fichead bliadhna, is e aig cùl drathair fad na tìde!'

Thog Amy am bann-làimhe bhon bhòrd agus choimhead i air gu dlùth fhad 's a bha Ciara a' bruidhinn.

'An robh fios agad dè cho prìseil 's a bha e? Cha chuala mise ainm an t-seudaire a-riamh, ach a rèir choltais tha an t-seudraidh aca aithnichte – agus ainneamh – air feadh an t-saoghail. Leugh mi tòrr sheann sgeulachdan mun chùis air-loidhne an-diugh: bha an teaghlach an dùil gun do dh'aithnich cuideigin am bann-làimhe is gun d' rinn iad oidhirp air a ghoid. Dh'fheuch Joni ri grèim a chumail air, agus chaidh a goirteachadh no a marbhadh!'

Bha aig Ciara ri stad, is i a' casadaich gun sgur. Bha Amy fhathast gun fhacal a ràdh – aodann glas, sùilean cruinne agus beul tioram.

'Murt?' thuirt i mu dheireadh thall, ann an guth cugallach. 'Fhuair mise lorg air a' bhann-làimhe ann am preas ri taobh na slighe! Nan robh murtair ann, cha do ghoid iad am bann-làimhe, an do ghoid? Carson a dh'fhàgadh iad air an t-slighe e nan robh iad air nighean òg a mharbhadh air a shon?'

Dh'òl Ciara balgam *Lemsip*. 'Bha mi a' beachdachadh mu dheidhinn fad an fheasgair. Èist rium, Amy – bidh a h-uile duine a chunnaic am prògram seo airson am bann-làimhe a lorg a-nis, nach bi? Chan urrainn dhuinn a chumail, is fios againn a-nis dè cho prìseil 's a tha e. Agus nan robh fios aig bràthair Joni nach deach am bann-làimhe a ghoid, bheireadh e fois dha, nach toireadh?'

'Dè tha thu a' ciallachadh?' dh'fhaighnich Amy gu slaodach, a' dèanamh oidhirp ri slighe inntinn Ciara a leantainn.

'Nach tèid sinn fhìn do Chill Rìmhinn mus tèid bràthair Joni ann airson cuimhneachan a stèidheachadh? Dh'fhaodamaid am bann-làimhe fhàgail faisg air an t-slighe, far an do lorg thu e, gus cothrom a thoirt dhàsan, no do chuideigin eile a tha air *Fuasgladh Cheist* fhaicinn, a lorg. Bidh fios aige an uair sin nach deach a phiuthar a mharbhadh, nach bi, is e air fianais a lorg?'

Nuair a thuirt Ciara 'fianais', leum Amy suas bhon t-sòfa agus nochd dath na feirge na gruaidhean.

'Fianais? Cò – ach bràthair Joni – a tha air a ràdh gun deach a marbhadh? Cha robh na poilis den bheachd gun deach, an robh? Nach tuirt am boireannach sin gun robh Joni air drogaichean a ghabhail is air tuiteam san dorchadas? Nach biodh e na bu choltaiche gun do thuit am bann-làimhe far làmh Joni, is gun d' fhuair mise lorg air an-ath-latha? Agus mas e is gun d' rinn cuideigin cron oirre, carson a bhiodh tu ag iarraidh a dhol an sàs ann an suidheachadh toinnte mar seo? Chan e Jessica Fletcher a th' annad, Ciara, ge b' e cia mheud sreath eucoir air am bi thu a' coimhead. Bi ciallach, carson a rachamaid gu Cill Rìmhinn? Ma dh'fhàgas sinn am bann-làimhe an sin, nach bi Art Dawson – agus muinntir *Fuasgladh Cheist* – den bheachd gu bheil sgeulachd eile ann ceangailte ris? Dè thachras ma bheir esan dhan a' phoileas e? 'S cinnteach gu bheil an DNA agam air – am bi iad a' smaoineachadh gun d' rinn *mise* cron air an nighinn? An ann mu mo dheidhinn-sa a bhios an ath phrògram? *Boireannach amharasach a ghoid bann-làimhe bho nighean mharbh, is a thill do làrach na h-eucorach às dèidh fichead bliadhna airson fhàgail san aon àite? Dè tha ise a' cleith bhuainn?* Bi ciallach! Chan eil còir againn dol faisg air a' bhaile ud, no air stèisean poilis. Tha còir againn am bann-làimhe a chur dhan sgudal ge-tà.'

Shad Amy am bann-làimhe air an t-sòfa, thionndaidh i chun an dorais agus bha i an impis coiseachd a-mach dhan chidsin nuair a thuirt Ciara rudeigin anns a' ghuth bhriste aice.

'Dè?' thuirt Amy le iongnadh – mar as àbhaist, mura robh iad ag aontachadh, bhiodh Ciara a' fàs samhach agus a' dol le beachdan Amy. Cha robh e a' còrdadh rithe idir a bhith ag argamaid, ach an-diugh, ged a bha i fhathast ro lag airson èirigh bhon t-sòfa, bha fearg na sùilean.

'THA mi ciallach an turas seo!' Ged a bha crith ann an guth is làmhan Ciara, lean i oirre a' bruidhinn. 'Smaoinich, Amy – dè an diofar a dhèanadh e do bhràthair Joni nan robh am bann-làimhe seo aige a-rithist?'

Thog Ciara an t-seudraidh agus sheall i do dh'Amy i. 'Tha seo fada, fada ro bhrèagha is prìseil airson a chur dhan sgudal! Nis, chan eil mi idir a' moladh gun tèid sinn dhan a' phoileas, no gun tèid sinn an sàs anns a' chùis. Chan fheum sinn ach àite sàmhach a lorg far an tèid adhlacadh – nach biodh e na b' fhèarr cuidhteas fhaighinn dheth?'

Bha Amy fhathast a' coimhead mì-chinnteach. 'Ma tha thu airson cuidhteas fhaighinn dheth, nach cuir sinn gu bràthair Joni e sa phost?'

'Agus dè nì sinn ma thèid esan dhan a' phoileas? Tha e ro chunnartach. Ma gheibh cuideigin lorg air faisg air an t-slighe air an robh Joni, bidh iad an dùil gun robh e air a bhith ann fad fichead bliadhna, nach bi?'

'Nach cùm sinn sa drathair e, ma-thà?' Ged a bha Amy a' faireachdainn lag, cha robh Ciara deiseil.

'Chan urrainn dhuinn a chumail idir! Tha còrr is còig ceud mìle duine air am prògram sin fhaicinn mar-thà; air dealbhan Joni is am bann-làimhe fhaicinn. Dè thachras ma dh'aithnicheas cuideigin am bann-làimhe a-nis? An creid iad nach eil fios agad cò às a thàinig e, no dè cho prìseil 's a tha e? Bha dealbh Joni sa h-uile pàipear-naidheachd agus air a h-uile sgrìon fad cola-deug co-dhiù nuair a chaidh i air chall. Tha cuimhne agamsa oirre math gu leòr – chan ann tric a thachras a leithid de rud ann am Fìobha. Carson a chreideadh duine sam bith nach fhaca tusa i, is nach do dh'aithnich thu am bann-làimhe aig an àm?'

'Chan fhaca mi dad sam bith!' fhreagair Amy, is a guth a' fàs na b' àirde. 'Chaidh mise a New York dà latha às dèidh dhuinn tilleadh bho Chill Rìmhinn, is mi air obair-samhraidh fhaighinn ann an oifis m' uncail. Nach tuirt iad sa bhidio gum b' ann às dèidh sin a dh'inns teaghlach Joni dhan a' phoileas gun robh i air chall? Cha robh fòn aice, agus bha i air innse dhaibh gun cuireadh i fios thuca nuair a ruigeadh i Dùn Èideann. Mar sin, cha robh fios aca gun robh dad ceàrr fad beagan làithean. Mus faca mi an deamhnaidh bhidio sin, cha robh sgot agam gur e bann-làimhe Joni a bh' agam idir!'

'Tha FIOS 'm!' dh'èigh Ciara, ach rinn seo cron cho mòr air a guth 's gum b' fheudar dhi an ath sheantans a chagarsaich gu feargach. B' ann ainneamh a bhiodh Ciara airson bruidhinn gun sgur, ach nuair a bhiodh rudeigin cudromach aice ri ràdh, cha chuireadh duine beò stad oirre.

'Chan eil dearbhadh agad nach fhaca tu dad. Smaoinich: nan robh fios aig na poilis, no luchd-amhairc *Fuasgladh Cheist*, gun robh am bann-làimhe sin air a bhith agad on a chaidh Joni air chall, dè chanadh iad? Gun robh thusa an sàs ann am bàs Joni, no gum faca tu na thachair dhi, agus gun do theich thu a-null thairis le seudraidh a tha prìseil thar tomhais. Agus gu bheil thu air a bhith a' cleith fianais bhuapa on uair sin.'

Chuir casadaich throm, dhomhainn stad air Ciara a-rithist, ach cha robh dad aig Amy ri ràdh. Cha robh dath air fhàgail air a h-aodann, mar gun robh grian a feirge air dol fodha. Sheas i airson mionaid agus, ged nach fhaiceadh Ciara mòran tro na deòir a thàinig leis a' chasadaich, bha e coltach gun robh Amy a' dol a thuiteam air an làr.

'A bheil…ceart…gu leòr…' Cha b' urrainn do Chiara crìoch a chur air an t-seantans, ach cha chuala Amy i, is i air ruith a-mach dhan taigh-bheag.

An dèidh mionaid no dhà, sheas i agus sheall i oirre fhèin anns an sgàthan bheag os cionn na since. Bha a falt goirid, ruadh mì-sgiobalta agus bha *mascara* a' ruith sìos a h-aodann geal. Mhothaich i loidhnichean beaga ri taobh a sùilean is a beul, nach robh air aodann na nighinn a chaidh a New York ann an 2004.

Bha na thuirt Ciara air cuimhne a dhùsgadh innte, a bha air a bhith falaichte fon a huile cuimhne eile fad fichead bliadhna. B' ann le crith-thalmhainn a-mhàin a rachadh a thoirt gu bàrr a h-inntinn – abair crith-thalmhainn a bha seo. Bha Amy a' faireachdainn gun robh i air roilear-còrsair agus nach robh dòigh aice faighinn dheth, is e ga toirt tro àiteachan agus seachad air aghaidhean air nach robh i air smaoineachadh fad bhliadhnaichean. Dhùin i a sùilean, ach cha do stad am film a bha a' cluich na h-eanchainn.

Ciamar nach robh i air cuimhneachadh? Carson a bha i air adhlacadh fon uiread de sgudal eile airson ùine cho fada?

Bha i air dealbh fhaicinn ann am pàipear-naidheachd à Glaschu, a bhiodh a h-uncail a' faighinn san oifis gach seachdain. Joni Dawson, a chaidh air chall ann am Fìobha (feumaidh nach do dh'ainmich am pàipear sgìre shònraichte, no bhiodh i air barrachd aire a thoirt dha). Agus an rud as miosa? Bha dealbh den bhann-làimhe sa phàipear cuideachd agus – mar a bha cuimhne aice a-nis – bha Amy air na duilleagan brèagha aithneachadh.

Carson nach d' rinn i dad aig an àm? Carson nach tuirt i rudeigin ri cuideigin – carson nach do chuir i fòn dhachaigh a dh'iarraidh comhairle bho a pàrantan?

Dh'fhairich i fuachd a' gluasad tro bodhaig agus, nuair a chuir i air an tap gus a beul a ghlanadh, mhothaich i gun robh a làmhan air chrith.

Choimhead i oirre fhèin a-rithist agus thàinig cuimhne eile thuice: latha grianach san Ògmhios 2004.

4

Dihaoine 25 Ògmhios 2004 – Cill Rìmhinn

CHA BHIODH I air am bann-làimhe fhaicinn mura robh e na laighe fo phreas bhealaidh. Cha b' urrainn dhi coiseachd seachad air na flùraichean beaga buidhe gun sròn a stobadh annta. B' ann air meur ìosal a bha am bann-làimhe steigte – bha na duilleagan airgid a' deàrrsadh tro na duilleagan uaine, coltach ri dathan ann am falt ban-dia na coille.

Nuair a thog Amy am bann-làimhe gu faiceallach, bha e cho annasach 's gun tug e oirre anail a tharraing a-steach. Duilleagan den a h-uile seòrsa – darach, geanm-chnò, craobh-shiris – air an gearradh a-mach à meatailt mìn agus ceangailte ri chèile gu mionaideach. Agus bha cuideigin air a h-uile cuisle air a h-uile duilleag a riochdachadh – b' ann dha na cuislean òir a thug Amy an aire, is iad a' priobadh rithe bhon phreas.

'Dè tha sin?' Bhris guth Ruaraidh, bràmair Amy, a-steach air na smaointean aice. 'An robh am bann-làimhe sin ort nuair a dh'fhàg sinn an carabhan sa mhadainn? Chan eil mi ga aithneachadh.'

'Dè?' Bha inntinn Amy fhathast ann an saoghal eile, is a sùilean fhathast glacte ri pàtrain annasach a' bhann-làimhe. Bha Ruaraidh air ùidh a chall sa ghnothach mar-thà, is e air suidhe sìos aig taobh na slighe le aodann dearg.

'Ò, Amy! Tha sin cho brèagha! Càit an d'fhuair thu e?' Bha Gemma agus Scott, caraidean Ruaraidh, air an ruighinn.

'Fhuair mi lorg air an-dràsta fhèin fon phreas sin. Nach iongantach e – seall air na duilleagan seo.'

'Tha e a' coimhead rud beag salach,' thuirt Gemma, air an robh brògan, briogais agus lèine-t geal. 'Cò aig a tha fios cò leis a tha e, no dè bha iad ris anns a' phreas sin. Bu chòir dhut fhàgail an seo, air eagal 's gun till cuideigin air a shon.'

'Seall air, Gemma – feumaidh gu bheil e prìseil do chuideigin, chan fhaigheadh tu lorg air seo ann am bùth sam bith. Saoil a bheil còir againn a thoirt dhan stèisean poilis sa bhaile?'

Thug Gemma sùil na bu dhlùithe air. An dèidh diog, thog i am bann-làimhe bho làmhan Amy.

'Dè tha ceàrr?'

Bha Gemma a' sgrùdadh a' bhann-làimhe agus a' coimhead troimh-a-chèile. Thàinig Scott a-nall thuca mus d' fhuair i cothrom dad a ràdh agus thug e fhèin sùil air a' bhann-làimhe. Bha bus air a bhith air fad an latha, is ceann-daoraich sgràthail air. Bha coltas na b' fheargaiche buileach air a-nis, is Amy air dàil eile adhbharachadh air an t-slighe air ais dhan charabhan. Chuir e a làmh air guailnean Gemma. 'Dè tha dol a-nis, Amy? An do chaill cuideigin seo?'

Ghabh e grèim air a' bhann-làimhe agus thòisich Amy ga fhreagairt, ach bhris Gemma a-steach oirre. 'Fhuair Amy lorg air, Scott, agus dh'fhaodadh gu bheil e prìseil – cha bhiodh e ceart a chumail. Bidh agam ri dol dhan a' bhùth nuair a thilleas sinn co-dhiù, is feum agam air *paracetamol* – tha mi a' faireachdainn gu bheil cuideigin a' bualadh mo cheann le òrd. Bheir mise dhan stèisean poilis e.'

''Eil thu cinnteach?' thuirt Amy. 'Bhiodh sin uabhasach laghach Gemma, taing.'

Thug Scott am bann-làimhe air ais do Gemma. 'Ceart, ma tha sibh air aonta a ruighinn, an lean sinn oirnn? Tha mi seachd searbh sgìth den t-slighe seo.'

An-ath-latha, nuair a bha Amy air ais aig taigh a pàrantan ann an Glaschu, fhuair i lorg air a' bhann-làimhe aig bonn a' bhaga aice.

'Cò às a thàinig seo?' dh'fhaighnich i dhi fhèin, ga thogail is ga sgrùdadh a-rithist. 'Nach deach Gemma dhan stèisean poilis? Ciamar a fhuair e a-steach dhan bhaga agamsa?'

Bhiodh i air teacsa a chur gu Ruaraidh, ach cha robh i airson gnothach a ghabhail ris-san, no ris an dithis thrustar eile.

Choimhead i air a' bhann-làimhe a-rithist le meas, ach mus robh cothrom aice beachdachadh air dè dhèanadh i leis, chuala i guth a màthar. 'Nach tig thu an seo, Amy – tha do sheanmhair airson bruidhinn riut mus falbh thu a New York.'

Shad i am bann-làimhe air ais sa bhaga agus shad i am baga aig cùl a' phreas-aodaich.

'Nì mi rudeigin leis nuair a thilleas mi aig deireadh an t-samhraidh,' thuirt i rithe fhèin, mus do leum i sìos an staidhre.

*

A-nis, na suidhe air an toidhleit, is a h-aodann na làmhan, bha Amy a' faireachdainn cho eucoltach ris an nighinn òig, neochiontaich sin 's a ghabhadh.

'Dè nì mi?' dh'fhaighnich i dhan sgàthan. Cha d'fhuair i freagairt, oir bha Ciara air doras an taigh-beag fhosgladh. Bha i fhathast paisgte ann am plaide, bha a sùilean is a sròn dearg, agus bha i a' casadaich gun sgur.

'A... ceart gu leòr... chuala mi... duilich... cha robh... ciallachadh... do dhèanamh... tinn... duilich.'

Sa bhad, dh'fhalbh an fhearg, is a' mhì-chinnt, is an dragh a bha air Amy – dh'èirich i airson grèim a ghabhail air làmh a mnà. 'Ist, na gabh dragh mu mo dheidhinn-sa no mu dheidhinn dad eile an-dràsta. Gabhaidh sinn cothrom bruidhinn a-màireach ma bhios tu a' faireachdainn nas fheàrr. Tha mi a' dol gad thoirt dhan leabaidh – tha thu a' coimhead sgràthail.'

'Agus,' lean Amy oirre, ged a bha Ciara a' feuchainn ri deasbad leatha, 'tha mi a' dol a chur fòn chun an taigh-bìdh sa mhadainn, is innse dhaibh nach bi thu air ais aig d' obair ron ath sheachdain. Cha bhi duine sam bith ag iarraidh phastraidhean ma chì iad thu a' casadaich is a' sreothartaich sa chidsin.'

Thug seo air Ciara gàire lag a dhèanamh agus leig i le Amy a toirt suas an staidhre is a cur fo *duvet* agus plaide eile.

'Oidhche mhath, a ghràidh,' chagair Amy rithe, a' smèideadh rithe bhon doras, mus do thill i dhan t-seòmar-suidhe. Thog i am bann-làimhe bhon bhòrd agus shuidh i leis air an t-sòfa anns an dorchadas airson deagh ghreis, ga thionndadh eadar a corragan a-rithist agus a-rithist.

Innsbruck, 1935

*Ged a bhiodh inbhich chiallach Innsbruck a' dèanamh oidhirp
ri teas meadhan an latha a sheachnadh, cha d' rinn e diofar don
nighinn òig a bha a' cluich le cat ann an gàrradh beag, ceàrnach aig
cùl togalaich anns an robh flat agus bùth aig a màthair.*

*'A Mhamaidh, tha mi air mo dhreasa a mhilleadh – bha mi
a' cluich le cat Frau Glück agus… uill…'*

*Rinn Frieda oidhirp gun sgreuch a dhèanamh. Seo an treas turas
taobh a-staigh còig làithean a bha Gabi air an aon seòrsa rud a ràdh.
Choimhead i air an nighinn òig, a' feuchainn ri cuimhneachadh
nach robh i ach ceithir bliadhna a dh'aois, is an fhearg a chumail
bhon ghuth aice. 'Nach cuir thu rudeigin eile ort an-dràsta – chì mi
dè ghabhas a dhèanamh leis an dreasa a-nochd.'*

*Cho luath 's a bha i na h-aonar sa bhùth a-rithist, leig i osna
throm aiste. Thug i sùil air an dealbh air a' bhalla, a chaidh a thogail
seachdain mus do bhàsaich Kurt ann an tubaist sreap. Bhàsaich e
mus robh cothrom aice innse dha gun robh pàiste eile gu bhith aige
– pàiste a bha a-nis a' breabadh a stamag.*

*Shuidh i sìos agus choimhead i a-mach an uinneag air an t-sràid
thrang. Bha e fhathast doirbh dhi a sùilean a thogail gus coimhead
air na beanntan a bha ag èirigh air cùl Innsbruck, is iad a' toirt oirre
smaoineachadh air Kurt na laighe aig bonn creige. On a bha i òg,
bha i den bheachd gun robh an Nordkette, a' bheinn a chithear bho
shràidean a' bhaile, a' coimhead sìos air muinntir Innsbruck coltach
ri famhair coibhneil. On a thachair an tubaist ge-tà, cha robh innte
ach cunnart eile, ann am beatha a bha a-nis làn chunnartan is mì-
chinnt.*

*Bha a druim is a casan goirt agus bha a cridhe cho trom ri clach.
Ged a b' e a h-ainm-se a bha os cionn na bùtha; is a h-ainm-se air
pàipearan a' gnìomhachais, a bha a' fàs na bu shoirbheachaile a
h-uile bliadhna, cha robh i a' faireachdainn gun robh dad sam bith
na beatha fo a smachd.*

*Cha mhòr nach robh i a' caoineadh nuair a ruith boireannach
òg, mì-sgiobalta, a-steach dhan bhùth. Bha a seacaid ro mhòr dhi,
bha a speuclairean a' tuiteam far a sròine, bha reub na stocainnean*

agus bha sruth fallais dhith.

'Na canaibh rium gu bheil sibh dùinte, a bheil? *Dhìochuimhnich mi preusant a cheannach dom phiuthar, is a co-là-breith an-diugh fhèin!'*

Cha b' urrainn do Frieda ach gàire a dhèanamh, a dh'aindeoin a' bhròin, an sgìths is nan uallach a bha nan laighe oirre.

'Dè seòrsa rud a tha sibh a' sireadh?'

'Och, chan eil fios agamsa – rudeigin brèagha. Tha ùidh aig an dithis againn ann an lusan is flùraichean – a bheil dad agaibh air a bheil flùr?'

Sheas Frieda, le beagan duilgheadas, agus sheall i seud-muineil dhan bhoireannach air an robh ròs beag, òr.

Rinn am boireannach dannsa ann am meadhan na bùtha agus bhuail i a basan. 'Ròs do Rosa! Chan fhaighinn lorg air tiodhlac nas fheàrr nan rachainn a-steach dhan a h-uile bùth san Ostair! An d' rinn sibh fhèin e?'

'Rinn.' *Gàire eile bho Frieda – cò an creutair annasach seo a nochd anns a' bhùth air oiteag ghaoith?*

'Ò,' *thuirt am boireannach, a' coimhead air an t-seud-muineil a-rithist.* 'Tha seo cho brèagha – dè tha e a' cosg?'

Sheall Frieda oirre agus rinn i fiamh-ghàire. 'Nach sibh a tha fortanach - tha lag beag air cùl an ròis. Feumaidh mi lasachadh-prìs a thoirt dhuibh.'

Rinn am boireannach fiamh-ghàire cuideachd. 'Is mise Joanna,' *thuirt i, mus do cheannaich i an ròs.*

5

Diciadain 29 Cèitean 2024 – Glaschu

AN-ATH-MHADAINN, bha Ciara fhathast a' faireachdainn tinn agus cha robh e doirbh do dh'Amy toirt oirre fuireach san leabaidh. Mun àm a bha i air *Lemsip* a dhèanamh agus fhàgail ri taobh na leapa, bha i air an trèan a chall agus bha aice ri dràibheadh a-steach dhan oifis. Cha robh an turas bho Bhaile Nèill gu meadhan a' bhaile air an M77 a' còrdadh rithe idir, is i air a bhith cleachdte ri deich mionaidean a chur seachad air an trèana fo-thalamh sa mhadainn, an àite suidhe airson leth-uair a thìde ann an trafaig dhùmhail.

Nuair a ràinig i an oifis mu dheireadh thall, shuidh i sa chàr airson mionaid, a' dèanamh cinnteach nach robh i air dad fhàgail aig an taigh – rudeigin a thachradh dhi gu math tric. Fhuair i lorg air a fòn agus chuir i fòn gu Scott às an t-seasamh, is i air a bhith a' beachdachadh air *Fuasgladh Cheist* agus Cill Rìmhinn on a dhùisg i. Cha do fhreagair e sa bhad, agus bha i an impis am fòn a chur sìos nuair a chuala i guth ris nach robh i an dùil.

'Iseabail? Ò, tha mi duilich, bha mi an dùil gum b' e Scott a bha mi a' fònadh…'

'Amy! Tha e cho math cluinntinn bhuat! Bha mi dìreach ag ràdh ri Scott gum feum sinn dìnnear a chur air dòigh leat fhèin is Ciara!'

Bha Amy uabhasach measail air bean Scott, ach bha e fada, fada ro thràth airson còmhradh beòthail a chumail leatha. Ciamar a dh'fhòn i thuicese co-dhiù?

'Aidh… bhiodh sin math. Duilich, Iseabail, tha fios agam gu bheil e tràth – a bheil Scott mun cuairt?'

Gàire àrd, sgreuchail. 'Amy, tha thu *ro èibhinn*! Tràth! Tha dithis chloinne agam – bha mise air mo chois aig còig uairean sa mhadainn! Ò nach sibhse a tha fortanach – an dithis agaibhse nur n-aonar, gun bhadain, gun bhùrach, gun dèideagan sa h-uile oisean! Tràth! Fuirich gus an cluinn Lisa sa chlas iòga agam mu dheidhinn seo!'

'Nach mi a bha gòrach,' thuirt Amy, a bha air a cois fada ro chòig uairean sa mhadainn, a' gabhail dragh mun bhann-làimhe. 'A bheil Scott trang an-dràsta?'

'Amy! Nach *mise* a tha gòrach! 'S ann ri Scott a tha thu airson bruidhinn, is tha mise a' cabadaich is a' cabadaich! Uill, tha mi duilich, tha Scott thall-thairis le obair. Chan eil cuimhne agam càit an deach e an turas seo, bidh uiread de choinneamhan aige air feadh na Roinn Eòrpa. An e Berlin a thuirt e, no Brussels? Cò aig a tha fios! Co-dhiù, cha bhi e air ais gu Diardaoin – sin a-màireach, nach e? A bheil rudeigin ceàrr? Ò, Amy, na can rium gu bheil rudeigin ceàrr?'

Cha robh Amy fiù 's air cofaidh a ghabhail fhathast. Carson idir a thog i a' fòn? B' ann coltach ri peilearan a bha seantansan Iseabail, is ise gan losgadh oirre gun sgur.

'Chan eil dad ceàrr Iseabail, na gabh dragh. Cha robh adhbhar sònraichte agam airson fònadh, bha mi dìreach airson facal luath fhaighinn air Scott. An do dh'fhàg e am fòn aige leatsa?'

'Cha do dh'fhàg, seo an seann fòn aige. Tha fear nas fheàrr aige a-nis, feumaidh nach tug e an àireamh ùr dhut!'

Carson a bheireadh, smaoinich Amy. Cha b' àbhaist dhi fòn a chur gu Scott idir, is cùisean air a bhith doirbh eatarra fad bhliadhnaichean.

'Uill, tha dà fhòn aige co-dhiù. Amy, inns dhomh, am bi thu fhèin is Ciara a' tighinn gu partaidh co-là-breith Niamh an-ath-sheachdain? Tha sinn uile a' dèanamh fiughair ris – còig bliadhna a dh'aois! Amy, an creideadh tu gu bheil an nighean bheag agam *còig bliadhna a dh'aois*?! A bheil fios agad dè thuirt i rium a-raoir?'

Cha d' fhuair Amy fiù 's cothrom anail a tharraing airson rudeigin a ràdh.

'Uill, thuirt i: 'Mamaidh, tha mise gu bhith nam bhana-phrionnsa air mo cho-là breith, agus tha sin a' ciallachadh gu bheil thusa nad Bhanrigh agus gu bheil Dadaidh na Rìgh!' Smaoinich, Amy! Mise nam Bhanrigh! Ò, nach robh mi a' gàireachdainn fad na h-oidhche! Agus dh'fhaighnich Niamh an uair sin cò an rìgh san taigh agaibhse, Amy. Thu fhèin no Ciara? An cuala tu a leithid a-riamh, Amy! Cò an rìgh!'

Rinn Amy oidhirp mhòr ri gàire a dhèanamh. 'Agus dè thuirt thu rithe?'

'Thuirt mi rithe gu bheil an dithis agaibh nur banrighrean is nach eil feum agaibh air rìgh!'

Cha robh de neart aig Amy feuchainn ri freagairt a lorg. Rinn i fuaim neo-chinnteach.

Gàire àrd, a-rithist. 'Amy, dè tha thu ris an-diugh? Nach tig thu gu clas iòga còmhla rium?'

'Bhiodh sin snog, Iseabail, ach feumaidh mi dhol a-steach dhan oifis, tha coinneamhan agam fad na maidne. Chòrdadh e rium tighinn do chlas còmhla riut aig àm eile, ge-tà – cha d' rinn mi iòga a-riamh agus tha mi feumail air cur-seachad ciùin, socrach.'

'Ò, an *oifis* – bha mi air dìochuimhneachadh gun robh agad ri dhol a dh'obair an-diugh! Coinneamhan – tha cuimhne agam orra math gu leòr!'

Bha Iseabail air bliadhna a chur seachad ag obair mar rùnaire ann an oifis a h-athar, a bha na neach-lagha, nuair a dh'fhàg i an oilthigh le ceum ann an gnìomhachas: cuspair anns nach do ghabh i ùidh a-riamh. Dh'iarr i air a h-athair obair a thoirt don bhràmair ùr aice, a bha dìreach air tilleadh bho Cambridge le ceum ann an lagh agus, mar a b' àbhaist, cha b' urrainn dha dol an aghaidh miann na nighinn aige. Ged a bha Scott fhathast ag obair do athair-cèile, bha Iseabail air saoghal na h-obrach fhàgail cho luath 's a b' urrainn dhi, ag innse do Scott gun robh i am beachd a bhith na *yummy mummy* làn-thìde.

'Uill, Amy, innsidh mi do Scott gun robh thu a' fònadh – bidh mi a' bruidhinn ris a-nochd ge b' e càit a bheil e!'

'Na gabh dragh, Iseabail, gheibh mi facal air Scott aig a' phartaidh an-ath-sheachdain – chan eil cabhag orm.'

'Glè mhath, bidh e cho math an dithis agaibh fhaicinn aig a' phartaidh! Dithis bhanrighrean!'

'Ceart, tìors Iseabail.'

'Tioraidh Amy! Tioraidh!'

Chuir Amy am fòn air falbh, dhùin i a sùilean agus leig i osna aiste, a' beachdachadh air an latha obrach fhada a bha fhathast roimhpe.

Mun àm a fhuair i tron a' chiad choinneamh aice air-loidhne, le sgioba dealbhachaidh ann am Baile Àtha Cliath, bha a ceann na bhrochan. Cha d' rinn dà chupa cofaidh diofar dhi agus rinn i cupa eile mus do shuidh i aig an deasg aice airson post-d luath a sgrìobhadh gu Gemma, a bha a-nis a' fuireach anns an dearbh bhaile.

Bha Amy agus Iain, an duine aig Gemma, air an aon chùrsa a dhèanamh aig an oilthigh, agus air preantasachd fhaighinn san aon chompanaidh nuair a cheumnaich iad. Ged a bha iad air slighean eadar-dhealaichte a leantainn bhon uair sin: Amy a-nis ag obair dhan aon bhuidheann air dealbhachadh làraich-lìn is appaichean, agus Iain air gluasad gu oifis eadar-nàiseanta na buidhne ann am Baile Àtha Cliath o chionn deich bliadhna, bhiodh iad fhathast ag obair còmhla air pròiseactan bho àm gu àm. An-dràsta, bha iad ag obair air làrach-lìn, app, is sreath de bhideothan airson buidheann turasachd a bha a' cur cuairtean rothaireachd air dòigh ann an Èirinn agus Alba. Uaireannan, b' fheàrr le Amy gun robh Iain fhathast ag obair san oifis ann an Glaschu, is càirdeas blàth air a bhith eatarra on a' chiad latha a choinnich iad. Cha b' e nach robh na co-obraichean eile aice laghach gu leòr, ach cha tug iadsan oirre a-riamh gàireachdainn 's an aon dòigh a bheireadh Iain, is e ri fealla-dhà fad na tìde.

Haidh Gemma,

'S fhada on uair sin! Dè tha dol? Bha mi dìreach a' bruidhinn ri Iain mu phròiseact air a bheil an dithis againn ag obair – tha e doirbh a chreidsinn gum bi Donnchadh ochd bliadhna a dh'aois am-bliadhna! Bhiodh e math an naidheachd agad fhèin a chluinntinn uaireigin.

Leig fios dhomh ma bhios tu saor air oidhche sam bith an-ath-sheachdain agus cuiridh sinn rudeigin air dòigh air Facetime.

Tìors an-dràsta,
Amy xx

Leugh Amy tron phost-d a-rithist agus chuir i às dha. Measail 's gun robh i air Iain, cha robh an aon seòrsa càirdeis aice a-riamh le Gemma – 's cinnteach gum biodh e a' coimhead amharasach nan cuireadh i a leithid de theachdaireachd thuice a-nis.

Bha coinneamhan eile aice fad na maidne agus cha robh cothrom aice smaoineachadh mun a' bhann-làimhe a-rithist gus an tug i sùil air a' fòn aig uair feasgar. Bha sreath de theacsaichean bho Chiara a' feitheamh oirre.

10:07	*Haidh, mise dìreach air dùsgadh – an dòchas g' eil thu c.g.l xxx*
10:10	*Duilich mun a-raoir – cha robh mi airson do dhèanamh tinn xxx*
10:51	*Feumaidh gu bheil thu trang – bruidhnidh sinn a-nochd fhathast. Mise nas fheàrr, nì mi dìnnear :)*
11:00	*Dè tha thu ag iarraidh? xxx*
11:15	*An iarr mi air Ruaraidh tighinn? Deagh chothrom beachd fhaighinn bhuaithe? xxx*
11:17	*Duilich son nan ceistean – tha thu trang X*
11:20	*Ruaraidh saor – tighinn @ 7f :)*
11:34	*Lasagne 's dòcha? Am faigh thu reòiteag air an t-slighe dhachaigh?*
11:41	*Na gabh dragh – fhuair mi lorg air stuth san reothadair xxx*
12:57	*An dòchas gu bheil thu c.g.l xxx*
12:59	*Gaol xxx*

Leig Amy osna aiste. Cha d' fhuair i uiread de theacsaichean bho Chiara on àm a bhris i a cas, nuair a bha i far a h-obair fad mìos. Mar as àbhaist, cha bhiodh tìde aca bruidhinn ri chèile tron latha nuair a bha iad ag obair, a bharrachd air teacsa no dhà nan canadh co-obraiche no neach-ceannaich rudeigin èibhinn.

Bha i rud beag draghail gum biodh Ciara a' smaoineachadh mu dheidhinn gnothach a' bhann-làimhe gun bhacadh sam bith air a mac-meanmna. Thòisich i a' sgrìobhadh freagairt ghoirid, ach mus do chuir i air falbh i, nochd dealbh na h-inntinn: Ciara na h-aonar aig an taigh, is i fhathast a' fulang le cnatan, a' dèanamh *lasagne*, a' gabhail dragh gun robh Amy feargach leatha agus a' faireachdainn ciontach mu na thachair an oidhche roimhe.

Chuir i às dhan teacsa a bha i a' sgrìobhadh, chuir i an sailead aice air ais dhan frids anns a' chidsin bheag aig cùl na h-oifise, agus leum i a-steach dhan taigh-bheag. An dèidh còig mionaidean, nochd i aig doras oifis Aileen, am manaidsear aice, le sùilean dearg is fliuch, aodann geal agus ceann crom.

'Aileen? Duilich, ach tha mi a' smaoineachadh gu bheil còir agam falbh dhachaigh. Tha mi a' faireachdainn cho fuar – tha dragh orm gu bheil an aon fhuachd orm 's a tha air a bhith air Ciara fad na seachdaine. Chan eil mi airson galar grod mar seo a thoirt dhan a h-uile duine san oifis.'

Sa bhad, thog Aileen, a bha a' dol gu banais aig an deireadh-seachdain, nèapraige bhon bhaga aice agus chuir i ri beul e. 'Thalla dhachaigh, Amy, tha thu coltach ri taibhse! Bha mi a' smaoineachadh gun robh thu a' coimhead sgìth is glas sa mhadainn – dèan cinnteach nach till thu gus am bi thu nas fheàrr. 'S dòcha gu bheil còir agad obrachadh bhon taigh an-ath-sheachdain, tha rudeigin grod a' dol mun cuairt an-dràsta. Cuimhnich gu bheil latha dheth againn Diluain cuideachd. Thoir an aire ort fhèin – cuir teacsa thugam ann an latha no dhà is leig fhaicinn dhomh gu bheil thu ceart gu leòr.'

Cha tuirt Amy facal, is i a' feuchainn ri coltas taibhse a chumail oirre fhèin, agus rinn i casadaich lag. Mhothaich i gun tug Aileen botal siabainn a-mach às a' bhaga aice mus do dhùin i an doras. Nach math nach do bhodraig mi le maise-ghnùis an-diugh, shaoil Amy; cha robh mi an dùil sa mhadainn gum bithinn taingeil gun robh mi a' coimhead cho sgìth.

6

FHAD 'S A BHA i a' dràibheadh dhachaigh, chuala i a' fòn a' gliongadaich sa bhaga – tuilleadh theacsaichean bho Chiara. Stad i aig solais-trafaig agus chunnaic i nighean a' coiseachd seachad oirre air an t-sràid aig an robh baga ann an cruth cat dubh. Rinn Amy gàire agus bha i an impis leum a-mach às a' chàr airson faighneachd don nighinn càit an d' fhuair i baga cho annasach. Nach toireadh sin gàire air Ciara, is i cho measail air cait, ged nach b' urrainn dhi a dhol faisg orra gun sreothartaich.

Thug am baga air Amy cuimhneachadh air a' chiad turas a chunnaic i Ciara, aig partaidh co-là-breith Ruaraidh o chionn ceithir bliadhna deug. Ged a bha Amy is Ruaraidh air dealachadh fada ron sin, bha iad air fàs dlùth ri chèile a-rithist, agus b' e Amy a chuir Ruaraidh agus Liam, an leannan ùr aige, an aithne a chèile. Bha Amy fhèin aig a' phartaidh còmhla ri nighean air choreigin ris an do choinnich i air-loidhne. An-diugh, cha b' urrainn dhi a ràdh le cinnt dè an t-ainm a bh' oirre, ach bha deagh chuimhne aice air baga neònach ann an cruth bò Ghàidhealach a bhiodh an creutair a' giùlan dhan a h-uile àite, ged a bhiodh i a' dol gu partaidh, tìodhlacadh no bleoghann. Nuair a choisich an dithis aca a steach gu taigh-seinnse air Ashton Lane ann an taobh an iar Ghlaschu an oidhche sin, bha Ruaraidh, a bha air deoch no deich a ghabhail mar-thà, air rabhadh a thoirt do nighean a' bhaga: 'Bi faiceallach nach fhaigh thu *pat on the back*, a ghràidh!'

Bha Amy a' gabhail ris gur ann air sàillibh fealla-dhà Ruaraidh a bha i air a bhith na seasamh na h-aonar aig a' bhàr, a' coimhead a-mach air sluagh sunndach a bha a' leum is a' dannsa ann am meadhan an t-seòmair. Bha i dìreach air glainne fìon eile fhaighinn – saor, blàth agus mì-thlachdmhor – agus bha i a' dèanamh oidhirp air na brògan aice a thogail bhon ùrlar steigeach nuair a ghluais

33

na dannsairean mar phlanaidean anns na speuran agus nochd an rionnag bu dheàlraiche agus a bu bhrèagha ri a taobh.

Ciara. Falt fada, donn – ach 's e 'donn' am facal ceàrr – chitheadh tu cha mhòr a h-uile dath a' deàrrsadh na falt ma bha thu faisg oirre; òr, dubh, dearg, purpaidh. Abhainn air latha grianach a' dòrtadh sìos a druim. Cha d' fhuair Amy ach grad-shealladh oirre, is i a' tionndadh fo achlais nighean eile, mus deach a falach air cùl duine mòr, fallasach ann am fèile a bha coltach ri teanta tartain.

An ath thuras a chunnaic i Ciara, bha an dithis aca a' ceannach drama aig a' bhàr. 'Haidh,' thuirt Amy, an dòchas nach robh a maise-ghnùis air leaghadh san teas. Bha Ciara fiù 's na bu tharraingiche nuair a bha thu ri taobh – snàithlean òir a' ruith tro shùilean soilleir, donn agus dreasa dhubh a bha teann anns na h-àiteachan ceart. A h-uile turas a rinn i fiamh-ghàire, nochd lagan-maise na gruaidhean, air an robh rudhadh mar èirigh na grèine air sàillibh uisge-beatha is dannsadh.

'Haidh,' fhreagair Ciara san dol seachad, a' sadadh còig notaichean sìos air a' bhàr. Bha i an impis tilleadh don bhòrd far an robh nighean eile a' feitheamh oirre, nuair a ghlac bann-làimhe Amy a sùil. 'Haidh…' thuirt i a-rithist, a' gluasad na bu dhlùithe ri Amy, 'chan fhaca mi bann-làimhe cho… iongantach sin a-riamh. Càit an d' fhuair thu e?'

Bha mìle facal a' ruith tro inntinn Amy, ach cha do nochd fear dhiubh air a teangaidh. 'Emm… uill…'

Bha i air am bann-làimhe a lorg aig cùl a' phreas-aodaich an oidhche roimhe, is i a' sireadh aodaich a bhiodh freagarrach airson partaidh. Cha mhòr nach robh i air dìochuimhneachadh gun robh i air a shadail ann mus deach i a New York, agus cha b' urrainn dhi creidsinn cho brèagha 's a bha e.

'Am faigh mi iasad dheth?' dh'fhaighnich Ciara. 'Tha mi airson a shealltainn do chuideigin.'

'Emm… aidh, carson nach fhaigh, ach…'

Mus d' fhuair i cothrom an còrr a ràdh, dh'fhalbh Ciara a-mach à sealladh. Thòisich Amy ga leantainn, ach bha an seòmar ro thrang agus bha aice ri bumailear beag a sheachnadh, nach robh ag iarraidh a thuigsinn nach biodh ùidh aice sa leithid a-chaoidh.

''Eil thu a' dannsadh?' thuirt e gu slaodach, is fàileadh na dibhe ga chuairteachadh mar dhroch chùbhrachd, agus a shùilean nan laighe mu throigh fo aodann Amy.

Cha mhòr nach do dh'fhaighnich i dheth an robh esan airson leum a-steach a dh'Abhainn Chluaidh, ach cha tuirt i dad. Cha robh tìde aice dèiligeadh ri amadain nuair a bha boireannach brèagha ri lorg.

Feumaidh gun do chuartaich i an seòmar teth, mùchach sin deich tursan. Ged a chunnaic i seallaidhean inntinneach gu leòr ann an oiseanan agus fo bhùird, cha robh sealladh air falt donn a' deàrrsadh anns na solais dhathach.

B' ann nuair a bha i a' dol sìos Rathad Byres ann an tagsaidh, is i a' feuchainn gun rànaich, a chunnaic i Ciara na seasamh taobh a-muigh bùth-tiops còmhla ri Scott. Bha làmh Scott air a gualainnean agus bha an dithis aca a' coimhead air fòn agus a' gàireachdainn – dà cheann dhonn còmhla.

Ged a chaidh iad tron sgoil còmhla, cha robh Amy a-riamh measail air Scott; bha i den bheachd gun robh e faoin, àrdanach, mùgach agus fada ro mhòr às fhèin. Mura b' e gun robh e fhèin agus Ruaraidh cho dlùth ri chèile, cha bhiodh Amy air gnothach a ghabhail ris idir. Cha robh i air bruidhinn ris aig a' phartaidh, ach bha i air fhaicinn ann an oisean còmhla ri nighean nach robh idir a' coimhead coltach ri Iseabail, a leannan. Agus seo e a-nis, còmhla ri nighean eile, an tè a b' àille a bha aig a' phartaidh.

Chuir Amy fòn gu Ruaraidh, is i a' feuchainn ri Scott a chumail san t-sealladh aice, is an tagsaidh a' falbh sìos an rathad aig deagh astar. Ged a fhreagair Ruaraidh, bha e follaiseach nach robh for aige cò i, dè an latha a bh' ann, no càit an robh e.

'Ruaraidh, èist rium – a bheil leannan ùr aig Scott?'

'Scott? Càit a bheil thu?'

'Chan e Scott a tha seo – seo Amy! Tha Scott còmhla ri boireannach – 'eil fios agad cò i?'

'Woa-ho! Scott! Boireannach! Sin thu fhèin!'

'Amadain! A bheil fios agad cò i no nach eil? Tè cho brèagha 's a chunnaic mi a-riamh – falt donn, uill, chan e 'donn' am facal ceart, ach…'

'Ò, Ciara? Piuthar Scott. Nas òige na sinn. Còmhla ri Ealasaid, 'eil thu eòlach oirre? *Dè?* Dè rinn e? Ciamar a fhuair e a-steach gu…'

Dh'fhalbh Ruaraidh gu h-obann, ach cha robh e gu diofar. Piuthar Scott.

Nuair a fhuair Amy dhachaigh, cha b' e rànaich a rinn i ach cadal domhainn. An-ath-latha, dh'iarr i air Ruaraidh àireamh-fòn Scott a thoirt dhi, leis nach robh àireamh-fòn Ciara aige.

25/07/10, 14.00
Haidh Scott, Amy an seo. An dòchas nach eil do cheann ro ghoirt an-diugh! Deagh phartaidh, nach robh? Saoil am faigh mi àireamh-fòn do phiuthar?

26/07/10, 13.00
Ciara? Carson? Chan eil thu eòlach oirre, a bheil?

26/07/10, 13.02
Bha mi a' bruidhinn rithe aig a' phartaidh. Dh'fhalbh i le pìos seudraidh leam, is feumaidh mi fhaighinn air ais

27/07/10, 21.47
Dè tha thu ag iarraidh? Na bi a' dol às a dèidh – tha i còmhla ri Ealasaid. Toilichte

27/07/10, 21.50
Dè tha ceàrr ort? Chan aithnichinn do phiuthar bho Eubha! Am faigh mi an àireamh-fòn aice? Ghoid i rudeigin bhuam agus b' fheàrr leam fhaighinn air ais.

Sia mìosan às dèidh sin, choinnich i ri pàrantan Ciara airson a' chiad uair. Nuair a choisich an dithis aca a-steach dhan taigh, is Scott air nochdadh mar-thà airson dìnnear, bha coltas air gun robh e a' dol a bhualadh rudeigin, no cuideigin.

'Halò, Amy,' thuirt Lynn, màthair Ciara, ann an guth caran fuar, a' crochadh seacaid Amy air a' bhalla san trannsa. 'Tha e an-còmhnaidh math coinneachadh ri *caraidean* Ciara – tha i air a bhith a' bruidhinn mu do dheidhinn gun sgur.'

Bhlàthaich a guth rud beag nuair a thug i sùil air gàirdean Amy. 'Ò, seall air a' bhann-làimhe seo, nach eil e àlainn! Cò às a thàinig e?'

'Bidh e a' toirt soirbheas dhomh,' fhreagair Amy, a' coimhead air Ciara le fiamh-ghàire. Cha robh Ciara ri gàireachdainn ge-tà, is i a' coimhead air a bràthair, a bha na sheasamh aig doras an t-seòmar-suidhe, le iongantas.

''Eil thu ceart gu leòr, Scott? Tha thu eòlach air Amy, nach eil? Nach deach sibh dhan sgoil còmhla?'

'Chaidh,' fhreagair e ann an guth ìosal, dorcha, a' coimhead gu dlùth oirre. Bha am pàrantan a-nis a' coimhead draghail. Mhothaich Scott gur ann air-san a bha sùilean chàich: chrath e a cheann, rinn e oidhirp air fiamh-ghàire agus thuirt e ann an guth fuadain, 'Dè tha dol, Amy? 'S fhada on uair sin.'

Chaidh gaoir tro Amy – bha i air rudeigin fhaicinn ann an sùilean Scott nach robh i buileach a' tuigsinn, is nach robh i airson fhaicinn a-rithist.

*

Chrath Amy a ceann gus an do dh'fhalbh ìomhaigh aghaidh Scott. 'Carson idir a chuir mi fòn thuige-san,' dh'fhaighnich i dhi fhèin, 'nach mi a bha às mo chiall.'

Choimhead i a-mach an uinneag a-rithist agus chùm i sùil air an nighinn a bha a' giùlan a' bhaga iongantaich gus an deach i a-steach do bhùth.

Thionndaidh na solais-trafaig gu uaine mu dheireadh thall agus dhràibh i dhachaigh.

7

MURA ROBH AMHAICH Ciara cho goirt, bhiodh i air sgreuchail nuair a choisich Amy tron doras ro dhà uair feasgar, is bad fhlùraichean is bogsa bhriosgaidean na làimh. Bha aice ri tadhal air trì bùithtean airson na flùraichean a b' fheàrr le Ciara, sealastairean, a lorg agus bha i air fada cus a chosg orra, ged a bha iad cho brèagha 's a ghabhas: na cridhean buidhe a' nochdadh am measg dhuilleagan purpaidh.

'Tha thu a' coimhead uabhasach, Amy, dè tha ceàrr ort? An do thachair rudeigin? Tha dragh cho mòr air a bhith orm, is tu gun fhreagairt a chur thugam fad na maidne!'

'Tha mi duilich, tha madainn thrang air a bhith agam, ach tha mì nas fheàrr a-nis.'

Ghlac Amy Ciara teann, mus do dh'fhalbh i dhan chidsin airson bhàsa a lorg agus tì a dhèanamh. Nuair a shuidh iad sìos, bha coltas an-fhoiseil oirre agus bha a làmhan air chrith. B' fheàrr leatha nach robh i air uiread de chofaidh a ghabhail sa mhadainn.

'Bha thu ceart, Ciara, gu ìre. Tha tìde gu leòr air a bhith agam smaoineachadh mu dheidhinn, ged a bha mi den bheachd gun robh thu gun chiall a-raoir…'

'Tapadh leat, gu dearbh,' thuirt Ciara ann an cagair, ach lean Amy oirre a' bruidhinn.

'…agus tha mi ag aontachadh leat. Bha mise ceàrr a-raoir – bha mi air dìochuimhneachadh gum faca mi dealbh Joni ann am pàipear-naidheachd nuair a bha mi ann an New York, agus gun do dh'aithnich mi am bann-làimhe. Cha d' rinn mi dad mu dheidhinn ge-tà, is cus a' dol aig an àm: bha mi ann an dùthaich ùr le obair ùr is caraidean ùra. B' fheàrr leam gun robh mi air rudeigin a dhèanamh leis nuair a thill mi, ach chaidh e à m' inntinn. Nan robh mi air a thoirt dhan a' phoileas an uair sin, 's dòcha nach biodh bràthair Joni fhathast an dùil gun deach a mharbhadh air a shon.'

Bha Ciara an impis rudeigin a ràdh, ach bha Amy fhathast a' bruidhinn. ''Eil cuimhne agad air partaidh Ruaraidh, nuair a choinnich sinn ri chèile, is nuair a ghoid thu am bann-làimhe bhuam?'

Rinn Ciara fiamh-ghàire.

'Uill, b' e sin a' chiad turas a chuir mi orm am bann-làimhe on a thill mi bho Chill Rìmhinn. Fhuair mi lorg air aig cùl mo phreas-aodaich mus deach mi dhan a' phartaidh – cha mhòr gun robh cuimhne agam cò às a thàinig e. Cha robh mi fiù 's air smaoineachadh mu dheidhinn Joni Dawson gus am faca mi a' bhidio an-dè. Tha mi ag aontachadh leat gum biodh e na b' fheàrr cuidhteas fhaighinn dheth ann an Cill Rìmhinn, is cothrom a thoirt do bhràthair Joni a lorg. Tha dragh orm nach bi sinn sàbhailte ge-tà – dè dhèanamaid nam faiceadh cuideigin sinn?'

Shuidh Ciara an-àird. 'Cò ghabhas ùidh ann an dithis bhoireannach a' coiseachd air slighe thrang air latha samhraidh? Tha mi air a bhith a' coimhead air na meadhanan sòisealta agus, ged a tha na mìltean de dhaoine a' bruidhinn mu dheidhinn *Fuasgladh Cheist* is a' cleachdadh taga-hais #JoniDawson, chan eil iad ag ràdh fhathast gu bheil iad am beachd turas a ghabhail do Chill Rìmhinn. Cò aig a tha fios dè thachras nuair a nochdas an ath phrògram: 's dòcha gur ann an-ath-sheachdain a bhios lorgairean an eadar-lìn a' dol ann, feuch am faigh iad lorg air fianais air choreigin. Chanainn-s' gu bheil còir againn fhìn a dhol dhan a' bhaile cho luath 's a ghabhas. Ma dh'fhàgas sinn am bann-làimhe faisg air an tslighe, 's cinnteach gum faic cuideigin e. Bidh iad an dùil gun robh e na laighe fo phreas fad fichead bliadhna.'

Bha làmhan Amy fhathast air chrith. 'An do dh'inns mi dhut mun turas a bh' againn do Chill Rìmhinn a-riamh?'

Sheall Ciara oirre le iongantas. 'B' e an aon rud a thuirt thu mu dheidhinn nach do chòrd e riut is gun do dh'fhalbh thu tràth, nach eil sin ceart?'

'Tha, ach cha do dh'inns mi dhut carson a dh'fhàg mi. Mura robh mise còmhla ri Ruaraidh, cha bhiodh Scott, Gemma is na caraidean eile aca san sgoil air gnothach a ghabhail rium; cha bhithinn air cuireadh fhaighinn dhan charabhan idir. Cha robh mi idir coltach riutha, is mi a' cur seachad a' mhòr-chuid den tìde a' leughadh no ag obair sa ghàrradh. Dh'iarr Ruaraidh orm a dhol ann còmhla riutha, agus dh'inns Gemma do a pàrantan – b' ann leotha-san a bha an carabhan – nach robh ach mi fhìn is i fhèin a' dol ann. Cha bhiodh iad air leigeil leatha cuireadh a thoirt do Scott no Ruaraidh. Bha a pàrantan toilichte gu leòr, oir bha mise nam nighean 'chiallach', a rèir choltais.'

Rinn Ciara gàire. 'Ciallach? An tè a ghoirtich a cas an-uiridh, is i a' feuchainn ri craobh a shreap sa ghàrradh?'

Leig Amy oirre nach robh i ag èisteachd. 'Co-dhiù, cha do chòrd an deireadh-seachdain rium idir, is smùid a' choin air an triùir eile fad na tìde. Cha robh for agam gun robh iad a' gabhail dhrogaichean cuideachd, gus an d' fhuair mi lorg air pilichean ann am baga Ruaraidh. B' ann an uair sin a chuir mi romham falbh tràth – gu fortanach bha mi air càr m' athar fhaighinn air iasad agus b' urrainn dhomh dràibheadh dhachaigh. Dhealaich mi fhìn is Ruaraidh às dèidh sin – cha robh mi airson barrachd tìde a chur seachad còmhla ris fhèin is a charaidean, agus cha robh esan airson a bhith còmhla ri cuideigin a bha cho 'neo-fhasanta', mar a thuirt e fhèin.'

Ged nach robh Amy ag èisteachd rithe, chagair Ciara: 'Nach math nach eil e a' cur dragh ormsa cho *neo-fhasanta* 's a tha thu!'

''S e deagh charaid a th' ann an Ruaraidh a-nis,' thuirt Amy, 'ach chan urrainn dhomh dìochuimhneachadh cò ris a bha e coltach sna làithean ud, agus…'

Sheall Ciara oirre. 'Amy, chan eil thu an dùil gun tug *Ruaraidh* drogaichean dhan nighinn ud, a bheil?'

Sheas Amy agus thòisich i a' cuairteachadh an t-seòmair. 'Chan eil fhios 'm dè na smaointean a th' agam. Cha rachadh Ruaraidh faisg air drogaichean an-diugh, ach bha e gu tur eadar-dhealaichte nuair a bha e ochd bliadhna deug. Feumaidh gun robh cùisean doirbh dha aig an àm sin. Chan eil mi ag ràdh gun robh esan idir an sàs ann – bidh e inntinneach faighinn a-mach dè chanas e fhèin mun turas a-nochd ge-tà.'

Sheas Ciara cuideachd, a' coimhead draghail. 'Chunnaic mi sanas airson an ath phrògram san t-sreath, anns am bi iad a' bruidhinn tuilleadh mun t-slighe is mun phàirc-charabhain. Agus…'

Stad i, is a h-aodann geal.

'Agus dè?' dh'fhaighnich Amy gu draghail.

'Uill, thuirt iad gum biodh iad a' bruidhinn mu dheidhinn *duine amharasach* a chunnaicear air an oidhche a chaidh Joni air chall. Tha fios agam gum b' ann coltach ri Ruaraidh a bha Scott aig an aois sin cuideachd – chan eil thu den bheachd…'

'Och, cha dèan e math sam bith dhuinn smaoineachadh air seo tuilleadh.' Bha Amy mothachail gun robh Ciara a' coimhead tinn a-rithist. 'Cò aig a tha fios dè thachair – 's dòcha gum b' ann le Joni fhèin a bha na pilichean, no gun do thachair i ri cuideigin – an *duine amharasach* seo 's dòcha – air an t-slighe, a thug cuireadh dhi gu partaidh. 'S dòcha gun robh i às a ciall, is gun for aice càit an robh i a' dol nuair a thuit i.'

Shuidh an dithis aca sìos agus chuir Ciara a làmh air làmh Amy gus stad a chur air a' chrathadh nearbhach.

'Dh'fhaodamaid bruidhinn mu dheidhinn fad seachdain gun soillearachadh fhaighinn air a' chùis,' thuirt Amy. 'Ma tha thu airson am bann-làimhe a thilleadh a Chill Rìmhinn, 's e sin a nì sinn. Bhiodh e math latha no dhà a chur seachad ri taobh na mara co-dhiù, is sinn air a bhith cho trang o chionn ghoirid le ur n-obraichean is an taigh ùr. Saoil am biodh e na b' fheàrr gun cus a ràdh ri Ruaraidh a-nochd, gus an cluinn sinn mu na beachdan is na cuimhneachain aige fhèin?'

Chrom Ciara a ceann, is i fhathast a' coimhead sgìth agus geal. 'Ceart gu leòr, agus 's dòcha gum faigh sinn cothrom bruidhinn ri Scott mu dheidhinn cuideachd, aig partaidh Niamh an-ath-sheachdain. Dè mu dheidhinn Gemma? Nach biodh na poilis air bruidhinn ri a pàrantan mun charabhan?'

'Cha chuala mi bho Gemma fad an t-samhraidh sin. Tha mi a' gabhail ris gum biodh na poilis air bruidhinn ris a h-uile duine aig an robh carabhan sa phàirc… cha robh for aig pàrantan Gemma gun robh ceathrar dheugairean sa charabhan acasan, ge-tà. Bha iadsan an dùil gun deach mi fhìn is Gemma ann airson fois a ghabhail às dèidh ar deuchainnean. Cha do chuir na poilis fios thugamsa a-riamh – 's cinnteach gum biodh Gemma agus a pàrantan air innse dhaibh nach robh ann ach dithis nighean mhodhail, shàmhach, nach rachadh faisg air drogaichean no deoch-làidir.'

Rinn Amy fiamh-ghàire lag agus thagh i briosgaid eile. 'Chan eil cuimhne agam cuin a chuala mi facal bho Gemma mu dheireadh – cha robh i a-riamh measail orm. Mura robh mi ag obair còmhla ri Iain fhathast, cha bhiodh for agam càit an robh i a' fuireach, no dè bha i ris. Thòisich mi a' sgrìobhadh post-d thuice, ach chuir mi às dha. 'S dòcha gum feuch mi a-rithist an ceann latha no dhà. Dh'fheuch mi ri fòn a chur gu Scott sa mhadainn cuideachd, ach b' e Iseabail a fhreagair e na àite'.

Leig Ciara oirre gun robh i a' dol lag. 'Chuir *thusa* fòn gu Scott? Cha do thuig mi gun robh thu ann an uiread de staing 's gum biodh tu deònach bruidhinn ris-san!'

Shad Amy cluasag air ceann Ciara. 'Uill, mar a thuirt mi, thog Iseabail am fòn co-dhiù.'

'Dè an naidheachd a bh' aice?'

'Och, cha robh mòran – bha sinn a' bruidhinn mu dheidhinn partaidh Niamh is iòga. 'S dòcha gun tèid mi do chlas iòga còmhla rithe aon latha, dh'fhaodadh an dithis againn a dhol ann.'

Rinn Ciara gàire agus chuir i a' chluasag a shad Amy oirre air ais. 'An leigeadh iad le boireannach cho cliobach pàirt a ghabhail ann an clas iòga?'

*

Fhad 's a bha Amy a' sgioblachadh an taighe mus do nochd Ruaraidh airson dìnnear, bheachdaich i air a' chàirdeas aca. Air a' chiad latha aca sa cheathramh bliadhna san sgoil, dh'fhaighnich Ruaraidh dhi an robh i airson falbh leis. Cha robh e air smaoineachadh air dad eile thairis air na làithean-saora, is e airson dearbhadh dha na balaich eile gun robh e coltach riutha. Dh'aontaich Amy – b' e sin an taghadh a b' fhasa – ach bha smaointean gu tur eadar-dhealaichte air a bhith aicese cuideachd. Bha i a-riamh mothachail gun robh boireannaich nas tarraingiche dhi na fìreannaich, ach b' ann tron t-samhradh sin, air làithean-saora còmhla ri a teaghlach ann an Sasainn, a thuig i nach robh taghadh aice. A dh'aindheoin na tuigse a bh' aice oirre fhèin, cha robh i deiseil, no faisg air a bhith deiseil, a bhith onarach no fosgailte mu dheidhinn nam faireachdainnean aice fhathast. Am biodh a caraidean a' coimhead oirre ann an dòigh eadar-dhealaichte? Dè chanadh a pàrantan, a bha cho traidiseanta? Nan robh i còmhla ri Ruaraidh, a bha eireachdail is èibhinn, dh'fhaodadh i co-dhùnaidhean doirbh a sheachnadh airson bliadhna no dhà co-dhiù.

Mar a thachair, b' e drogaichean a thug orra dealachadh, an àite feisealachd Amy no Ruaraidh: cha robh ise airson tìde a chur seachad còmhla ri Ruaraidh is a charaidean nuair a bha iad fo bhuaidh stuthan air choreigin, agus cha robh esan airson 's gun cuireadh neach sam bith bacadh air na splaoidean aige. Cha do bhruidhinn iad ri chèile fad dà bhliadhna an dèidh an turais aca gu Cill Rìmhinn, agus cha mhòr gun do dh'aithnich Amy Ruaraidh nuair a choinnich iad ann an club-oidhche gèidh aon oidhche.

'A bheil thusa…?' bha iad air faighneachd aig an aon àm.

'Cha robh mi airson aideachadh rium fhìn, no ri duine eile fhad 's a bha sinn san sgoil, no fhad 's a bha sinn còmhla, ach tha,' thuirt Ruaraidh. 'Agus thu fhèin?'

'Mise cuideachd,' fhreagair Amy, nach robh airson innse dha mu na faireachdainnean a bh' aice tron sgoil. Cha do sguir iad a bhruidhinn fad na h-oidhche agus bha iad air a bhith dlùth ri chèile on uair sin.

'Tha mi an dòchas nach tèid ar càirdeas a mhilleadh le gnothach a' bhann-làimhe,' thuirt i rithe fhèin, a' bualadh dustair air a' bhalla taobh a-muigh na h-uinneige.

Innsbruck, 1937

Cha robh mòran dhaoine air na sràidean, is tàirneanach is tuiltean air a bhith a' roiligeadh mun cuairt an t-sratha fad an latha. Cha robh e comasach do chlann a' bhaile cluich a-muigh nas motha: bha aca ri dibhearsan a lorg a-staigh nuair a thill iad bhon sgoil.

'Am faod mi coimhead air?' dh'èigh Gabi, is i fhèin is Kurt beag a' bocadaich ri taobh a' bhùird.

Leig Frieda osna aiste. Cha robh e furasta dad a dhèanamh nuair a bha an fheadhainn bheaga, nach robh ach sia agus dà bhliadhna a dh'aois, sa bhùth-obrach. 'Chan eil e buileach deiseil fhathast,' fhreagair i, a' cur gleans air a' bhann-làimhe air an robh i air a bhith ag obair fad dà mhios.

'Innis dhuinn a-rithist dè na lusan a th' air, a Mhamaidh?'

'Seall seo,' thuirt Frieda, a' togail a' bhann-làimhe gu faiceallach is ga shealltainn dhan chloinn, ga chumail air falbh bho chorragan steigeach. 'Tha an duilleag daraich a' riochdachadh na craoibhe a chuir Tante Joanna anns a' ghàrradh; seo duilleag bho chraobh gheanm-chnò, fon a bitheamaid a' suidhe anns a' phàirc; agus seo duilleag bho chraobh-shirist, a tha a' riochdachadh fortain is gaoil. Dè ur beachdan? An còrd e ri Tante Joanna?'

Mar a thachair, chòrd am bann-làimhe ri Joanna nas motha na tiodhlac sam bith eile a fhuair i na beatha.

'Cha toir mi seo dhìom a-chaoidh,' thuirt i ri Frieda, ga thionndadh a-rithist is a-rithist, is a' gluasad nan duilleagan mìn ann an gathan na grèine.

8

Diciadain 29 Cèitean 2024 – Baile Nèill, Glaschu

NUAIR A NOCHD Ruaraidh aig an taigh aig sia uairean, le tuilleadh fhlùraichean, bha Ciara agus Amy a' coimhead agus a' faireachdainn tòrr na b' fheàrr.

'Innis dhomh a-rithist carson a dh'fhàg sibh flat sa bhaile mhòr, far an robh sibh air ur cuairteachadh le taighean-bìdh, bùithean is cultar? A bheil an gàrradh sin nas fheàrr na pàirc Kelvingrove no na Gàrraidhean Luibheanach?'

Rinn Amy gàire fhad 's a chuir i na flùraichean ann an bhàsa. 'Cha bhi a h-uile mac-màthar sa bhaile nan suidhe sa ghàrradh againne air latha teth, grianach – sin an diofar! Tha sinn a' fàs aosta is dòrainneach, Ruaraidh – b' fheàrr leinn èisteachd ris na h-eòin sa mhadainn, an àite oileanaich a' tilleadh bho club-oidhche, mar a bh' againn sa flat ud. Bha feum againn air àite-fuirich na bu mhotha cuideachd. Nis, tha mi an dòchas gu bheil an t-acras ort – nach suidh thu sìos?'

Bha Ruaraidh air beagan chuideam a chall on a dh'fhàg Liam, a chèile, e, agus mhothaich Amy gun do chuir Ciara pìos *lasagne* a bharrachd air a thruinnsear. Ged a dh'fheuch an dithis bhoireannaich ris a' chòmhradh a chumail air cuspairean aotrom fhad 's a bha iad ag ithe – filmichean a chunnaic iad, na h-obraichean aca, cnatain – bha fios aig Ruaraidh gun robh rudeigin a' dol.

'Tha fios agaibh gu bheil mise an-còmhnaidh toilichte tìde a chur seachad còmhla ribh, fiù 's ann an cùl nan cnoc,' thuirt e, is a bheul làn pasta, cho luath 's a bha beàrn sa chòmhradh. 'Chuir e iongnadh orm cuireadh fhaighinn gu dìnnear Oidhche Chiadain ge-tà. An robh adhbhar sònraichte ann? An do dhìochuimhnich mi co-là-breith cuideigin a-rithist?'

Rinn an dithis eile leth-ghàire agus choimhead iad air a chèile.

'Uill,' thòisich Amy, '*tha* adhbhar sònraichte ann – feumaidh sinn bruidhinn riut mu dheidhinn cuspair caran… doirbh.'

'Nì mi e!' dh'èigh Ruaraidh, is e a' togail a ghlainne is a' dèanamh fiamh-ghàire cho mòr 's gun robh e coltach nach robh rùm gu leòr air aodann dha bheul.

'Ò…' thuirt Ciara, a' coimhead air le iongnadh, '…am faca tu a' bhidio mar-thà?'

'Dè a' bhidio? *One Born Every Minute*? A-raoir? Chunnaic! Dithis leasbach a bha air iarraidh air caraid sìol a thoirt dhaibh – bha esan san ospadal còmhla riutha agus bha an triùir aca a' coimhead cho toilichte leis a' bhèibidh bheag! Agus nuair a chuir thu teacsa thugam sa mhadainn an-diugh… uill, bha mi a' gabhail ris gun robh sibhse air an aon rud fhaicinn, is gun robh sibh…'

Stad Ruaraidh a bhruidhinn nuair a thug e an aire do dh'aodainn Amy is Ciara: tè dhiubh dearg is an tèile geal; dà bheul a-nis coltach ri beòil èisg. Bha sàmhchair ann airson diog no dhà. Mu dheireadh thall, ghabh Amy balgam fìon agus, gun sùil a thoirt air Ciara, thuirt i ann an guth ìosal, 'Duilich Ruaraidh, b' ann air sreath ùr, *Fuasgladh Cheist*, a bha sinn a-mach. Nochd rudeigin sa chiad phrògram air am feum sinn bruidhinn.'

'Ò, ceart… aidh, glè mhath ma-thà.' Ghabh Ruaraidh balgam mòr bhon ghlainne aige fhèin, a' coimhead gu dlùth air an truinnsear aige. Bha a chluasan agus cùl amhaich cho dearg ris an fhìon a bha e a' slugadh.

'Seadh… dè thachair air *Fuasgladh Cheist*?' dh'fhaighnich e an dèidh greis, nuair a dh'fhàs e soilleir dha nach robh Amy no Ciara a' dol a thòiseachadh còmhradh ùr. 'An ann mu dheidhinn eucorach a tha an t-sreath? An ann air a' bhriogais phurpaidh, bhreacach ud a th' agad air an robh iad a-mach, Amy? Abair eucoir a rinn iadsan air an fhasan!'

Sàmhchair. Cha b' urrainn do Ruaraidh coimhead orra agus bha dragh air gun robh e air cus a ràdh. Gu fortanach, rinn an dithis aca fiamh-ghàire mu dheireadh thall. Sheas Amy agus thòisich i air am bòrd a sgioblachadh. 'Na can thusa guth mu dheidhinn fasain, a bhalaich – tha cuimhne agam air an deise a chuir thu ort aig an dannsa mu dheireadh againn san sgoil – nach robh i pinc le sriantan uaine?'

'*Cerise* agus *lime* – bha an aon deise aig Thierry Henry! Feumaidh nach robh i cho dona sin!' dh'èigh Ruaraidh às a dèidh, ach bha Amy anns a' chidsin, a' cur reòiteag ann am bobhlaichean agus a' dèanamh cofaidh.

Rinn Ciara gàire agus sheas ise cuideachd. 'Trobhad, Thierry – bidh sinn nas cofhurtaile air an t-sòfa an-ath-dhoras. Fàg na truinnsearan eile an-dràsta.'

*

Fhad 's a bha e a' coimhead air a' bhidio, shuidh Ruaraidh air oir an t-sòfa, is a chofaidh a' fuarachadh ann an cupa ri thaobh. Nochd drèin air aodann agus dhùin e a shùilean nuair a thàinig e gu crìch.

'A bheil thu ceart gu leòr?' dh'fhaighnich Amy.

Chrath Ruaraidh e fhèin, dh'fhosgail e a shùilean, sheas e agus thòisich e a' bruidhinn ann an guth fuadain. 'Mo chreach, tha cuimhne agam air sin. Bha mo mhàthair cho troimh-a-chèile mu dheidhinn, is co-ogha agam a bha faisg air an aon aois ris an nighinn sin nuair a chaidh i air chall.'

'Nach neònach gun robh an ceathrar againn anns a' charabhan aig an àm sin,' thuirt Amy. 'Abair gun robh deireadh-seachdain againn, nach robh?'

Rinn Ruaraidh gàire lapach, is coltas air gun robh e air a nàrachadh. 'An robh? Chan eil mòran cuimhn' agam air idir, is mi rudeigin trom air an deoch… is stuthan eile… nuair a dh'fhàg mi an sgoil. Tha cuimhne agam gun robh smùid orm fhìn is air Scott cha mhòr fad an deireadh-seachdain, ach cha b' urrainn dhomh mòran a bharrachd innse dhut mu dheidhinn.'

Bha Amy a' dol a dh'fheuchainn ri fealla-dhà a dhèanamh, ach bha an gàire air teicheadh bho bheul Ruaraidh agus bha e a' coimhead sìos air a bhrògan.

'B' fheàrr leam gun chuimhneachadh air an t-samhradh sin idir – cò aig a tha fios dè bha mi ris. Cha b' urrainn dhomh aithneachadh gun robh mi gèidh, is dragh orm nach biodh Scott is na seòid eile airson tìde a chur seachad còmhla rium nan robh fios aca. Mar a thachair, cha d' rinn e diofar sam bidh do Scott – cha tuirt e ach gun robh a phiuthar fhèin gèidh, is gun toireadh e slaic air na balaich eile nam biodh iad a' tarraing asam. Mus robh fios agam air sin, ge-tà, bha agam ri òl còmhla riutha, is a' dol an sàs anns an amaideas aca, gus nach biodh iad an dùil gun robh mi cho diofraichte bhuapa. 'S beag an t-iongnadh nach robh thu airson gnothach a ghabhail rium, Amy. Agus seall orm a-nis: fichead bliadhna nas sine is mi nam aonar a-rithist. Gun leannan no teaghlach, gun taigh dhomh fhìn, gun chat fiù 's – thug Liam Mgr Whiskerton leis nuair a dh'fhàg e.'

Thòisich Amy a' bruidhinn, ach bhris Ruaraidh a-steach oirre. 'Tha fios 'm Amy, ach tha gaol agam air Liam fhathast, ged a dh'fhalbh e leis a' ghlaoic ud. An do dh'inns mi dhuibh gu bheil clann aig an duine ùr aige cuideachd? Cha do sguir e a dh'innse dhòmhsa nach robh e ag iarraidh clann, agus seall air a-nis: na phàirt de theaghlach toilichte.'

Chuir Ciara a gàirdean timcheall air Ruaraidh. Ghluais Amy dhan t-sòfa, shuidh i rin taobh agus rinn ise an aon rud. 'Cha robh Liam idir airidh ort, Ruaraidh, agus chan eil teagamh agam nach faigh thu lorg air cuideigin a tha mìle uair nas fheàrr, nach fhaigh?'

Shìn Ciara a gàirdean a-mach gus an robh iad a' cuairteachadh Ruaraidh agus Amy. ''S e mealltair a th' ann an Liam! Tha fios agam gu bheil cùisean doirbh an-dràsta, ach bidh thu nas fheàrr dheth às aonais.'

'Agus chun an uair sin,' thuirt Amy, a' leum suas agus a' lìonadh nan cupannan le cofaidh teth, 'tha sinne an seo.'

Leig Ruaraidh air gun robh e a' casadaich agus thiormaich e a shùilean gu luath mus tug e cupa bho Amy. Sheas esan agus choisich e a-null chun na h-uinneige. 'Ceart ma-thà, tha sinn air gu leòr a chluinntinn mu mo bheatha bhrònach. Nach robh sibh airson bruidhinn rium mu dheidhinn Cill Rìmhinn? Cha robh mise ann on uair sin – b' fheàrr leam gun robh cuimhne agam air a' bhaile. Nach truagh gun do chaochail an nighean sin san dearbh àite.'

Sheall Amy is Ciara air a chèile. 'Uill,' thuirt Ciara, 'bha sinne am beachd latha no dhà a chur seachad sa bhaile deireadh na seachdaine seo – tha an dithis againn feumach air beagan fois, agus cha robh mise ann a-riamh. Chuala mi gu leòr bho Amy mun reòiteig a fhuair sibh an turas mu dheireadh…'

'Sin ceart!' dh'èigh Ruaraidh. 'Chan eil cuimhne agam air mòran, ach tha deagh chuimhne agam air a' bhiadh. Cha do dh'ith mi reòiteag cho math a-riamh nam bheatha. Nis… och, cha b' urrainn.'

'Dè?' dh'fhaighnich Amy, ged a bha làn fhios aice dè bha e a' dol a ràdh.

'Cha b' urrainn dhomhsa tighinn còmhla ribh, am b' urrainn?'

Shuidh Ruaraidh air ais air an t-sòfa agus chuir e a ghàirdean timcheall air guailnean Amy. 'Cha chuirinn dragh sam bith oirbh – cha dèanainn dad ach laighe air an tràigh is sgudal ithe.'

Thug Ciara sùil air Amy. 'Deagh bheachd, Ruaraidh, bhiodh e math beagan tìde a chur seachad còmhla riut. Agus cò aig a tha fios, 's dòcha gun till cuimhneachain thugad fhad 's a bhios sinn ann.'

'B' fheàrr leam nach tilleadh. Tha fios 'm gu bheil Amy ro chòir airson innse dhomh dè rinn mi aig an aois sin, agus b' fheàrr leam toirt a chreids gu bheil mise nam dhuine urramach san latha an-diugh.'

*

Sgìth 's mar a bha iad, an dèidh do Chiara is Amy na soithichean a nighe, rinn iad cupa tì agus shuidh iad aig a' bhòrd sa chidsin.

'Dè nì sinn, Amy?' thuirt Ciara, is i a' cluich le pìos arain a bha air fhàgail air truinnsear. 'Tha e coltach nach do dh'aithnich e am bann-làimhe idir, is nach eil cuimhne aige air dad a thachair fhad 's a bha sibh ann o chionn fichead bliadhna. An robh còir againn innse dha?'

Cha tuirt Amy dad airson greis, is i a' toirt sùil dhlùth air na leth-chearcallan glas fo shùilean a mhnà. Thug i an truinnsear air falbh bho Chiara agus chuir i e dhan t-sinc. 'Chan eil e gu diofar. Bha sinn airson faighinn a-mach dè na cuimhneachain a bh' aige, agus b' e sin a rinn sinn. Bidh cothroman gu leòr againn innse dha mun bhann-làimhe fhad 's a bhios sinn ann an Cill Rìmhinn: dh'fhaodadh esan ar cuideachadh ma tha sinn am beachd adhlacadh. Gabhamaid mar a gheibh sinn.'

*

Shuidh Ruaraidh anns a' chàr airson greis mus deach e a-steach dhan flat aige ann an Shawlands, air taobh a deas Ghlaschu. Shuath e a shùilean sgìth agus thaidhp e teachdaireachd air a' fòn trì no ceithir tursan gus an robh e riaraichte leis.

Eil sinn fhathast a' coinneachadh a-màireach? Feumaidh mi bruidhinn riut mu dheidhinn Cill Rìmhinn.

9

Dihaoine 31 Cèitean 2024, Swansea

'DÈ MU DHEIDHINN an fhir seo?' Bha Art Dawson agus Will Powell, an co-ogha aige, air a bhith a' coimhead air dealbhan dhuilleagan fad dà uair a thìde.

'Dè an diofar eadar an dealbh seo is a' chiad dhealbh a sheall thu dhomh?' dh'fhaighnich Art. 'Tha mo shùilean cho sgìth 's nach eil mi a' faicinn eadar-dhealachadh eatarra tuilleadh.'

Bha Will, a bha dìreach air obair fhaighinn mar thidsear ealain ann an Swansea, air a bhith a' dealbhachadh snaigheadh fiodha do dh'Art. On a chuir Art fios gu riochdairean *Fuasgladh Cheist*, bha e air iomairt *crowdfunding* a stèidheachadh, is e an dòchas gum biodh e comasach dha coimisean a thoirt do shnaigheadair.

'Tha iad eadar-dhealaichte, Art! Seall – tha na duilleagan ann an cruth cearcaill an seo, agus chan eil rian sam bith orra san dealbh seo.'

'Seadh, duilich. Uill… 's toigh leam am fear gun rian, chanainn. Nach ann mar sin a bhios duilleagan air latha fogharail co-dhiù: mì-rianach, mì-sgiobalta, nan laighe air feadh an àite…'

Bha e soilleir nach robh Art air cadal ceart fhaighinn airson deagh ghreis: bha a shùilean dorcha is a làmhan air chrith. On a ghluais Will a-steach dhan flat o chionn mìos, bha e air Art a chluinntinn cha mhòr a h-uile oidhche, air a chois gu dhà no trì uairean sa mhadainn.

Bha Art air am flat a cheannach nuair a chaochail a mhàthair an-uiridh: ged a dh'fhàg i an taigh beag, snog aice ann an Carmarthen aige, cha b' urrainn do dh'Art fuireach ann leis fhèin. Taigh loma-làn thaibhsean: a sheanair is a sheanmhair; Joni; athair, a bhàsaich ann an tubaist o chionn deich bliadhna; agus a-nis a mhàthair. A dh'aindeoin a' phian a bha an taigh ag adhbharachadh dha, cha robh e airson a reic ri srainnsearan, is e air a bhith san teaghlach fad ceithir-fichead bliadhna. Gu fortanach, bha pàrantan Will dìreach air an dreuchdan a leigeil seachad, agus bha iad den bheachd tilleadh dhan a' Chuimrigh bho Worcester co-dhiù, is Will air a bhith a' fuireach is ag obair ann an Cardiff fad còig bliadhna. Cheannaich iadsan an taigh bho Art, agus, nuair a fhuair Will obair ùr ann an Swansea, dh'iarr Art air gluasad a-steach dhan flat aige sa bhad. Cha do chòrd e ri Art a-riamh a bhith a' fuireach na aonar.

Sheall Will gu dlùth air a cho-ogha agus chuir e roimhe feuchainn ri inntinn Art a chumail air falbh bho na ceistean nach rachadh a fhreagairt. 'Ciamar a tha a' dol dhut leis a' *chrowdfunder*? An do dh'inns mi dhut gun do chuir Mam is Dad na b' urrainn dhaibh ris?'

'Aidh, cuiridh mi fòn thuca a-màireach airson taing a thoirt dhaibh – bha sin ro laghach. Tha e a' dol nas fheàrr na bha mi an dùil – rinn a' bhidio sin diofar mòr. Bidh e comasach dhomh dol air adhart leis a' choimisean a-nis.'

'Sgoinneil!' Bha Will a' gabhail iongnadh gun robh guth Art cho rèidh agus ìosal. 'Nach eil sin sgoinneil? Cha robh thu an dùil gum faigheadh tu uiread de dh'airgead, an robh? Tha mi duilich nach robh mi na bu thaiceil' riut a thaobh *Fuasgladh Cheist* – bha mi a' gabhail dragh gum biodh iad ag ràdh rudan mì-chàilear mu dheidhinn Joni is ar teaghlach, no gum biodh daoine a' cruthachadh teòiridhean co-fheall craicte. Gu ruige seo, ge-tà, tha daoine air a bhith cho taiceil is laghach air-loidhne.'

'Tha, tha fios 'm,' fhreagair Art, a' coimhead sìos air an làr. Rinn Will co-dhùnadh na inntinn. Sheas e, leum e air mullach a' bhùird agus chuir e a dhùirn air a chruachan. 'Ceart, seo plana dhuinn: bheir thu ainm an neach-ealain dhomh agus cuiridh mise an dealbh a thagh sinn thuice. Cuiridh mi fòn gu comhairle, no ceannard baile, no riaghladair, no ge b' e cò bhios a' dèanamh cho-dhùnaidhean ann an Cill Rìmhinn, agus gheibh mi cead bhuapa an cuimhneachan a stèidheachadh. Bheir thusa dhomh do chairt-creideis agus cuiridh mi taigh-òsta air dòigh ann an Cill Rìmhinn aig deireadh an Ògmhios.'

Sheall Art air agus rinn e fiamh-ghàire mu dheireadh thall. 'Agus dè nì mise?'

'Cha dèan thusa dad ach fois a ghabhail an-dràsta, agus

bruidhnidh sinn air seo a-rithist amàireach.'

Leum Will sìos a-rithist agus leig e air gun robh e a' toirt breab do dh'Art. 'Chan eil thu gu feum sam bith do dhuine sam bith an-dràsta, Art – tha thu air a bhith a' dèanamh cus.'

'Tha fios 'm, ach *feumaidh* mi freagairtean fhaighinn mu dheidhinn Joni, agus cuimhneachan ceart a chur air dòigh dhi. Fichead bliadhna on a dh'fhàg i mi. Bha Mam an dùil rudeigin sònraichte a dhèanamh am-bliadhna, gus beatha Joni a chomharrachadh, ach…'

'Tha fios agam,' thuirt Will ann an guth sàmhach, is e a' suidhe sìos ri taobh Art. 'Tha mise ag ionndrainn do mhàthar gu mòr cuideachd, agus chan eil teagamh agam gun còrdadh na planaichean a th' agad airson cuimhneachan rithe gu mòr. Tha thu a' tuigsinn, ge-tà, gur dòcha nach fhaigh thu na freagairtean a tha thu a' sireadh? Chan eil na poilis a' creidsinn gu bheil freagairtean fhathast rin lorg – cha tàinig duine sam bith air adhart leis an tuilleadh fhiosrachaidh mu dheidhinn Joni, no mun bhann-làimhe, ann am fichead bliadhna. 'S dòcha nach fhaigh muinntir *Fuasgladh Cheist* lorg air fianais ùr idir.'

B' e Art a leum suas a-nis. 'Cha do ghabh mo phiuthar drogaichean! Tha fios agamsa nach do ghabh, agus bha fios aig Mam is Dad nach do ghabh! Chan ann mar sin a bha i – *feumaidh* gun do thachair rudeigin dhi, gun d' rinn cuideigin cron oirre, is gun do ghoid iad am bann-làimhe. Tha fios agad dè an aois a bha mi nuair a dh'fhàg i an taigh an turas mu dheireadh, nach eil? Deich bliadhna a dh'aois. Bhiodh Joni a' coimhead às mo dhèidh a h-uile feasgar fhad 's a bha ar pàrantan ag obair: rachadh sinn dhan a' phàirc, dhèanadh i dìnnear dhomh, dh'ionnsaicheadh i dhomh ainmean nan craobhan agus mu dheidhinn na mara is na speuran agus mar a tha a h-uile rud beò eatarra ceangailte ann an dòigh cho brèagha. Bha gaol is spèis cho mòr agam dhi. Chan *urrainn* dhomh creidsinn gun do thachair dhi mar a thuirt na poilis.'

Thug Art *inhaler* bho phòcaid agus tharraing e dà anail mhòr, dhomhainn. Cha mhòr nach robh e a' caoineadh. Chuir Will a làmh air gualann Art. 'Duilich, cha robh còir agam siud a ràdh. Tha deagh chuimhne agam air sgeulachdan Joni cuideachd, ged nach robh mise ach aona bliadhna deug nuair a chaochail i. Bhiodh i a' cur ainmean air a h-uile craobh sa ghàrradh, is ag innse dhuinn dè bhiodh iad ris air an oidhche, is sinne nar cadal.'

Shuidh iad airson greis mus do shìn Will a ghàirdean is a chasan a-mach. 'Nis, nach cuir sinn na dealbhan seo gu aon taobh, agus cluichidh sinn geama goirid air an Xbox mus tèid thu dhan leabaidh? Cuiridh mise a h-uile rud air dòigh a-màireach.'

Cha tuirt Art dad, ach lean e Will a-mach às a' chidsin bheag agus a-steach dhan t-seòmar-suidhe. Gun fhacal a ràdh, thug an dithis aca sùil air dealbh air a' bhalla nuair a choisich iad seachad air: Art, Joni agus am pàrantan fo chraobh gheanm-chnò mhòr, is iad uile ann an lèintean-t co-ionann. Ged nach robh Art ach sia bliadhna a dh'aois nuair a chaidh an dealbh a thogail, bha deagh chuimhne aige air an latha sin: mar a bha iad uile a' gàireachdainn, mar a bha e fhèin is Joni nan laighe sìos fon chraoibh, is a' leigeil oirre gun robh iad a' snàmh tron fheur. Bha iad air lèintean-t èibhinn fhaicinn ann am bùth air a' mhadainn ud, air an robh cangarù ann an cearcall dearg is na faclan No Kangaroos in Austria, agus bha am màthair air an ceannach dhaibh gus stad a chur air cànranaich Art.

Bha an lèine-t aig Joni fhathast ann am preasa Art. Anns na mìosan às dèidh a bàis, chuireadh e an lèine-t air teadaidh mòr ann an seòmar Joni agus bhiodh e a' bruidhinn ris, a' toirt a chreids gun robh a phiuthar fhathast còmhla ris.

Nuair a chaidh e dhan leabaidh mu dheireadh thall, thug e an lèine-t a-mach às a' phreasa agus chuir e air i. Cha do thuit e na chadal gus an do thòisich na h-eòin air ceilearadh taobh a-muigh na h-uinneige.

Innsbruck, 1938

Ged nach b' àbhaist do shràidean Innsbruck a bhith trang ann am meadhan an Fhaoillich, bha rudeigin diofraichte mu dheidhinn na sàmhchaire am-bliadhna. Bagairt is cunnart san àile; faileasan dorcha sa h-uile oisean.

'Chan eil mi airson falbh!' dh'èigh Gabi, na laighe air an leabaidh. 'Carson a dh'fheumas sinne ar dachaigh fhàgail – cha bhi Luisa no Martin a' gluasad gu dùthaich ùr.'

'Tha fios agad carson a dh'fheumas sinn falbh, mein Liebchen.'
Bha Frieda air a bhith a' lìonadh mhàileidean is bhogsaichean fad na maidne. 'Tha Tante Joanna air obair ùr fhaighinn agus tha sinn a' dol air splaoid. Coinnichidh tu ri caraidean ùra anns an sgoil ùir agad, agus bidh taigh ùr, snog againn, agus...'

Stad Frieda. Bha e doirbh gu leòr dhi fhèin a chreidsinn nach biodh iad a' tilleadh dhan taigh, dhan bhùth, fiù 's dhan dùthaich airson bhliadhnaichean – nan tilleadh iad idir. Cha ghabhadh i fhèin is Joanna cuairt tro shràidean cumhang an t-seann bhaile a-rithist, a' toirt sùil air na bùithtean is cafaidhean; cha toireadh iad Gabi is Kurt beag dhan Hofgarten air làithean blàth an t-samhraidh, is cuirm-chnuic a chur air dòigh dhaibh sa phàirc; cha chuireadh i cèile air uaigh an duine aice.

Chrath i a ceann agus dh'fheuch i ri stad a chur air na smaointean aice. Thuirt i rithe fhèin a-rithist gun robh iad fortanach cothrom fhaighinn beatha ùr a thòiseachadh, gus nach biodh aig a' chloinn ri pàirt a ghabhail ann am buidheann Hitler Youth. Cha mhòr gun robh i ag aithneachadh a' bhaile anns an robh i air fuireach fad a beatha, is na sràidean a-nis làn gràin is chunnartan.

'Nis,' thuirt i ri Gabi, 'eil cuimhne agad dè chanas sinn? Càit a bheil sinn a' dol?'

'Tha sinn a' dol air saor-làithean – dhan Fhraing.'

'Seadh. Agus ma chuireas duine ceist oirnn fhad 's a tha sinn san Fhraing, no anns a' Chuimrigh, cò às a tha sinn?'

'Às an Eilbheis,' fhreagair Gabi, mar gun robh i ag aithris liosta de chinn-latha cudromach ann an clas eachdraidh.

'Dè an cànan a bhios sinn a' bruidhinn?'

'Beurla, no Fraingis.'

'Cò th' ann an Tante Joanna?'

'Ur co-ogha.'

Ged a bha Joanna ag obair ann an kindergarten faisg air bùth Frieda, cha b' urrainn dhi fuireach còmhla riutha, air eagal 's gum biodh daoine a' cur cheistean orra. Bha i fhathast a' fuireach còmhla ri a piuthar is an teaghlach aice, air taobh eile a' bhaile. Nuair a dh'inns caraid Joanna dhi gun robh i air obair a lorg dhi ann an sgoil anns a' Chuimrigh, bha iad air cur romhpa innse do dhaoine gum b' e co-oghaichean a bh' annta, is cothrom a ghabhail beatha ùr a thòiseachadh còmhla, mar theaghlach.

'Carson a tha i a' tighinn còmhla rinn?' Bha eagal a beatha air Frieda gun canadh Gabi no Kurt an rud ceàrr, is iad fhathast cho òg – seachd agus trì bliadhna a dh'aois. Gu fortanach, b' e 'Tante' a bha iad air cur air Joanna on a choinnich iad i.

'Airson coimhead às ar dèidh air an t-slighe.'

'Glè mhath.' Cha robh iad air an fhìrinn innse dhan chloinn: gun robh aca ri teicheadh mus rachadh an toirt air falbh, is i fhèin agus Joanna nam buill de bhuidheann a bha a' strì an aghaidh nan Nadsaidhean.

'Cò ris a bhios ar dachaigh ùr coltach?' dh'fhaighnich Gabi.

'An toiseach, bidh sinn a' fuireach ann am flat beag ri taobh na sgoile anns an d' fhuair Tante Joanna obair – bidh i a' teagasg gàirnealachd is Fraingis. An uair sin, feuchaidh mise ri obair fhaighinn agus 's dòcha gum faigh sinn lorg air taigh nas motha. Dachaigh ùr dhuinn fhìn.'

'Còmhla?'

'Còmhla.'

Ruith Joanna a-steach dhan t-seòmar, a' giùlan sgiortaichean is brògan. 'Am faca tu am bann-làimhe? Tha mi a' fuaigheal na seudraidh againn a-steach dha na seacaidean is sgiortaichean, is chan fhaigh mi lorg air. Thug mi dhìom e sa mhadainn nuair a nochd mi, is mi ag obair sa ghàrradh, is cha robh e air a' bhòrd nuair a thill mi.'

Chaidh aodann Gabi dearg. Gu slaodach, tharraing i muilicheann a geansaidh suas. 'Bha mi airson a shealltainn do Luisa mus falbh sinn.'

'Tha mi duilich, a ghràidh,' thuirt Frieda, a' togail a' bhann-làimhe bho ghàirdean Gabi agus ga thoirt do Joanna. 'Chan fhaic thu Luisa a-rithist mus falbh sinn – cha bhi tìde agad, agus chan urrainn dhuinn innse do dhuine sam bith gur ann a-nochd a tha sinn a' falbh. Tha sin cho cudromach 's a ghabhas.'

Sheall Frieda is Joanna air a chèile le bròn is eagal nan sùilean. Thionndaidh Frieda air ais gu na màileidean agus thog Joanna am bann-làimhe, a seacaid agus snàthad.

10

Diardaoin 30 Cèitean 2024 – Baile Nèill, Glaschu

29/05/24: 22:45
Haidh Gemma,
'S fhada on uair sin! Dè tha dol? Bha mi a' bruidhinn ri Iain
an-diugh mu phròiseact – tha e doirbh a chreidsinn gum bi
Donnchadh ochd bliadhna a dh'aois am-bliadhna! Bhiodh e
math do naidheachd fhèin fhaighinn uaireigin.
Leig fios thugam ma bhios tu saor air oidhche sam bith an-ath-
sheachdain agus cuiridh sinn rudeigin air dòigh air Facetime.
    Tiors,
    Amy xx

30/05/24: 12:51
Amy, math cluinntinn bhuat – an dòchas gu bheil thu fhèin &
Ciara gu math. Aidh, thuirt Iain gun robh e a' bruidhinn riut.
Duilich, uabhasach trang le m' obair an-dràsta, 's dòcha gum
faigh sinn cothrom cabadaich aig àm eile?
    G

Bha Amy air post-d a sgrìobhadh gu Gemma, agus air cur às
dha, còig no sia a thursan mus robh misneachd gu leòr aice a chur
air falbh, agus cha do chuir e iongnadh oirre idir gun d' fhuair i
teachdaireachd cho goirid, fuar air ais.

Mura b' e gun robh Amy agus Ruaraidh còmhla, cha bhiodh
Gemma air gnothach a ghabhail rithe san sgoil idir. Cha robh
Amy fasanta gu leòr, agus cha robh i a' gabhail ùidh anns na rudan
ceart, a rèir Gemma: maise-gnùis, aodach, daoine iomraiteach
agus balaich. Fiù 's nuair a chaidh an dithis aca gu Oilthigh Srath

Chluaidh, far an robh Gemma a' dèanamh cùrsa foghlaim is Amy a' dèanamh cùrsa dealbhachaidh, cha do leig Gemma oirre gun do dh'aithnich i Amy. Cha b' ann gus am faca i Amy a' gàireachdainn còmhla ri Iain, caraid àrd, eireachdail bhon chlas aice, aig partaidh aon oidhche ann an togalach aonadh nan oileanach, a leig Gemma oirre gun robh iad eòlach air a chèile.

'Amy!' bha i air èigheach ann an guth fann, ''s fhada bhon uair sin – nach math d' fhaicinn! Chan urrainn dhomh creidsinn gu bheil sinn san treas bliadhna mar-thà! Dè tha dol? Agus cò th' againn an seo?'

'An toir mi rabhadh dha?' dh'fhaighnich Amy dhi fhèin, mus do chuir i Iain is Gemma an aithne a chèile. Dh'fhàs e soilleir dhi nach biodh Iain air èisteachd rithe ge-tà, is e fo gheasaibh Gemma. Bha Amy an dùil nach b' e dàimh maireannach a bhiodh ann, is an dithis aca cho eadar-dhealaichte: Iain socharach is làn fealla-dhà, agus rudeigin cruaidh ann an dòighean Gemma, is i an-còmhnaidh a' cur sìos air daoine. Bha Amy ceàrr: bha iad air pòsadh còig bliadhna an dèidh sin, agus bha i a' gabhail ris, bho na còmhraidhean a bhiodh aice ri Iain, gun robh iad fhathast toilichte còmhla. Bha i cinnteach nach biodh Gemma air bruidhinn rithe a-rithist gu sìorraidh mura robh i fhèin is Iain ag obair còmhla, is fhathast dlùth ri chèile.

'An d' fhuair thu freagairt bhuaipe?' dh'fhaighnich Ciara bho thaobh a-staigh a' phreasa, far an robh i a' lorg gheansaidhean aotrom. Leig Amy osna aiste. 'Fhuair agus cha d' fhuair.'

'Ò? Dè tha ceàrr?' Nochd Ciara san t-seòmar a-rithist, le falt mì-sgiobalta agus geansaidh tiugh, orains, grànda na gàirdean. 'Càit an d' fhuair thu an geansaidh grod seo, Amy? Cha robh e ort a-riamh, an robh? Am b' ann airson Oidhche Shamhna a cheannaich thu e? Airson a bhith nad phuimcean?'

Cha tug Amy feart air a' gheansaidh, is i fhathast a' coimhead gu dlùth air sgrìon a' choimpiutair. Bha i ag ùrachadh na duilleig a-rithist is a-rithist, an dòchas gun cuireadh Gemma freagairt nas fheàrr thuice. 'Chan eil fios 'm.'

'Dè tha thu a' ciallachadh? Dè thuirt i?' Chuir Ciara an geansaidh sìos agus shuidh i ri taobh Amy air an leabaidh.

'Thuirt i gu bheil i ro thrang airson bruidhinn rium.' Thionndaidh

Amy an sgrìon gus am faiceadh Ciara e. 'Cha d' fhuair mi cothrom dad a ràdh rithe mu Chill Rìmhinn idir.'

'Am biodh cuimhne aice air an turas co-dhiù? Nach robh ise measail air deoch-làidir is drogaichean cuideachd? Tha cuimhne agam gun tàinig i gu partaidh Scott san taigh againn nuair a bha iad fhathast còmhla – cha robh mise ach trì bliadhna deug aig an àm – agus bha aig Dad ri a dràibheadh dhachaigh, is an deoch ga dalladh. Nach ann mar sin a tha tòrr dheugairean, ge-tà – 's dòcha nach robh ise neo-àbhaisteach.'

'B' ann mar sin a bha i fhèin, Scott is Ruaraidh co-dhiù, agus na caraidean eile aca. Bhiodh iad an-còmhnaidh a' tarraing asam, is mise a' seachnadh deoch-làidir is philichean gus am faighinn àite air an sgioba ruith. Cha robh mi cinnteach an robh còir agam a dhol dhan a' charabhan còmhla riutha, is amharas agam gum biodh iad uile fo bhuaidh na dibhe fad na tìde. Bha mi ceart – ghabh mi aithreachas cho luath 's a ràinig mi madainn Dihaoine, is cinn-dhaoraich air an triùir aca. Cha do dh'fhàs cùisean na b' fheàrr: cha do sguir iad de dh'òl, agus cha do sguir iad a mhagadh ormsa nas motha.'

Thog Ciara pòg luath do dh'Amy air a ceann. 'Cha bhi duine a' magadh ortsa an turas seo – mura cuir thu geansaidh a' phuimcein ort. Nis, nach eil thu a' dol gu co-labhairt air AI ann am Baile Àtha Cliath a dh'aithghearr? Nach fhaic thu Iain an uair sin? Nach b' urrainn dhut iarraidh airsan bruidhinn ri Gemma?'

'Tha, dhìochuimhnich mi mu dheidhinn sin. Deagh bheachd – 's cinnteach gum biodh i deònach innse dhà-san dè na cuimhneachain a th' aice. Bhiodh leisgeulan gu leòr agam fòn a chur gu Iain às dèidh na co-labhairt – ceist mun phròiseact againn, no beachd air na h-òraidean – agus dh'fhaodainn faighneachd dha, gu neoichiontach, dè thuirt Gemma.'

Sheas i agus thòisich i fhèin ri baga a lìonadh. 'Am b' urrainn dhutsa an latha sin a ghabhail dheth cuideachd? Diluain a th' ann – dh'fhaodamaid a dhol a-null air an Disathairne, is deireadh-seachdain a chur seachad anns a' bhaile. Bhiodh cothrom agad cuairt a ghabhail no coimhead anns na bùithtean fhad 's a bhios mise aig a' cho-labhairt, agus tillidh sinn dhachaigh air an oidhche?'

'Nach biodh sin math.' Choimhead Ciara sìos air a làimh chlì. 'Cha robh sinn ann on a dh'iarr thu orm do phòsadh. Smaoinich – b' ann o chionn aona bliadhna deug a bha sin, is sinn gu bhith a' comharrachadh ochd bliadhna on a phòs sinn, is deich bliadhna on a chaidh sinn ann an compàirteachas sìobhalta aig deireadh an ath mhìos!'

Rinn Amy fiamh-ghàire agus thug i pòg do Chiara. 'Dè do bheachd ma-thà? An tèid sinn air ais chun an aon taigh-òsta ann am Bré, ma tha e fhathast ann?'

'Feumaidh mi faighneachd… ò, fuirich! Bidh partaidh co-là-breith Niamh air an Didòmhnaich sin, nach bi?'

'Och, bidh, daingit!' Shuidh Amy air ais air an leabaidh, a' coimhead air a' mhìosachan air a' bhalla. Leig i osna aiste. 'Cha bhi *Jungle Jim*'s cho romansach ri Baile Àtha Cliath.'

''S dòcha nach bi,' fhreagair Ciara, 'ach bheir e cothrom dhut an geansaidh uabhasach sin a chur ort – cha bhi e a' coimhead cho annasach am measg chloinne.'

11

Dihaoine 31 Cèitean 2024, Glaschu

GED A BHA Ciara an dùil Ruaraidh a thogail tràth madainn Dihaoine, gus am biodh iad ann an Cill Rìmhinn ro àm lòin, cha do sguir Amy de bhith a' lorg adhbharan fuireach aig an taigh. Chaill i a sporan; bha aice ri na lusan uisgeachadh; mhothaich i nach robh iad air uachdar-grèine a chur sa chàr agus bha aice ri coimhead anns a h-uile preas air a shon; chuimhnich i gun robh rudeigin cudromach aice ri innse do cho-obraiche mu phròiseact air an robh iad ag obair agus bha aice ri fòn a chur thuca.

'Nach eil thu airson a dhol ann idir?' dh'fhaighnich Ciara mu dheireadh thall. 'Bha Ruaraidh an dùil rinn o chionn uair a thìde, is bheir e fichead mionaid dhuinn dràibheadh gu Shawlands co-dhiù.' Cha robh i buileach cinnteach dè bha còir aice a ràdh ri Amy: cha do thuig i gu ruige seo dè cho troimh-a-chèile is draghail 's a bha a bean.

'Duilich,' dh'èigh Amy bhon ghàrradh, far an robh i a' cur chriomagan arain a-mach airson nan eòin, 'bidh mi deiseil ann an diog.'

*

Rinn Ciara oidhirp còmhradh a chumail a' dol anns a' chàr fhad 's a bha i a' dràibheadh suas an M80 is thairis air drochaid Cheann Chàrdainn. An dèidh greis, chuir i air an rèidio nuair a dh'fhàs e soilleir nach robh mòran aig an dithis eile ri ràdh.

Bha Amy a' beachdachadh air an turas mu dheireadh a dhràibh ise gu Cill Rìmhinn o chionn fichead bliadhna, is i ann an càr a pàrantan leatha fhèin. Bha i an-fhoiseil an-diugh, is am bann-làimhe agus bàs Joni air a h-inntinn, agus bha i air a bhith an-fhoiseil air an latha sin cuideachd. Bha dragh oirre gum biodh Ruaraidh an dùil cadal san aon leabaidh leatha agus cha robh i cinnteach ciamar a dh'innseadh i dha nach robh i deiseil no deònach an ceum sin a ghabhail. Bha i a' feuchainn ri misneachd a lorg, is fios aice gum feumadh i innse dha nach robh i airson a bhith còmhla ris tuilleadh.

Aig an aon àm, bha cuimhneachain Ruaraidh a' leantainn an aon slighe. Cha robh esan air sgur de dh'òl fad an latha ud, is e a' feitheamh air Amy a' tighinn dhan charabhan, is dragh cho mòr air gum biodh ise an dùil fuireach san t-seòmar aigesan. Cha robh e fiù 's airson aideachadh ris fhèin aig an àm sin gun robh e gèidh.

Choimhead an dithis aca a-mach na h-uinneagan aca, gun mothachadh dhan dùthaich tron robh iad a' siubhal: achaidhean buidhe; bailtean beaga, brèagha le rathaidean cumhang air an lìonadh le seann taighean ìosal. Nuair a dhràibh iad tro Uachdar Mucadaidh, bha Ciara an dùil gun canadh Amy rudeigin mu na basgaidean is na bucaidean air a h-uile post-lampa, a bha a' taomadh le flùraichean dathach, ach bha coltas oirre gun robh i ann an saoghal eile.

'A bheil sibh airson stad an seo is cofaidh a ghabhail?' dh'fhaighnich Ciara, a' coimhead air cafaidh beag ri taobh an rathaid. Cha robh Amy airson smaoineachadh mu dheidhinn cofaidh no biadh sam bith. Mar a b' fhaisge a bha iad air Cill Rìmhinn, b' ann a bu dhuilghe a bha e smaointinn mu dheidhinn Joni a chumail far a h-inntinn. B' fheàrr leatha nach robh iad air an taigh fhàgail idir, is gun robh i air am bann-làimhe a chur dhan sgudal.

'Dè ur beachd?' thuirt Ciara a-rithist.

'Dè?'

'A bheil sibh airson stad an seo? Tha coltas snog air a' chafaidh sin – dh'fhaodamaid suidhe a-muigh is cèic no ceapaire a ghabhail sa ghrèin.'

'Tha mise coma,' thuirt Ruaraidh bho chùl a' chàir. Bha esan fhathast caillte ann an cuimhneachain, is taibhsean nam faireachdainnean de mhì-chinnt, eagal agus àicheadh a bh' air o chionn fichead bliadhna a' cèilidh air a-rithist.

'Chan eil an t-acras ormsa,' thuirt Amy, gun choimhead air Ciara.

'Ceart ma-thà.' Choimhead Ciara gu tiamhaidh air a' chafaidh fhad 's a dhràibh iad seachad air. Thionndaidh i an rèidio an-àirde. Am b' ann mar sin a bhiodh an dithis eile fad an deireadh-sheachdain? Cha bhiodh e cho dona mura robh Ruaraidh còmhla riutha: bha i fhèin is Amy toilichte gu leòr uairean de thìde a chur seachad gun bhruidhinn; cofhurtail a bhith còmhla. Bha Ciara a' faireachdainn gun robh còir aice còmhradh a chumail a' dol ge-tà nan robh cuideigin eile còmhla riutha, fiù 's deagh charaid mar Ruaraidh.

Sheall i air anns an sgàthan – bha coltas aonaranach, caillte air. Sheall i air Amy, a bha air a ceann a chur air an uinneig, is coltas oirrese gun robh i air slighe gu deuchainn no agallamh.

Leig Ciara osna aiste. B' fheàrr leatha nach cuala i na faclan *Fuasgladh Cheist* a-riamh.

*

Aig àm bracaist madainn Disathairne, cha robh Ruaraidh, a bha na shuain-chadal fad na h-oidhche, an dùil ri dithis bhoireannach ghreannach air taobh eile nan *cornflakes*.

'Nach mi tha toilichte nach eil mi a' fuireach còmhla riutsa,' thuirt Ciara, is muga mòr cofaidh na làimh. 'Bhithinn feumach air plugaichean-cluaise, no ballachan fuaim-dhìonach, is tusa a' dèanamh gleadhraich mar sin a h-uile oidhche.'

Thug i breab do dh'Amy fon bhòrd. 'A bheil trioblaidean agad le do shròin? 'S dòcha gu bheil an rud sin ort, dè th' ann? *Sleep alopecia*, an e?'

'*Sleep apnea*!' Gu fortanach, bha Ruaraidh a' gàireachdainn. 'Tha mi an dòchas nach eil – feumaidh gun robh mi a' cadal air mo dhruim. Bhiodh Liam gam roiligeadh air mo thaobh nan dèanainn srann tron oidhche… chan eil duine ann gus mo roiligeadh a-nis ge-tà.'

Bha e air fàs muladach a-rithist agus bha an triùir aca sàmhach airson greis. Bha Ruaraidh is Ciara ag ithe uighean is tost, ach cha b' urrainn do dh'Amy coimhead air biadh sam bith. Bha i a' faireachdainn gun robh am bann-làimhe a' losgadh toll na pòcaid, is làn fhios aice nach fhaigheadh i fois gus an robh i air cuidhteas fhaighinn dheth.

Bha iad air innse do Ruaraidh mun bhann-làimhe an oidhche roimhe agus, ged nach robh cuimhne aige gun d' fhuair Amy lorg air idir, bha e air aontachadh gun robh còir aca adhlacadh, is gun toireadh e cuideachadh dhaibh. 'Nach eil thu a' gabhail dragh gu bheil taibhse Joni Dawson faisg ort a h-uile turas a chuireas tu ort e?' bha e air fhaighneachd, mus robh Ciara air sùil fhiadhaich a thoirt air. Cha robh Amy air mòran a ràdh on uair sin, agus b' fheàrr le Ciara gun robh i air am bann-làimhe a shadail dhan mhuir tràth sa mhadainn.

A dh'aindeoin nan aghaidhean mùgach sa charabhan, bha a' ghrian a' deàrrsadh agus bha seallaidhean mìorbhaileach air a' mhuir agus air Cill Rìmhinn fhèin.

'Nach neònach gun robh thu fhèin is Amy còmhla an turas mu dheireadh a bha sibh an seo,' thuirt Ciara mu dheireadh thall, is i a' dèanamh oidhirp ri cuspair eile a lorg. 'An robh sibh san aon seòmar?'

Thug Amy sùil air Ruaraidh, a bha a' feuchainn gun choimhead oirre. 'Seadh,' thuirt i mu dheireadh thall, mar gun robh Ciara air bruidhinn rithe ann an cànan cèin. Mhothaich i gun robh a bean a' coimhead oirre agus chrath i i fhèin, a' feuchainn ri fiamh-ghàire a dhèanamh.

'Tha làn chuimhne agamsa air, Ruaraidh. Bha thu fhèin is an dithis ghlaoic eile air uiread de sgudal a ghabhail nach do chaidil sibhse – no mise – ro chòig uairean sa mhadainn. Cha robh sinn idir san aon leabaidh, is tu fhèin is Scott air tuiteam nur cadal air an làr!'

Bha aodann Ruaraidh cho dearg ris a' bhotal *ketchup* air a' bhòrd. 'Duilich, feumaidh nach robh an oidhche sin cho spòrsail dhutsa 's a bha e dhuinne – cha robh cuimhne agam air sin idir. Cha robh mi cinnteach an robh sinn air…'

'Cha d' rinn sinn dad!' dh'èigh Amy gu luath, is rudhadh a' tighinn na gruaidh cuideachd.

Rinn Ciara gàire, a' feuchainn ri toirt air Ruaraidh gluasad bhon bhòrd. ''Eil thu deiseil leis an truinnsear seo? Tha còir againn dèanamh deiseil airson cuairt a ghabhail mus falbh a' ghrian.'

12

Disathairne 1 Ògmhios 2024, Cill Rìmhinn

'Dè cho fada 's a tha an t-slighe seo?' dh'fhaighnich Ruaraidh gu greannach. Nuair a dh'fhàg iad a' phàirc-charabhain, bha iad air Slighe Chladach Fìobha a leantainn airson mìle no dhà gus an do ràinig iad tràigh bheag, shàmhach aig bonn staidhre. Bha Amy air stad a h-uile còig mionaidean airson coimhead gu dlùth air preasan, creagan is clachan air gach taobh den t-slighe, agus bha e coltach a-nis gun robh i a' dol a sgrùdadh a h-uile gràine gainmhich. 'Chan eil sinn an dùil a leantainn gu ruige Eanstair, a bheil? Bha mise an dùil gun cuireamaid am feasgar seachad air an Tràigh an Ear, is beagan fois a ghabhail.'

Rinn Amy gàire. 'Chan fheum sinn a dhol nas fhaide na seo, Ruaraidh – cuimhnich nach robh Ciara an seo a-riamh, is gu bheil i airson an t-àite fhaicinn.' Thug i sùil air an tràigh bhig, air an robh measgachadh de chreagan is clachan. Air an taobh deas, bha post-comharraidh a' sealltainn far an gabhadh Slighe Chladach Fìobha a leantainn, gu ruige Kingsbarns is an uair sin Cathair Aile. Air an taobh eile, chìthear a' Chathair-eaglais, balla a' chala is na taighean dathach ri taobh an Tràigh an Ear.

'Nach suidh sinn air na creagan seo?' Choimhead Amy air Ciara, air an robh coltas sgìth is lag. 'Agus an òl sibh na botail uisge seo gus nach bi agamsa rin giùlan mar asal?'

Fhad 's a bha Ruaraidh a' feuchainn ris a' chreag bu chofhurtaile a lorg, thionndaidh i ri Ciara. 'Feumaidh gun do choisich Joni tarsainn na tràghad seo air an t-slighe à Kingsbarns. Saoil an ann faisg air seo a bhios a bràthair a' togail cuimhneachan dhi? Àite snog a th' ann, nach e, is an tràigh cho fasgach. Am fàg sinn an seo e, ma gheibh sinn cothrom mus tig duine eile?'

Cha d' fhuair Ciara cothrom dad a ràdh, oir bha Ruaraidh ag iarraidh orra suidhe air creag mhòr rèidh ri taobh na mara. Shuidh iad ann an sàmhchair airson greis, is bus fhathast air Ruaraidh. Bha e air an ad aige fhàgail sa charabhan agus bha mullach a chinn agus aodann a' fàs dearg.

'Nach eil i teth an-diugh,' thuirt Ciara mu dheireadh thall, 'bhiodh e snog nan robh a leithid de shìde againn fad an t-samhraidh. An robh i cho grianach seo nuair a bha sibhse an seo còmhla ri Gemma is Scott?'

Ged a bha gàirdean Ruaraidh a' fàs pinc cuideachd, bha e fhèin a' fàs na bu shona. 'Fhad 's a tha cuimhne agam, bha i snog air an Dihaoine, nach robh, Amy, tron fheasgar co-dhiù. Bha sìde gu math fliuch, grod againn ron sin, ge-tà, agus tron a' mhadainn mus deach sinn air chuairt.'

Shìn Ciara a casan. 'Cha tuirt Scott mòran nuair a thill e a Ghlaschu, is e fhèin is Gemma fada ro thrang... mus do sgar iad.'

'Tha cuimhne agam air sin, ceart gu leòr. Cha robh e tlachdmhor a bhith còmhla ris fhèin is Gemma, is iad ceangailte ri chèile mar bhàirnich fad na tìde.'

Bhreab Ciara Amy gu h-aotrom. 'Tha mi a' gabhail ris nach b' ann mar sin a bha thu fhèin is Amy?'

Rinn Amy fiamh-ghàire lag. 'Cha b' ann!' thuirt i, a' coimhead air Ruaraidh, a bha a' gàireachdainn, 'agus chan ann mar sin a tha sinne nas motha, Ciara – bidh e a' cur cais orm nuair a chì mi leannain a' pògadh gu poblach.'

Ghluais Ciara a-null gus an robh i na suidhe cha mhòr air glùn Amy, agus thug i pòg mhòr, fhliuch dhi, a thug air Ruaraidh balgam uisge a thilgeadh às a bheul.

'Ciara!' dh'èigh Amy, is i a' tilgeadh uisge air a bean bhon bhotal. Leig i oirre gun robh i feargach, ach a' cur a làmh timcheall air guailnean Ciara.

Nuair a stad Ruaraidh a thachdadh, chuir e fhèin ceist air Amy. 'An robh sinne air an tràigh seo?'

'Bha – bha an dithis againne is Gemma a' sadail chlachan dhan mhuir airson deagh ghreis agus nuair a thill sinn dhan tràigh, bha Scott na chadal. Bha e feargach gun do leig sinn leis laighe sa ghrèin airson ùine cho fada – bha aodann air a losgadh agus bha thusa a' gabhail 'giomach' air fad an fheasgair!'

'Ò, tha cuimhne agamsa air sin,' thuirt Ciara. 'Bha aodann, casan is gàirdeanan Scott cho loisgte is goirt nuair a thill e dhachaigh 's gun robh aige ri bagaichean glasraich reòite a chumail orra fad na h-oidhche!'

Rinn Amy gàire. 'Bha esan feargach fiù 's mus deach sinn air a' chuairt, leis gun deach a fhliuchadh ann am fras uisge nuair a chaidh e a-mach airson *Lucozade* a cheannach sa mhadainn. Bog fliuch sa mhadainn, air a losgadh feasgar, agus dh'fhàs e na b' fheargaiche buileach air an t-slighe air ais chun a' charabhain, is sinn a' stad cho tric. Ruaraidh, a bheil cuimhne agad gun do bhris sàil mo bhròig, is gun robh agad ri mo ghiùlan air ais dhan charabhan air do dhruim?'

'Ò, tha thu ceart – bha mi gad ghiùlan fad *mhìltean*, Amy…'

'Ist, cha robh sinn ach troigh no dhà air falbh bhon phàirc-charabhain! Fichead troigh aig a' char as fhaide!'

'Uill, bha e na bu choltaiche ri mìltean – tha thu caol Amy, ach chan eil thu cho aotrom sin!'

'Nach math gun robh thu air uairean a thìde a chur seachad san ionad-spòrs ma-thà – carson a rinn thu uiread de thrèanadh mura robh thu a' dol a thoirt cobhair do bhoireannach brèagha ann an cunnart?'

Bha Ciara a' gàireachdainn ag èisteachd ris an dithis eile. 'Tha sin cho coltach ri Scott – nuair a bha sinn òg, bhiodh e an-còmhnaidh a' call foighidinn leinn air làithean-saora nan robh mi fhìn no Mam airson stad airson diog gus coimhead air rudeigin air an t-slighe. Bha e ann an cabhag fad na tìde, an-còmhnaidh airson teicheadh dhan ath thachartas no dàn'-thuras – cha robh e a-riamh toilichte fuireach san aon àite. 'S ann mar sin a tha e fhathast, is e ag obair cho cruaidh gus an ath ìre a ruigsinn san dreuchd aige, agus gus na càraichean, uaireadairean is aodaich as ùire is as fhasanta a cheannach.'

Shuidh an triùir aca airson mionaid no dhà, a' gabhail na grèine, mus do thòisich Ciara a' bruidhinn a-rithist. 'Nach neònach gu bheil an triùir againn cho dlùth ri chèile a-nis – tha mi beagan nas dlùithe ri Amy na riut fhèin, Ruaraidh, ach tha fios agaibh dè tha mi a' ciallachadh – nuair nach robh mise idir eòlach oirbhse an uair sin.'

Thog i trì bananathan bhon phoca-droma aice agus roinn i iad orra. 'Bha fios agam cò thu, Ruaraidh, is tu air a bhith san taigh againn còmhla ri Scott is na balaich eile, ach bha mise fada fada ro dhiùid airson bruidhinn ri caraidean Scott aig an àm sin, is sibh an-còmhnaidh a' gàireachdainn is ri fealla-dhà.'

'Aidh,' fhreagair Ruaraidh, is a bheul làn banana, 'bha fios againn gun robh piuthar aig Scott, ach b' ann ainneamh a thigeadh tu a-mach às an t-seòmar agad. Nach d' rinn thu cèic mhìorbhaileach airson partaidh a bh' aig Scott air an latha mu dheireadh de na deuchainnean againn? Ach bha thu tinn agus cha robh thu fhèin aig a' phartaidh?'

Rinn Ciara gàire. 'Cha robh mi idir tinn, bha mi nam sheòmar a' coimhead air an tbh fad na h-oidhche! Cha b' urrainn dhomh bruidhinn ri uiread de dheugairean fasanta aig partaidh mo bhràthar!'

'Bha mise aig a' phartaidh sin cuideachd!' thuirt Amy, a' sadail pìos banana a bha dubh a dh'ionnsaigh nan craobhan aig cùl na tràghad, 'agus bha mi fhìn is Ruaraidh fhathast còmhla – smaoinich! Nan robh cuideigin air innse dhomh gum bithinn pòsta aig piuthar Scott an ceann fichead bliadhna, bhithinn air a ràdh gun robh iad craicte. Cha robh mi fhìn is Scott cho mòr aig a chèile, fiù 's aig an àm sin, agus cho luath 's gun do sgar mi fhìn is Ruaraidh, cha robh adhbhar sam bith agam coinneachadh ris, mura robh sinn aig partaidh no banais.'

Ghluais Ciara na b' fhaisge air Amy, ach mus d'fhuair i cothrom dad a ràdh, nochd teaghlach mòr, fuaimneach, còmhla ri dà chù, air an tràigh. Sheas Ruaraidh. 'Ceart, tha mise a' faireachdainn nas beothaile a-nis – an till sinn dhan a' bhaile airson geama goilf-craicte agus reòiteag?'

'Deagh bheachd.' Thug Amy sùil gheur air an teaghlach a bha air nochdadh, is i fo uallach.

'Na gabh dragh, a ghràidh,' thuirt Ciara, fhad 's a bha iad a' coiseachd a dh'ionnsaigh na staidhre aig cùl na tràghad. 'Cha bhiodh e sàbhailte am bann-làimhe fhàgail an seo – rachadh e a-steach dhan a' mhuir, no gheibheadh cù lorg air sa ghainmhich. Gheibh sinn lorg air àite-adhlacaidh nas freagarraiche an-diugh no a-màireach. Nach cuir sinn am bann-làimhe às ar cuimhne an-dràsta, is math an latha a ghabhail?'

13

RINN AMY FIAMH-GHÀIRE lag agus lean i fhèin is Ciara Ruaraidh suas staidhre chugallach air ais chun na slighe. Cha robh i air innse do dhuine beò, fiù 's Ciara, gun robh i air a bhith a' dèanamh rannsachadh air Joni Dawson.

Bha uiread de cheistean aice: cò i; dè seòrsa nighinn, piuthar, caraid a bh' innte? Cha robh e furasta eòlas mar sin fhaighinn air cuideigin a chaidh air chall mus robh a h-uile duine air na meadhanan sòisealta – cha robh ri lorg air-loidhne ach fiosrachadh tioram, neo-phearsanta. Bha Joni an dùil ceum ann an luibh-eòlas a thòiseachadh aig Oilthigh Aberystwyth san fhoghar, nuair a thilleadh i dhachaigh. Bha bràthair aice, ach cha robh a pàrantan beò. Bha a h-athair air bàsachadh ann an tubaist càir o chionn deich bliadhna, agus ghabh a màthair grèim-cridhe an-uiridh. Cha robh fios aig Amy dè an seòrsa ciùil a bha a' còrdadh ri Joni, an robh leannan aice, dè an seòrsa fhlùraichean a b' fheàrr leatha, dè na draghan a bha oirre is na dòchasan a bha aice. Nighean òg le beatha shlàn roimhpe.

Bha i air uairean a thìde a chur seachad a' coimhead air a' bhann-làimhe cuideachd. A rèir coltais, b' e Frieda Wüst, seudaire ainmeil, a rinn e: ged nach d' fhuair i aithne sam bith fhad 's a bha i beò, bha cliù mòr air an t-seudraidh aice a-nis air feadh an t-saoghail. Bha Amy air a beò-ghlacadh leis na dealbhan air-loidhne, is a' mhòr-chuid den t-seudraidh co-cheangailte ri nàdar. Bha na seudan-muineil, bràistean is fàinneachan uile cho mìn is cho mionaideach 's a bha am bann-làimhe, is flùraichean is duilleagan den a h-uile seòrsa orra. Bha rudeigin sònraichte mun bhann-làimhe, ge-tà – mar gun deach gaol a bharrachd a leaghadh ann, is gun robh pàtrain nan duilleagan a' ciallachadh rudeigin sònraichte, shaoil Amy.

Mus faca i *Fuasgladh Cheist*, cha mhòr nach robh i air

dìochuimhneachadh cò às a thàinig am bann-làimhe. A-nis, ge-tà, bha dealbh dheth, agus den nighinn air an robh e, loisgte na h-inntinn.

'Eil thu ceart gu leòr?' Bhris guth Ciara a-steach air smuaintean Amy. Bha an dithis aca air stad aig mullach na staidhre agus bha Ciara a' casadaich. Sheall Amy air a bean, a bha fhathast a' coimhead geal, ged a bha i air a bhith fon ghrèin fad an latha. 'Mise? Tha còir agam an aon cheist a chur ortsa. Rinn sinn eacarsaich gu leòr an-diugh – chan eil mi airson 's gum bi thu a' faireachdainn nas miosa buileach.'

Chuir i a gàirdean timcheall air meadhan Ciara agus lean iad Ruaraidh gu slaodach. 'Coma leinn den bhann-làimhe an-diugh – na smaoinich mu dheidhinn tuilleadh. Mar a thuirt thu, bidh tìde gu leòr againn dèiligeadh ris a-nochd no a-màireach.'

Rinn Ciara fiamh-ghàire. 'Taing, tha mi caran sgìth, gu dearbh, ach nì mi an gnothach air an dithis agaibh fhathast aig goilf-craicte.'

'An dèan?' fhreagair Amy, a' gàireachdainn. 'Chan fhaigheadh tusa *hole in one* nan robh thu nad sheasamh ri taobh an tuill!'

Cha robh iad air coiseachd fada nuair a stad Ruaraidh air am beulaibh. 'Seall air sin!' thuirt e, a' coimhead air coineanach a bha na shuidhe air an t-slighe romhpa, ag ithe feur. Fhad 's a bha iad a' coimhead air, chuala iad guthan Ameireaganach nas fhaide air adhart air an t-slighe.

Ruith an coineanach air falbh agus choisich an triùir aca a dh'ionnsaigh nan guthan. Bha dithis luchd-obrach bhon chomhairle ionadail a' bruidhinn ri ceathrar luchd-turais.

'…boireannach òg a chaidh a lorg an seo o chionn bhliadhnaichean – bha an deoch oirre, no rudeigin mar sin, agus thuit i an seo, a-steach dhan phreaslach. Feumaidh gun robh i na laighe an sin fad seachdain no dhà – bidh am preaslach cho domhainn aig an àm seo den bhliadhna 's nach fhaiceadh tu dad ann, fiù 's corp.'

'Dè tha a' tachairt a-nis? ' dh'fhaighnich tè.

Sheall na fir-obrach air a chèile. 'A rèir choltais,' thuirt fear dhiubh, 'tha bràthair a' bhoireannaich airson cuimhneachan a stèidheachadh dhi aig deireadh na mìos. Chaidh innse dhuinn an làrach seo a dheasachadh.'

Bha an luchd-obrach air cuid de na preasan ri taobh na slighe a ghearradh bhon làraich agus bha teip-thomhais is trì no ceithir puist nan laighe air an fheur.

'Dè an seòrsa cuimhneachain a bhios ann?' dh'fhaighnich fear den luchd-turais.

'Cò aig a tha fios,' thuirt an neach-obrach eile, 'àite snog a th' ann air a shon, feumaidh mi ràdh, is seallaidhean brèagha air a' bhaile.'

Bha e soilleir nach robh iad deònach barrachd tìde a chur seachad a' cabadaich ri luchd-turais, agus thionndaidh fear dhiubh air ais chun an t-sàibh aige.

*

Cha tuirt Ciara, Amy no Ruaraidh facal gus an deach iad seachad air a' phàirc-charabhain agus sìos an t-slighe gu Tràigh an Ear Chill Rìmhinn. Shuidh iad air being os cionn na tràghad, a' coimhead air clann a' togail chaistealan agus coin a' ruith ann an cearcallan.

Gu h-obann, chrom Amy a ceann agus thòisich i a' caoineadh. Chuir Ciara a làmh air a druim agus sheas Ruaraidh suas, a' coimhead mì-chofhurtail. 'Nach tèid mise dhan a' bhùth bheag air a' chidhe, feuch a bheil reòiteagan air fhàgail?' thuirt e, a' feuchainn ri ghuth a chumail aotrom. 'Fàgaibh beagan rùm dhomh air a' bheing agus bidh mi air ais ann am mionaid no dhà.'

Dh'fhalbh e agus ghlac Ciara Amy gu teann gus an do sguir i a chaoineadh.

'Bha ise ann!' thuirt Amy mu dheireadh thall, is a ceann fhathast na làmhan.

'Dè thuirt thu, a ghràidh?' Thòisich Ciara a' suathadh druim Amy agus thug i nèapraige dhi.

'Joni. Bha ise na laighe an sin, marbh, agus choisich sinn seachad oirre! Bha sinne air an t-slighe os a cionn, ri spòrs is a' gearan mun teas, agus bha ise marbh. Agus ghoid mi am bann-làimhe aice.'

'Och, Amy, stad ort. Ciamar idir a bhiodh for agaibhse gun robh ise ann? Cha d' fhuair na poilis lorg oirre fad seachdain. Chuala tu na thuirt an neach-obrach ud – bidh am preaslach cho domhainn 's nach biodh e comasach do dhuine dad fhaicinn ann. Agus cha b' e goid a rinn thu – fhuair thu lorg air rudeigin agus bha thu an dùil a thoirt dhan a' phoileas, nach robh?'

'Bha… uill, b' e Gemma no Scott a bha am beachd a thoirt dhan stèisean poilis. Feumaidh nach do bhodraig iad, oir fhuair mi lorg air na mo bhaga nuair a ràinig mi dhachaigh.'

Chaidh gaoir tro Amy agus ghabh i grèim air làmh Ciara. 'Bha i na laighe cho faisg oirnn,' thuirt i a-rithist.

Shuidh iad ann an sàmhchair airson mionaid no dhà, gus an do leum Ciara suas. 'Nach eil sinn fortanach, Amy!'

'Fortanach?' thuirt Amy le iongantas.

'Tha! Tha fios againn a-nis càit an cuir sinn am bann-làimhe, is na daoine sin air làrach a thaghadh dhuinn! Thèid sinn air ais chun na làraich sin a-nochd, nì sinn toll faisg air na preasan a bha iad a' gearradh agus fàgaidh sinn am bann-làimhe ann. Cuiridh sinn clachan beaga air a mhullach – mar sin, ma gheibh iad lorg air a' bhann-làimhe, bidh iad den bheachd gun robh e ann on a thuit Joni, is gun adhbhar sam bith aca a bhith amharasach!'

Rinn Amy gàire lapach. 'Aidh, 's dòcha gun obraich sin.'

'Nach tuirt mi riut gum faigheamaid lorg air àite na b' fheàrr na tràigh?' Shuidh Ciara sìos a-rithist agus thug i cudail do dh'Amy.

Chrom Amy a ceann agus shuath i a sùilean a-rithist. Mus do thill Ruaraidh, sheall i air ais air an t-slighe, a bha cho brèagha sa ghrèin aig toiseach an t-samhraidh, agus far an robh nighean cho òg air bàsachadh. Dh'fhairich i oiteag a' sèideadh air cùl a h-amhaich rùisgte.

Carmarthen, 1955

Fiù 's bho mhullach ballachan caisteal Charmarthen ann am meadhan a' bhaile, bha an dùthaich gu math rèidh. Seallaidhean brèagha de thuathanasan, agus den abhainn a' gabhail slighe lùbach chun na mara. Tarraingeach, ach cho eu-choltach ri seallaidhean Innsbruck, far an robh mòrachd nam beann ri fhaicinn bho na prìomh shràidean.

'Chan eil còir agaibh seo a thoirt dhòmhsa – nach eil e ro phrìseil dhuibh?'

Shuath Joanna a sùilean, is na deòir a' ruith sìos a h-aodann gun sgur. 'B' fheàrr leam gum b' ann agadsa a bha e, Gabi. Seall – tha mo ghàirdean fhìn a' fàs ro chumhang dha. Bhiodh do mhàthair airson 's gum biodh e agad cuideachd, is gun mòran mhìosan agam air fhàgail a-nis.'

Choimhead i a-mach an uinneag, air a' ghàrradh bheag, shnog, a bha i air a lìonadh le lusan, preasan is flùraichean dathach thairis air na còig bliadhna deug on a cheannaich i fhèin is Frieda an taigh. Cha d' fhuair iad ach dà bhliadhna de thoileachas ann mus do chaochail Frieda, ach bha Joanna air being a stèidheachadh fon chraoibh gheanm-chnò a chuir iad nuair a ghluais iad a-steach, far am biodh i a' gabhail cofaidh a h-uile latha tioram agus ag innse do Frieda mun chloinn.

Chuir Gabi Frieda bheag sìos sa chreathail. 'Na can sin – chan urrainn dhuibh ar fàgail. Cò dh'innseas sgeulachdan mun Ostair dhan tè bhig seo, mu mo mhàthair is a' bhùth aice? Tha sibhse air a bhith coltach ri màthair dhomh fhìn is Kurt fad trì bliadhna deug – dè nì sinn às ur n-aonais? Tha sibhse ro òg – tha sinne ro òg.'

Sheall Joanna air an leanabh. 'Bha do mhàthair ro òg cuideachd.'

Cha robh i airson cuimhneachadh nach fhaca Frieda am baile is na beanntan air an robh i cho measail a-rithist. Ged a bha iad air toileachas agus ìre de shàbhailteachd a lorg ann an Carmarthen, is na nàbaidhean aca den bheachd gum b' e co-oghaichean a bh' annta, bha iad a-riamh an dùil tilleadh dhan dhachaigh aca aon latha.

Chuir i am bann-làimhe air a' bhòrd ri taobh Gabi. 'Rinn Frieda seo dhomh airson mo cho-là-breith. Thuirt i rium nach b' urrainn dhi fàinne a thoirt dhomh – ach dè bh' ann am bann-làimhe ach fàinne mhòr? Tha e air a bhith orm a h-uile latha bhon uair sin – ach na làithean riaslach ud nuair a bha sinn a' feuchainn ris a' Chuimrigh a ruighinn. Tha e a' riochdachadh gaol Frieda, agus tha mi airson 's gum bi e aig cuideigin air an robh gaol aig Frieda. Chaidh a thoirt dhòmhsa le gaol agus tha mi ga thoirt dhutsa le gaol, is tu mar nighean dhomh. Nuair a bhios an tutag seo nas sine, is clann aice fhèin 's dòcha, nach toir thu dhìse e. Agus nach inns thu dhi sgeulachd a' bhann-làimhe, is iarr oirrese an sgeulachd innse don chloinn aicese.'

Rinn Gabi oidhirp gun chaoineadh, gus nach rachadh Frieda bheag a dhùsgadh. Phaisg i làmh Joanna na làmhan fhèin ge-tà, agus chrom i a ceann. 'Sgeulachd mo mhàthraichean.'

14

Didòmhnaich 2 Ògmhios 2024, Cill Rìmhinn

BHA SRANNAN RIN cluinntinn bho sheòmar Ruaraidh nuair a dh'fhàg Ciara is Amy an carabhan.

'Am feuch sinn ri a dhùsgadh a-rithist?' dh'fhaighnich Amy. Cha mhòr nach robh i air tuiteam sìos staidhre a' charabhain, is a casan air chrith.

'Dè eile a nì sinn? Bha fios aige gum b' ann aig uair sa mhadainn a bhiodh sinn a' falbh: thuirt e aig meadhan-oidhche gun robh e am beachd norrag a ghabhail, agus seo e a-nis ann an rìoghachd nan suain. Cha dèanadh rocaid a' chùis air a dhùsgadh a-nis.'

Ghabh i grèim air Amy gus nach tuiteadh i agus choimhead i air a cùlaibh, is i an dòchas gum biodh Ruaraidh air nochdadh gus taic a chumail riutha. Cha do nochd, ge-tà.

Choimhead Amy air a cùlaibh cuideachd, ged nach b' e Ruaraidh ris an robh ise an dùil.

Bha a' ghealach air cùl sgòthan agus, cho luath 's a dh'fhàg iad a' phàirc-charabhain, chuir Ciara an toirds air a' fòn aice air. Lean iad an t-slighe gu faiceallach, làmh air làimh.

'Tha mi air m' inntinn atharrachadh,' thuirt Amy gu h-obann ann an guth briste, a' coimhead suas mar gun robh i air rudeigin fhaicinn a' sgèith os an cionn. Fiù 's san dorchadas, mhothaich Ciara gun robh aodann Amy glas is fallasach. Chan fhaca i a bean na leithid de bhreislich a-riamh. San àbhaist, b' i Ciara a ghabhadh eagal ron dorchadas, no fuaimean neònach. Leis an fhìrinn innse, smaoinich Ciara, b' fheàrr leamsa tilleadh dhan a' charabhan cuideachd. Chuir i a làmhan air guailnean a mnà ge-tà agus thug i air Amy coimhead oirre.

'Tha sinn air Slighe Chladach Fìobha, Amy: chan fhaigh sinn

cothrom nas fheàrr cuidhteas fhaighinn den bhann-làimhe. Chan fheum sinn ach coiseachd air an t-slighe seo fad còig no deich mionaidean, toll beag a dhèanamh, am bann-làimhe a chur ann, is tilleadh dhan charabhan. Sin e – bidh sinn air ais san leabaidh taobh a-staigh uair a thìde. Chan eil, agus cha bhi, duine eile mun cuairt. Nach lean sinn oirnn?'

Thòisich Amy a' socrachadh rud beag, ach an uair sin leum i air ais, a' coimhead timcheall oirre. 'Dè bha siud?'

Leum Ciara air ais cuideachd, mus do thòisich i a' gàireachdainn. 'Seall, Amy, 's e coineanach a th' ann – tha iad pailt an seo, nach eil!'

Tharraing Amy anail mhòr agus lean i Ciara air an t-slighe. Bha làmh Ciara goirt mun àm a ràinig iad an làrach far an robh luchd-obrach na comhairle air post beag a chur dhan talamh, is Amy a' greimeachadh air mar chrios-teasairginn. Bha an dithis aca air clisgeadh a h-uile turas a chuala iad brag, dìosgan no glaodh bho eòin is beathaichean na h-oidhche. Nan robh fios aig Ruaraidh dè na mallachdan a bha Ciara a' cur air, cha bhiodh e na shuain-chadail.

Mura robh iad na leithid de staing, bhiodh an sealladh air còrdadh riutha gu mòr: na solais air bàtaichean-iasgaich sa chaladh; sluaisreadh na mara; cruth dubh na cathair-eaglais os cionn a' bhaile. Chan fhaca Amy is Ciara dad ach an làrach air am beulaibh.

Thog Ciara spaid ùr, ghleansach, agus miotagan-gàrraidh tiugha bhon bhaga aice, a bha i air a cheannach anns a' bhaile mus do ghabh iad dìnnear.

'Ceart,' thuirt i, a' coimhead sìos air an talamh. Cha robh i airson crùbadh is a sùilean a thoirt air falbh bhon t-slighe, ach bha e follaiseach nach biodh Amy gu feum sam bith. Bha ise caillte ann an saoghal eile, far nach gabhadh taibhse Joni Dawson fois gus am faigheadh i am bann-làimhe aice air ais.

Choimhead Ciara gu dlùth air na preasan: bha luchd-obrach na comhairle air peant a chur air cuid dhiubh, agus bha i a' gabhail ris gun robh iad an dùil an toirt air falbh. 'Amy, dè do bheachd? An dèan mi toll fon phreas seo? Tha e coltach gum bi an luchd-obrach ri cladhach an seo – gheibh iadsan lorg air a' bhann-làimhe ma chuireas sinn an seo e agus gheibh bràthair Joni air ais e!'

Cha tuirt Amy dad, is i fhathast air chrith. Cha b' urrainn dhi coimhead air an àite far an robh nighean òg na laighe, is i fhèin, Ruaraidh, Gemma is Scott a' coiseachd seachad oirre.

An robh thu fhathast beò? dh'fhaighnich i do thaibhse Joni. *Nan robh sinn air coimhead sìos, am biodh sinn air d' fhaicinn, air do shàbhaladh?*

'Dè thuirt thu?' Bha e coltach gun robh Amy ann am meadhan trom-laighe, is i a' luasgadh is a' bruidhinn rithe fhèin fo a h-anail. Sheas Ciara agus thug i air Amy suidhe sìos gu faiceallach air an fheur ri taobh na slighe.

'Cha bhi mi ach diog, Amy,' thuirt i, a' gabhail aithreachas a-rithist nach robh Ruaraidh còmhla riutha. 'Bidh mi còmhla riut ann an diog.'

Chuir i na miotagan-gàrraidh oirre agus thòisich i air toll beag a chladhach fon phreas. Cha robh e idir cho furasta 's a bha i an dùil – b' ann aig Amy a bha ùidh ann an gàirnealachd agus cha b' àbhaist do Chiara dad a dhèanamh sa ghàrradh ach suidhe sìos is coimhead air na h-eòin is na flùraichean. Dh'fhàs a làmhan goirt gu luath, is i na bu chleachdte ri obair fhinealta ann an cidsin glan na cladhach san talamh chruaidh: spaideal an àite spaid. Bha i air a seacaid a thoirt dhith agus bha a druim fliuch mus robh an toll domhainn gu leòr.

Mu dheireadh thall, thog i am bann-làimhe bhon bhogsa bheag anns an robh e agus chuir i dhan toll e. Shuath i ùir air a' bhann-làimhe gus nach biodh e cho gleansach agus lìon i an toll a-rithist. Leis gun robh luchd-obrach na Comhairle air a bhith ag obair air an làraich tron latha, cha bhiodh duine sam bith a' toirt feart air pìos talmhainn mì-sgiobalta. Chuir i meangan no dhà a chaidh a ghearradh bho na preasan air mullach an tuill mus do sheas i a-rithist.

Choimhead i air Amy, a bha fhathast na suidhe air an fheur, a' coimhead suas air na speuran. 'Sin e, Amy,' thuirt Ciara rithe, a' sìneadh suas mus do chuir i na miotagan is an spaid ann am baga plastaig, 'mar nach robh sinn ann idir. Nach till sinn dhan charabhan a-nis?'

Choimhead Amy oirre gu slaodach, agus an uair sin air an làraich. 'Tha e dèante?'

Shuidh Ciara ri a taobh, a dh'aindeoin fuachd na talmhainn, agus chuir i a gàirdean timcheall oirre. 'Tha am bann-làimhe air ais far an robh e, is chan fheum sinn dragh a ghabhail mu dheidhinn tuilleadh.'

Cha do ghluais iad airson greis: bha Ciara cho sgìth ri cù agus bha Amy fhathast a' cur cheistean air taibhsean. Chrath Amy a ceann mu dheireadh thall agus sheas i gu slaodach. 'Tha mi a' smaoineachadh gu bheil i taingeil.'

Sheas Ciara cuideachd. 'A bheil còir againn rudeigin a ràdh?'

Chaidh Amy a-null dhan phreas agus chuir i a làmh air an talamh far an robh Ciara air am bann-làimhe adhlacadh. Rinn Ciara an aon rud. 'Gabh fois, Joni,' thuirt Amy, 'gus am bris an latha.'

MU CHEITHIR UAIREAN sa mhadainn, chuala Ruaraidh sgreuch
àrd, gheur. Leum e suas agus ruith e a-mach dhan trannsa bheag.
Sheas e taobh a-muigh seòmar-cadail Amy is Ciara, às an robh am
fuaim gairiseachail a' tighinn, a' crathadh botal uisge mar gum b' e
claidheamh a bh' ann. 'A... a bheil sibh ceart gu leòr?' dh'fhaighnich
e, a' dèanamh oidhirp gun leigeil air gun robh a chasan air chrith.

Stad am fuaim gu h-obann agus, an dèidh mionaid no dhà,
nochd Ciara aig an doras. 'Tha sinn fhathast beò, Ruaraidh.
Duilich, bha trom-laighe air Amy, ach tha i na dùisg a-nis.'

Thug i sùil air a' bhotal na làimh. 'An robh thu air do chois
mar-thà?'

Dh'òl Ruaraidh balgam uisge bhon bhotal, a' leigeil air nach
robh e air a bhith an dùil a chleachdadh mar bhall-airm. 'Bha...
bha am pathadh orm, is an oidhche cho blàth. Cuin a bhios sinn
a' falbh?' dh'fhaighnich e, a' feuchainn ris an cuspair atharrachadh.

'A' falbh? A bheil fios agad dè an uair a tha e? Dh'fhalbh sinne
aig uair sa mhadainn, mar a dh'aontaich sinn! Dh'fheuch sinn ri do
dhùsgadh, ach cha gabhadh a dhèanamh gun dùdach no druma!'

'Cha d' rinn mi ach norrag bheag!' thuirt Ruaraidh gu dubhach,
a' coimhead a-mach an uinneag, far an robh e a' fàs soilleir mar-thà.
'An d' rinn an dithis agaibh a' chùis nur n-aonar? A bheil e san àite
a chunnaic sinn an-diugh?'

'Tha – innsidh sinn dhut mu dheidhinn sa mhadainn.' Cha robh
Ciara air mòran cadail fhaighinn is cha robh i idir airson sgeulachd
fhada innse dha. 'Tha mise a' dèanamh cupa tì do dh'Amy– an gabh
thu fhèin fear?'

Rinn Ruaraidh mèaran mòr. 'Ò, tha mise fada ro sgìth. Chan
fhaic sibh mi ro fheasgar a-màireach, tha mi cinnteach.'

Chrom Ciara a ceann. 'Uill, mura h-eil sinn an seo nuair a

dhùisgeas tu, cuir fòn thugam. 'S dòcha gun tèid sinn chun na Tràigh an Iar.'

'Deagh bheachd. Tha e coltach gum bi an t-sìde àlainn a-rithist. Gheibh mi lorg oirbh cho luath 's a dhùisgeas mi às mo dhùsal. Oidhche mhath.'

Dh'fhalbh e dhan t-seòmar-cadail aige a-rithist agus dh'fhalbh Ciara dhan chidsin. Nuair a thill i dhan leabaidh, bha Amy fhathast geal agus fallasach. 'Dh'èirich i bhon talamh,' thuirt i, a' coimhead air Ciara le sùilean cruinn.

'Ist, a luaidh.' Thug Ciara cupa blàth dhi agus shuidh i ri a taobh a' feuchainn ri na faclan ceart a lorg. Cha robh Amy a' creidsinn ann an taibhsean no spioradan a-riamh, agus cha robh Ciara cinnteach dè na smaointean a bha a' ruith tro a ceann a-nis. 'Tha am bann-làimhe san àite cheart, agus bidh spiorad Joni aig fois, nach bi?'

Sheall Amy oirre, is i fhathast air chrith. 'Chan eil mi airson fhaicinn a-rithist. Dè thachras ma gheibh na poilis lorg air…'

'Cha dèan e diofar dhuinne.' Thug Ciara air Amy laighe sìos a-rithist. 'Tha e san àite far an deach Joni a lorg, far am bi iad ri cladhach co-dhiù. Rinn sinn cinnteach nach robh ar lorgan-meòir air: ma thèid a lorg a-nis, bithear an dùil gun robh e ann on a thuit Joni, is gun deach a thogail le spaidean an luchd-obrach.'

'Ceart.' Bha Amy fhathast a' coimhead teagmhach.

Laigh Ciara ri a taobh agus chuir i dheth an solas. 'Tha thusa sàbhailte an seo, Amy, agus tha am bann-làimhe sàbhailte far a bheil e. Na smaoinich mu dheidhinn tuilleadh – bruidhnidh sinn a-rithist sa mhadainn.'

Dhùin Amy a sùilean, ach cha do thuit i na cadal gus an do thòisich na heòin a' ceilearadh taobh a-muigh na h-uinneig.

Dimàirt 4 Ògmhios 2024 – Baile Nèill, Glaschu

BHA AMY SGÌTH is fliuch nuair a thill i dhachaigh bhon obair feasgar Dimàirt, is an t-uisge air tòiseachadh gun rabhadh fhad 's a bha i a' coiseachd air ais bhon stèisean-rèile. Dhìochuimhnich i cho fliuch is mì-chofhurtail 's a bha i nuair a choisich i a-steach dhan taigh, is fàilidhean circe is teòclaid san trannsa. Lean i iad a-steach dhan chidsin, far an robh Ciara na suidhe aig a' bhòrd.

''S e Dimàirt a th' ann!' thuirt i, air bhioran.

Choimhead Amy oirre le iongantas. 'Tha fios 'm – cha robh duine beò a-riamh toilichte gum b' e Dimàirt a bh' ann. Dè tha dol?'

Rinn Ciara fiamh-ghàire. 'Nach cuir thu aodach tioram ort gu luath, agus cuiridh mise do dhinnear air truinnsear. 'S ann an-diugh a chaidh an dàrna phrògram *Fuasgladh Cheist* a chur air-loidhne!'

Leig Amy osna aiste fhad 's a bha i a' coiseachd suas an staidhre. Nach eil sinn air fada cus a chluinntinn bhon t-sreath sin mar-thà, smaoinich i. Feumaidh gun do dh'aithnich Ciara dè an triom anns an robh a bean, oir cha tuirt i facal mu dheidhinn *Fuasgladh Cheist* a-rithist gus an do chuir iad crìoch air a' bhiadh a rinn i.

'Bha pastraidh teòclaid no dhà air fhàgail san taigh-bìdh an-diugh,' thuirt i, fhad 's a bha iad a' nighe nan soithichean. 'An gabh sinn fear fhad 's a bhios sinn a' coimhead a' phrògram?'

Rinn Amy fiamh-ghàire ain-deònach. Abair brìb. Shuidh iad air an t-sòfa le pastraidhean agus tì, agus bhrùth Ciara 'cluich'. An dèidh dha na preasantairean cunntas goirid a dhèanamh air a' chiad phrògram, thòisich Sorcha a' bruidhinn mu dheidhinn duine amharasach.

'Chuir sinn fòn gu boireannach a bha a' fuireach ann an carabhan air taobh eile na pàirce, a bha a' tilleadh bhon a bhaile nuair a chunnaic i rudeigin neònach.'

'Bha droch shìde ann fad an fheasgair ud,' thuirt guth boireann le blas Èireannach. 'Chaidh mise a-steach dhan a' bhaile gu luath airson biadh a cheannach agus thill mi dhan charabhan. Ged nach robh e anmoch – naoi no deich uairean, bha e dorcha mar-thà, leis cho dubh 's a bha na sgòthan. Cha robh duine eile mun cuairt nuair a leum mi a-mach às a' chàr, ach an uair sin, chunnaic mi duine mòr a' coiseachd a dh'ionnsaigh carabhan. Bha mi a' gabhail ris gun robh an carabhan falamh, oir bha na cùirtearan air a bhith dùinte fad an latha, is cha robh solais air. Bha coltas gu math cugallach air an duine, mar gun robh an deoch air, agus bha e a' giùlan rudeigin na làmhan. Chuir e an rud sìos ri taobh a' charabhain agus, nuair a sheas e, bha a làmhan falamh.'

'Am faca e sibh?' dh'fhaighnich Calum.

'Chan fhaca, bha an t-uisge ro throm, agus bha e a' coiseachd air falbh bhuam.'

'Dè thachair an uair sin?'

'Bha mi bog fliuch. Chaidh mi a-steach dhan charabhan agam fhìn agus cha do smaoinich mi mu dheidhinn a-rithist gus an cuala mi mun nighinn a chaidh air chall. Chaidh mi chun a' phoilis agus thuirt iad gun toireadh iad sùil fo na carabhanaichean uile.'

'A rèir nam poilis,' thuirt Sorcha, 'cha robh dad fon charabhan far an robh an duine ach geansaidh purpaidh a bha bog fliuch, is cuideigin air bhodca a dhòrtadh air. Sheall iad an geansaidh do theaghlach Joni Dawson agus dhearbh iad nach b' ann leatha a bha e, is e fada ro bheag. Cha robh DNA Joni air nas motha. Tha sinne airson faighinn a-mach cò an duine amharasach. Dè bha e ris? Am faca esan Joni, no duine eile fhad 's a bha e a-muigh? An do dh'fhàg e rudeigin eile fo charabhan, air nach d' fhuair na poilis lorg?'

Bhrùth Ciara stad air a' bhidio. Bha aodann Amy geal. 'Nach math gun deach sinn do Chill Rìmhinn mar-thà,' thuirt i ann an guth cugallach. 'Smaoinich – bidh a h-uile lorgair a tha a' leantainn an t-sreath seo a' dol dhan a' bhaile a-nis, is a' coimhead fon a h-uile carabhan.'

Chuir Ciara a làmh air làmhan Amy gus am blàthachadh. 'Ma bhios uiread de 'lorgairean' ann, nach fhaigh fear dhiubh lorg air a' bhann-làimhe? Gheibh bràthair Joni Dawson air ais e agus cha bhi adhbhar againne smaoineachadh mu dheidhinn tuilleadh.'

'Saoil an robh murtair ann fhad 's a bha mise ann o chionn fichead bliadhna?' thuirt Amy ann an guth sàmhach, gun èisteachd ri Ciara.

Mar a b' àbhaist, bhiodh Ciara a' faicinn mhurtairean sa h-uile àite, is i cho measail air prògraman is pod-chraolaidhean mu eucoir. Rinn i gealltanas dhi fhèin, ge-tà, nach toireadh i sùil air cùis-mhuirt eile nam fàsadh Amy na bu mhisneachaile, na bu thoilichte, mar a bha i mus cuala iad dad mun bhann-làimhe. Chùm i grèim teann air làimh a mnà.

'Amy, chan eil dearbhadh aca gun robh murtair ann idir, a bheil? Chunnaic aon bhoireannach cuideigin a' coiseachd eadar carabhanaichean air oidhche stoirmeil, rinn na poilis sgrùdadh air an àite, is cha d' fhuair iad lorg air dad amharasach idir!'

Sheas i. 'Chan èist sinn ris a' chòrr den phrògram an-dràsta. Tha mi duilich, Amy, cha robh mi an dùil gun toireadh e droch bhuaidh ort. Nach dèan sinn rudeigin tlachdmhor mus tèid sinn dhan leabaidh, nach eil idir ceangailte ri murt no murtairean? Nach robh thu airson sealltainn dhomh dè na lusan a tha thu am beachd a chur sa ghàrradh?'

Sheall Amy oirre agus sheas ise cuideachd. 'B' fheàrr leam nach deach mi do Chill Rìmhinn a-riamh. Duilich, tha mi cho sgìth – bhiodh e cho math dhomh dol dhan leabaidh tràth a-nochd, feuch am bi mi ann an triom nas fheàrr a-màireach.'

*

Cho luath 's a thuit Amy na cadal, thill Ciara dhan t-seòmar-suidhe, far an do chuir i seachad an còrr den oidhche a' coimhead air beachdan luchd-amhairc *Fuasgladh Cheist* air-loidhne. Bha taga-hais ùr, #CeartasDoJoni, air nochdadh air na meadhanan sòisealta, is tòrr dhaoine am beachd turas a ghabhail do Chill Rìmhinn.

'Nach dèan sibh cinnteach gum faigh sibh lorg air a' bann-làimhe na mallachd,' thuirt Ciara ris an sgrìon mus do dhùin i an coimpiutair.

Thug i sùil air a h-uile doras is uinneag san taigh co-dhiù trì tursan mus deach i dhan leabaidh, airson dèanamh cinnteach gun robh iad glaiste.

*

Swansea

'Seall air seo, Art,' thuirt Will, a' coimhead air na meadhanan sòisealta. '#CeartasDoJoni – tha na daoine seo uile den bheachd gu bheil fianais ri lorg ann an Cill Rìmhinn! Saoil am bi na mìltean de lorgairean fhathast ann nuair a thèid sinn fhìn dhan a' bhaile ann an cola-deug.'

Cha robh Art air coimhead air dad ach beachdan air *Fuasgladh Cheist* on a nochd an dàrna prògram.

'Tha fios 'm. Chan eil mi airson 's gun tig iad uile chun na seirbheis chuimhneachaidh ge-tà – 's e tachartas prìobhaideach a bhios ann, nach e?'

Mhothaich Will gun robh guth Art air chrith.

''S e,' fhreagair e, a' feuchainn ri fòn Art a thoirt air falbh, 'chan fheum sinn a shanasachadh idir. Cha bhi ann ach sinn fhìn.'

Choimhead Art air falbh bhon sgrìon mu dheireadh thall. 'Dè do bheachd, Will, am faigh iad lorg air rudeigin? Air a' bhann-làimhe?'

'Cò aig a tha fios. Chuireadh e iongnadh orm mura faigheadh uiread de rannsaichean – fiù 's rannsaichean nach deach an trèanadh ceart – lorg air *rudeigin*.'

17

Didòmhnaich 9 Ògmhios 2024, Glaschu

AIR MADAINN PARTAIDH co-là-breith Niamh, bha Ciara air a cois aig sia uairean sa mhadainn airson cèic a dhèanamh. Nuair a nochd Amy sa chidsin aig leth-uair an dèidh deich, le falt mì-sgiobalta agus casan rùisgte, bha cèic mhòr, phurpaidh agus sgonaichean ùra air a' bhòrd. Rinn i gàire nuair a choimhead i air Ciara. 'Nach tu a tha a' fàs sean – tha d' fhalt a' dol geal mar-thà!'

Choimhead Ciara oirre fhèin ann an doras na h-àmhainn agus ruith i a làmhan tro a falt, a' gàireachdainn is a' feuchainn ri cuidhteas fhaighinn den a' mhin-fhlùir a bha ann.

Nuair a bha a falt a' coimhead nas duinne, chuir i air an coire, a' coimhead air a bean. 'Chan eil thu a' coimhead cho sgìth an-diugh. An do chaidil thu na b' fheàrr a-raoir? Cha do dhùisg thu, an do dhùisg? Cha chuala mi thu co-dhiù.'

'Cha do dhùisg, agus tha mi a' faireachdainn mìle uair nas fheàrr.' Thug i sùil air a' bhòrd agus chuir i dà sgona air truinnsear. 'Bidh mi nas fheàrr buileach an dèidh dhomh na sgonaichean seo ithe – nach mise a tha fortanach a bhith pòsta aig bèicear!'

'Nach mise a tha fortanach a bhith pòsta aig tè a tha deònach rudan milis ithe o mhoch gu dubh!' fhreagair Ciara, a' feuchainn ri aon-adharcach a dhèanamh le siùcar.

On a chunnaic iad *Fuasgladh Cheist* Dimàirt, bha iad air cuspairean ceangailte ri Joni Dawson is am bann-làimhe a sheachnadh, ged a bha Amy air dùsgadh uair no dhà tron oidhche air sàillibh trom-laighe. Bha an dithis aca air a bhith cho trang ag obair tron latha 's nach robh iad airson dad a dhèanamh air an oidhche ach coimhead air sgudal air an tbh. Bhiodh Ciara deònach suidhe tro na ceudan de phrògraman gàirnealaireachd nan cumadh iad inntinn Amy far bàs Joni.

Nuair a ràinig iad *Jungle Jim*'s *Gym* aig uair feasgar, bha an t-acras air Amy a-rithist. 'Saoil a bheil e ceadaichte dha na h-inbhich biadh ithe aig a' phartaidh seo, no an ann dhan chloinn a bhios a h-uile rud?' chagair i, nuair a chaidh am bualadh le fàileadh làidir tiops, burgairean is siùcair.

'Dè tha ceàrr ort?' fhreagair Ciara, a' gàireachdainn. 'Cha tuig mi gu sìorraidh am miann a th' agad air sgudal mar sin – rinn mi sgonaichean ùra dhut sa mhadainn agus tha thu a-nis airson do stamag a lìonadh le biadh saillte, crèiseach, a gheibheadh tu bho bhan ri taobh an M8!'

Rinn Amy gàire agus phòg i làmh Ciara, a bha fhathast na làimh fhèin. Nuair a thog i a ceann a-rithist, mhothaich i gun robh Scott na sheasamh aig an doras, a' coimhead orra, is failes dorcha a' gluasad thairis air aodann. Dh'fhalbh na sgòthan cho luath 's a chunnaic e gun robh Amy a' coimhead air, agus nochd fiamh-ghàire fhuadain nan àite. Thòisich Scott a' coiseachd dhan ionnsaigh, ach mus d' fhuair e cothrom dad a ràdh riutha, ruith nighean le aodann dearg, fallasach ann an dreasa phurpaidh seachad air agus leum i air Ciara, coltach ri cù.

'Cò tha seo!' dh'èigh Amy, a' toirt cudail do Niamh, a bha ann an gàirdeanan Ciara. 'Thàinig sinn an seo gus nighean bheag fhaicinn air a còigeamh co-là-breith, agus seo bana-phrionnsa na h-àite!'

Rinn Niamh gàire, thug i pòg steigeach do dh'Amy agus do Chiara agus ruith i air falbh a-rithist, a' dol air chall am measg tuiltean chloinne a bha a' leum is a' dannsa gun smaoin.

Bha Iseabail a' cabadaich is a' braoisgeil ann am meadhan buidheann mhàthraichean, ach thàinig i a-nall gus bogsa na cèic a ghabhail bho Amy agus fàilte a chur air a peathraichean-cèile. Thug i pòg mhòr dhan dhithis aca agus, ged nach do choimhead Amy air Ciara, bha fios aice gum biodh na h-aon smaointean a' ruith tro cheann a mnà 's a bh' aice fhèin: dè rinn i air a bilean? Bha e coltach gun robh cuideigin air pìoban a chur a-steach do bhilean Iseabail agus air sèideadh troimhe gus an robh iad cho tiugh ri seilcheagan. Ged nach do sguir Amy is Ciara a dh'innse dhi gun robh i brèagha mar a bha i, is nach robh i feumach air *Botox*, lìonadairean no maise-gnùis throm, cha robh Iseabail a-riamh riaraichte le a coltas fhèin.

'...agus thuirt mi ri Scott: feumaidh Ciara is Amy tighinn còmhla rinn – chòrdadh e ri Lachie is Niamh cho mòr nan robh sibhse ann.'

'Ò, seadh... bhiodh sin... math. Nach biodh, Amy?'

Bha Amy mothachail gun robh Iseabail agus Ciara a' coimhead oirre, is a' feitheamh air freagairt bhuaipe. Gun sgot aice gu dè ris a bha i ag aontachadh, dh'aontaich i. Rinn Iseabail fiamh-ghàire mhòr agus ruith i air falbh gu luath gus dèiligeadh ri suidheachadh èiginneach anns an robh balach beag sanntach agus truinnseir suiteis an sàs.

Bha Amy an impis faighneachd do Chiara dè bhiodh iad a' dèanamh còmhla ri Iseabail, Scott, Lachie is Niamh, nuair a nochd Scott rin taobh. Bha ad phinc air a cheann, ach bha aodann dubh dorcha. Cha tug Ciara aire don triom anns an robh a bràthair agus thug i pòg mhòr dha air a ghruaidhean.

'Nach tu a tha a' coimhead brèagha, Scott – tha an dath sin a' tighinn riut.'

'Aidh, taing,' fhreagair e gun choimhead oirre. 'Am faigh mi facal oirbh ann an àite nas... socaire? Tiugainn – gheibh sinn cofaidh is suidhidh sinn aig na bùird fhalamh thall aig a' chùl.'

Choimhead Ciara air a' mhì-riaghailt a bha gan cuairteachadh. 'Nach bi Iseabail feumach ort?'

'Tha a piuthar, Donna, agus na caraidean aice an seo, a' bocadaich mun chuairt mar eòin – nì iad an gnothach às m' aonais fad deich mionaidean.'

Thug Amy sùil air Ciara nuair a dh'fhalbh Scott airson cupannan cofaidh a cheannach. 'Saoil cò, no dè, a dh'fhàg esan cho gruamach?'

'Cò aig a tha fios – 's dòcha gun robh e steigte air an t-sleamhnaig? Chan eil iad cho leathann 's a bhiodh tu an dùil...'

Thòisich Amy a' gàireachdainn, ach stad i gu luath nuair a thill Scott chun a' bhùird. Cha do bhodraig e le cabadaich. 'Dè bha sibh ris ann an Cill Rìmhinn? Dè fon ghrèin a bha sibh a' smaoineachadh? Nach eil sibh a' tuigsinn dè thachair? Chaochail boireannach òg agus bha am bann-làimhe aice agadsa, Amy, air adhbhar air choreigin, agus bhiodh sinn uile fo amharas nan robh fios aig na poilis! Òinsichean, an dithis agaibh – a bheil sibh airson ar beatha a sgrios? Am faca sibh dè tha dol air na meadhanan sòisealta? Tha e coltach gu bheil a h-uile mac-màthar a' coimhead air an t-sreath seo, is a' cruthachadh bheachdan mu dheidhinn. Dè an ath rud? #CaitABheilAmBannLaimhe? Bha còir agaibh an gnothach seo fhàgail, is am bann-làimhe a chur dhan sgudal. Cha robh còir agadsa co-dhùnadh sam bith a dhèanamh mu dheidhinn, Amy, is tu air a ghoid!'

Sàmhchair. Cha chluinnear airson greis ach èigheach chloinne agus gàire àrd Iseabail. Bha fuaim thuiltean ann an cluasan Amy – bha i a' coimhead cho dlùth air aghaidh Scott 's nach mòr nach do dhìochuimhnich i anail a tharraing. A dh'aindeoin a sgrùdaidh, cha do dh'atharraich dad ann an sùilean Scott, a bha a-nise glacte air sùilean a pheathar.

'Carson a bha sibh airson tilleadh dhan a' bhaile co-dhiù? An do bhruidhinn sibh ri na poilis? Dè thachair?'

Bha Scott air crìoch a chur air a chofaidh agus bha e a' reubadh agus a' fàsgadh a' chupa na làmhan, mar gun robh e a' feuchainn ri mìle pìos a dhèanamh dheth. Bha Amy fhathast gun bhruidhinn, ach nuair a chuir Ciara a làmh air a glùn, is i air chrith, thill a comasan labhairt thuice. 'Ciamar idir a bha fios agad gun d' rinn sinn co-dhùnadh mun bhann-làimhe?'

Bha sùilean Scott a' gluasad bho thaobh gu taobh, is e a' feuchainn ri freagairt a lorg. Cha do stad Amy a bhruidhinn ge-tà.

'Chan e turas dìomhair a bh' ann, Scott: dh'fheuch sinn ri grèim fhaighinn ort mus deach sinn ann. Bhiodh cothroman gu leòr air a bhith agad bruidhinn rinn mu dheidhinn, mura robh thu cho trang fad na tìde. Agus dè tha thu a' ciallachadh, gun do *ghoid* mi am bann-làimhe? Nach eil cuimhne agad dè thachair? Fhuair mi lorg air, bha sinn am beachd a thoirt dhan a' phoileas, agus, nuair a ràinig mi dhachaigh, fhuair mi lorg air a-rithist, aig bonn mo bhaga! B' e *lorg* a rinn mi, cha b' e *goid*!'

Bha e coltach gun robh na mìltean de smaointean a' ruith tro cheann Scott, ach cha d' fhuair e cothrom gin dhiubh a chur an cèill.

'Bha sinn an dùil bruidhinn riut mu dheidhinn Cill Rìmhinn

an-diugh, is faighneachd dhut dè a' chuimhne a bh' agad air an turas. Chan eil cuimhne aig Ruaraidh air idir, agus tha mi a' gabhail ris nach eil cuimhne aig Gemma air nas motha. Carson a tha thu a' gabhail ùidh cho mòr ann co-dhiù?'

Bha guth Amy a' fàs na b' àirde is na bu chugallaiche agus bha i a' bualadh a dòrn air a' bhòrd gu h-aotrom airson a h-uile puing a chomharrachadh. 'Cha deach sinn gu na poilis. Dè chanamaid riutha? 'Seo bann-làimhe air an d'fhuair mi lorg o chionn fichead bliadhna, agus tha sinn an dùil gur ann le nighean mharbh a tha e?' 'Eil thu den bheachd gu bheil sinn gòrach, Scott?'

Mus d' fhuair Scott cothrom a freagairt, lean i oirre a' bruidhinn. 'Na freagair sin – tha thu air a dhèanamh soilleir thairis air na bliadhnaichean dè am beachd a th' agad ormsa. Chan eil mi a' dol a shuidhe an seo gus èisteachd ris an sgudal agad – tha mi seachd searbh sgìth de Chill Rìmhinn agus bannan-làimhe. Thàinig mi an seo gus tìde a chur seachad còmhla ri Lachie is Niamh, agus 's e sin a nì mi. Chì mi thu thall, Ciara, nuair a tha sibh deiseil an seo.'

Gun choimhead air Ciara no Scott, dh'èirich Amy bhon bhòrd agus thill i dhan t-seòmar-cluiche, a' bualadh fear de na bàlaichean boga, dearga le dòrn air an t-slighe. Dh'fhàg i sàmhchair mhì-chofhurtail air a cùlaibh. Bha sgòthan dubha fhathast a' gluasad thairis air aodann is sùilean Scott agus cha mhòr nach robh Ciara a' rànaich: boisean fallasach, beul tioram agus casan air chrith. Thòisich i a' bruidhinn trì tursan mus tàinig na faclan ceart a-mach.

'Scott, a bheil…

…carson

…em

…ciamar a *bha* fios agad mun bhann-làimhe? An do dh'inns Ruaraidh dhut mu dheidhinn?'

Bha aodann Scott a-nis cho pinc ris an aid ghòraich air a cheann. 'Chan eil sin gu diofar a-nis. 'S e a' cheist as cudromaiche dhòmhsa carson a chaidh sibh ann idir? Nach robh thu a' leantainn nan còmhraidhean air-loidhne? Nach robh fios agad gum biodh na mìltean de dhaoine a' dol dhan a' bhaile aig an aon àm?'

Bha Ciara a-nis a' call foighidinn. 'Mar a tha fios agad, b' ann

mus deach an dàrna prògram fhoillseachadh a chaidh sinn ann.
Cha robh na *mìltean de dhaoine* ann idir, is cha robh sinn ann an
cunnart. 'S dòcha nach bitheamaid air an turas a ghabhail idir, mura
robh mise tinn is far m' obair. Bha e air chomas do dh'Amy làithean
dheth a ghabhail, agus…'

'Amy. Aidh – tha mi a' gabhail ris gum b' ise a thug oirbh a dhol
ann agus…'

'Scott, ist!' Sheas Ciara agus, ged a bha a casan fhathast air
chrith, bha a guth cho rèidh ri guth ministeir sa chùbaid. 'Tha fios
'm nach robh thu a-riamh measail air Amy, ach is ise mo bhean agus
bidh sinn a' tighinn gu co-dhùnaidhean còmhla.'

'Am bi?'

'Bithidh! Scott, ciamar nach eil thu a' faicinn gu bheil ise gam
dhèanamh toilichte? Nas toilichte na bha mi riamh. Tha e doirbh gu
leòr dhomh nach robh Mam is Dad a-riamh a' gabhail ri ar pòsadh,
no fiù 's an compàirteachas sìobhalta againn, ach bha mi an dùil gun
robh *thusa* gam thuigsinn.'

Bha Scott air socrachadh rud beag. Thug e sùil gheur air a
phiuthair bhig: bha a sùilean a' deàrrsadh agus bha i a' pasgadh a
làmhan a-rithist is a-rithist. Mhothaich e gun robh min-fhlùir fhathast
air taobh a h-aodainn agus, gun fhiosta dha, chuimhnich e air an latha
a rinn Ciara a' chiad 'chèic' aice, aig aois trì. Bha i air pùdar-tailc agus
uachdar-fhiaclan a chleachdadh, agus bha am pàrantan air leigeil orra
gun do dh'ith iad pìos agus gun robh e cho blasta ri cèic a dhèanadh
Delia Smith. Cha robh iad an dùil gun cuireadh Scott, nach robh ach
ochd bliadhna a dh'aois aig an àm, pìos mòr na ghob. Bha fàileadh
pùdar-tailc fhathast ga dhèanamh tinn.

Leig e osna às agus chuir e na pìosan beaga bhon chupa sìos
air a' bhòrd. Mus d' fhuair e cothrom dad a ràdh ri Ciara, ruith
Lachie suas chun a' bhùird, is sruth fallais dheth, ag iarraidh air
Ciara geama a chluich còmhla ris fhèin agus Amy. Gun fhacal eile a
ràdh ri Scott, is gun dùil ri freagairt bhuaithe, dh'fhalbh i.

Na aonar aig a' bhòrd, thog Scott pìos no dhà dhen chupa agus
reub e iad a-rithist agus a-rithist gus nach robh ach pùdar glas, salach
air a chorragan.

18

BHA AIG CIARA ri dràibheadh dhachaigh, is Amy a' faireachdainn bochd às dèidh dhi cèic, tiops agus rudeigin donn air an robh *Jungle Jim's Jumbo Burger* ithe. Cha robh e sàbhailte do dh'Amy bruidhinn sa chàr, ach cho luath 's a bha iad aig an taigh, is i air fras a ghabhail gus cuidhteas fhaighinn de dh'fhàileadh mì-chàilear a' bhìdh, dh'fhaighnich i do Chiara dè an còrr a bh' aig Scott ri ràdh, is an do mhìnich e dhi ciamar a bha fios aige mun bhann-làimhe.

Bha drèin air Ciara, is i na suidhe air an leabaidh is ag ullachadh a h-èididh airson an-ath-latha. Bha mì-fhoighidinn na guth nuair a fhreagair i. 'Cha do mhìnich, ach tha mi a' gabhail ris gun robh Ruaraidh a' bruidhinn ris mu dheidhinn – cha b' e rùn-dìomhair a bh' ann. Cha chreid mi gu bheil fios aige gun deach adhlacadh ge-tà. A bheil e gu diofar a-nis?'

Leig i osna aiste. 'Tha Scott feargach, air adhbhar air choreigin – 's dòcha gun robh e airson am bann-làimhe a chumail, leis cho prìseil 's a tha e. Co-dhiù, mar a thuirt thu, tha a' chùis seachad a-nis. Chaidh sinn ann, fhuair sinn cuidhteas am bann-làimhe, agus tha sinn air ais aig an taigh, sàbhailte. 'S dòcha gum faigh bràthair Joni lorg air, agus 's dòcha nach fhaigh – chan eil dad eile as urrainn dhuinne a dhèanamh.'

Bha Amy a-nis a' ruith bruis tro a falt goirid is a' coimhead air Ciara tron sgàthan. 'Nach eil thu a' smaoineachadh gu bheil rudeigin… *neònach* a' dol? Chan eil mi buileach a' tuigsinn *carson* a tha Scott cho feargach. A bheil thu… Och, na gabh dragh.'

'A bheil mi – dè?'

'Uill, thuirt thu rudeigin an latha eile mu dheidhinn Scott is Ruaraidh, is cò ris a bha iad coltach nuair a bha iad na b' òige. Cha do bhruidhinn sinn mu dheidhinn tuilleadh, ach chunnaic mi rudeigin ann an sùilean Scott an-diugh nach robh idir a' còrdadh rium. Carson a bha e cho mì-chofhurtail nuair a bhruidhinn sinn ris mun bhann-làimhe? A bheil cuimhne aige air rudeigin nach eil e airson innse dhuinn?'

Stad Amy a bhruidhinn nuair a mhothaich i nach robh Ciara fhathast san t-seòmar. Sheas i agus ruith i a-mach dhan trannsa, far an cuala i fuaim na froise a' tighinn bhon t-seòmar-ionnlaid. 'Ciara? Dè tha dol?' dh'èigh i. Cha d' fhuair i freagairt. Ghnog i air an doras. 'Dè tha thu ris? Duilich, cha robh mi a' ciallachadh...'

'Stad, Amy.' Dh'fhosgail Ciara an doras agus choisich i seachad air Amy, is air ais dhan t-seòmar aca. Bha a sùilean cho dorcha 's a bha sùilean a bràthar na bu tràithe agus bha dà spot dhearg a' nochdadh air a gruaidhean.

'Tha mi seach searbh sgìth den a h-uile rud co-cheangailte ris a' bhann-làimhe – tha mi air gu leòr a chluinntinn bhuat fhèin agus bho Scott an-diugh. Tha fios agam dè thuirt mi mu dheidhinn Scott, ach chan urrainn dhomh beachdachadh air sin an-dràsta. Is esan mo bhràthair!'

Thog i searbhadair, gun choimhead air Amy. 'Tha mi a' dol a ghabhail fras. Chan eil mi airson smaoineachadh no bruidhinn mun ghnothach tuilleadh a-nochd – tha mi air mo shàrachadh leis. Bidh tìde gu leòr againn a-màireach.'

'Bidh mise ann am Baile Àtha Cliath a-màireach...'

Cha mhòr nach robh Amy a' rànaich – on a choinnich iad, chan fhaca i Ciara na leithid de staing. 'Chan urrainn dhomh a dhol air plèana is cùisean fhàgail mar seo. Ma dh'fheumas mi, cuiridh mi fòn gu Aileen an-dràsta, is canaidh mi rithe nach eil mi gu math is nach urrainn dhomh siubhal a-màireach.'

Bha fearg fhathast ann an sùilean Ciara, ach, mu dheireadh thall, leig i osna aiste agus sheall i air Amy. 'Tha thu ceart, duilich.' Thog i cead-siubhail Amy bhon leabaidh agus chuir i sìos e a-rithist. 'Tha mi a' gabhail ris gum bi thu airson a dhol dhan leabaidh tràth a-nochd, is tu a' falbh aig còig uairean sa mhadainn. Faodaidh tu leabhar-èisteachd a thaghadh dhuinn, ma thogras tu – cha bhi mi ach deich mionaidean.'

Gun an còrr a ràdh, thionndaidh i agus choisich i air ais dhan t-seòmar-ionnlaid, a' fàgail Amy na seasamh, gun dad oirre fhathast ach searbhadair, ann am meadhan an t-seòmair.

*

Meadhan-oidhche agus bha Amy fhathast na dùisg. Bha i air an seòmar-suidhe a chuairteachadh co-dhiù leth-cheud turas, is i a' feuchainn ri cuimhneachadh air a h-uile rud a chunnaic is a chuala i ann an Cill Rìmhinn fichead bliadhna air ais. A' lorg a' bhann-làimhe ann am preas bhealaidh, ga shealltainn dhan triùir eile – dè thuirt iad? Dè rinn iad? Nach robh cuideigin a' dol a thoirt a' bhann-làimhe dhan a' phoileas, leis gun robh e a' coimhead cho luachmhor? Carson nach tug?

Chuir Amy air an coimpiutair agus thòisich i a' sgrìobhadh post-dealain eile gu Gemma. Ged a bha plana aice iarraidh air Iain ceistean a chur air Gemma, 's dòcha gum biodh e na b' fhasa bruidhinn rithe aghaidh ri aghaidh. Feumaidh gun robh cuimhne aice-se air còmhradh, no air rudeigin a bha Amy air dìochuimhneachadh.

Haidh Gemma,

Cho, cho duilich dragh a chur ort a-rithist agus tha mi a' tuigsinn math gu leòr gu bheil thu trang le d' obair an-dràsta. Bidh mi ann am Baile Àtha Cliath a-màireach airson co-labhairt air AI (far am faic mi Iain) – saoil am b' urrainn dhomh fònadh thugad, fiù 's mura bi thu saor airson coinneachadh? Bhiodh e cho feumail dhomh bruidhinn ri cuideigin eile mu na thachair nuair a bha sinn aig a' charabhan ann an Cill Rìmhinn – nuair a bha sinn air chuairt is nuair a lorg mi bann-làimhe. A bheil cuimhne agad air sin – bha e cho teth agus bha Scott cho feargach gun robh sinn a' stad cho tric! Cha do ghabh na balaich ùidh sa bhann-làimhe, ach bha mi fhìn 's tu fhèin a' smaoineachadh gun robh e cho àlainn agus...

Stad Amy gu h-obann agus chuir i às den teachdaireachd. 'A

bheil mise a' dol craicte?' dh'fhaighnich i dhi fhèin. Cha robh i fhèin is Gemma air bruidhinn air a' bhann-làimhe on a fhuair Amy lorg air, agus cha robh Amy cinnteach an robh fios aig Gemma nach deach a thoirt dhan stèisean poilis idir. Dè chanadh i nan robh fios aice gun robh Amy air an seudraidh a chumail fad fichead bliadhna, is an uair sin air adhlacadh a-rithist?

'Bidh e nas fhasa facal fhaighinn air Iain gu dearbh,' thuirt i rithe fhèin. 'Tha e soilleir nach eil ùidh aig Gemma sa ghnothach, agus chan eil mi airson 's gum bi cuideigin eile a' trod rium. Dè dhèanainn nan robh i ag iarraidh orm am bann-làimhe a thoirt dhìse, is i airson a chumail, no a reic?'

Bha i am beachd coimhead air na meadhanan sòisealta gus faicinn dè bha daoine ag ràdh mu dheidhinn Joni Dawson a-nis, ach chuir i stad oirre fhèin, is làn fhios aice gun cuireadh i seachad fad na h-oidhche a' leughadh a h-uile teòiridh is co-dhùnadh a bha lorgairean an eadar-lìn air a sgrìobhadh.

Dhùin i an coimpiutair agus choisich i air ais dhan t-seòmar-cadail. Choimhead i air Ciara, a bha na suain-chadal, airson greis, mus do laigh i fhèin sìos, is i mothachail gum biodh aice ri èirigh a-rithist an ceann ceithir uairean a thìde.

19

Diluain 10 Ògmhios 2024, Glaschu

THÀINIG GNOGADH AIR an doras agus dhùisg Amy gu h-obann. Bha i air norrag fhaighinn air an t-sòfa mus do nochd an tagsaidh, ach cha d' rinn i mòran feum dhi. Còig uairean sa mhadainn.

Choisich i tron phort-adhair coltach ri *zombie*. Cheannaich i tì *chamomile* gus am faigheadh i norrag eile air a' phlèana agus shuidh i aig a' gheata le leabhar thòimhseachain. Cha tug i an aire dhan luchd-siubhail eile aig a' gheata gus an robh i san àite-suidhe aice aig cùl a' phlèana ri taobh na h-uinneig. Chòrd e rithe coimhead air na diofar dhòighean anns an robh daoine ag ullachadh airson turas air plèana, fiù 's turas nach maireadh ach uair a thìde – cuid dhiubh le cruinneachadh de dh'irisean agus ceapairean, cuid eile gun dad ach plugaichean-cluaise agus cluasag. Nuair a bha a h-uile duine nan suidhe mu dheireadh thall, is iad air àite a lorg do bhagannan, màileidean, seacaidean is geansaidhean, nochd an neach-siubhail mu dheireadh – duine ann an ad agus seacaid Clò Hearach na ruith suas an staidhre agus a' toirt leisgeulan dhan stiùbhard aig aghaidh a' phlèana. Aodann dearg is sruth fallais dheth, fhuair e lorg air àite-suidhe ann am meadhan a' phlèana, a' feuchainn ri sùilean an luchd-siubhail eile a sheachnadh.

Thog Amy a ceann airson faicinn dè bha a' dol, agus chlisg i. Nach robh i ag aithneachadh na seacaid ud? Nach fhaca i i o chionn ghoirid? Thug an duine an ad aige dheth agus cha mhòr nach do leig Amy sgreuch. Falt donn, tiugh, a bha sgiobalta fiù 's fon aid – falt a chunnaic i an-dè ann an *Jungle Jim*'s.

Falt Scott.

*

A dh'aindeoin tì *chamomile*, cha d' fhuair Amy norrag cadail. Cha d' fhuair i cothrom beachdachadh air carson a bha Scott air a' phlèan nas motha. Bha i a' faireachdainn fada ro bhochd. Bha i cho cleachdte ri Ciara a bhith còmhla rithe, a' cumail grèim air a làimh agus a' mìneachadh fuaimean a' phlèana dhi, 's nach robh e air chomas dhi sgèith na h-aonar. Cha mhòr nach do ghreimich i air glùn an duine ri a taobh nuair a thòisich am plèana a' dol sìos chun an raon-laighe, ach chuir i stad oirre fhèin aig a' mhionaid mu dheireadh. Thog i iris bho chùl an t-sèitheir air a beulaibh agus thug i dlùth-aire do dhealbh air a' chiad duilleig: tràigh gheal air eilean Greugach. ''S ann air an tràigh sin a tha mi,' thuirt i rithe fhèin a-rithist is a-rithist. 'Tha Ciara ri mo thaobh agus chan eil dad againn ri dhèanamh ach laighe sa ghrèin agus snàmh sa mhuir.' Phaisg i a làmh chlì na làimh dheis, agus thòisich i a' tionndadh na fàinne-pòsaidh aice mar gun robh i seunta, is a' dol ga dìon.

*

Nuair a ràinig am plèana port-adhair Bhaile Àtha Cliath mu dheireadh thall, cha do dh'èirich Amy còmhla ris a' chòrr den luchd-siubhail, is i cho troimh-a-chèile 's nach b' urrainn dhi gluasad. Mus faca i Scott, bha i air a bhith am beachd bus fhaighinn a-steach dhan a' bhaile agus cafaidh a lorg far am faigheadh i bracaist mus tòiseachadh a' cho-labhairt aig deich uairean.

Cha robh plana sam bith aice a-nis. Dè bha Scott a' dèanamh ann an Èirinn? Ag obair? Cha tuirt e facal mu dheidhinn turas a-null thairis aig a' phartaidh. Carson a chanadh e dad riumsa mu a bheatha, ge-tà, smaoinich i. 'S dòcha gun robh aige ri dèiligeadh le gnìomhachas èiginneach ann am fear de na hoifisean a bh' aig a' chompanaidh-lagh eadar-nàiseanta dhan robh e ag obair, fo athair Iseabail?

An robh e ga leantainn? Feumaidh nach robh – cha robh Amy air innse dha gum biodh ise ann an Èirinn nas motha. Dè an gnothach eile a bh' aige ann am Baile Àtha Cliath? Thàinig smaoin eile thuice: am biodh e a' coinneachadh ri Gemma? Fhad 's a b' fhiosrach le

Amy, cha robh an dithis aca fiù 's air bruidhinn ri chèile on a bha argamaid mhòr, fhada aca, an latha an dèidh banais Amy is Ciara. Cha d' fhuair i fhèin no Ciara a-mach a-riamh dè thachair eatarra: bha luchd-frithealaidh na bainnse a bha a' fuireach san taigh-òsta a' gabhail bracaist san t-seòmar-bìdh nuair a chuala iad fireannach, agus an uair sin boireannach, ag èigheach anns a' ghàrradh taobh a-muigh na h-uinneig. Stad Scott is Gemma a shabaid nuair a mhothaich iad gun robh daoine ag èisteachd riutha, agus dh'fhalbh Gemma dhachaigh cho luath 's a dhùisg Iain, gun fhacal eile a ràdh ri Scott.

Cò aig a tha fios, smaoinich Amy, b' ann o chionn ochd bliadhna a bha sin – 's cinnteach nach eil diomb orra fhathast ri a chèile? Am biodh Scott air tighinn an seo ann an cabhag gus bruidhinn ri Gemma mu dheidhinn Cill Rìmhinn? Agus nam bitheadh, dè dhèanadh e nam faiceadh e Amy, is e cho feargach leatha mar-thà?

Chan fhaigh e sealladh orm idir, dh'aontaich Amy.

Bhiodh i air fuireach sa chathair chruaidh, mhì-chofhurtail aice gus an do thionndaidh am plèana air ais a Ghlaschu, mura robh stiùbhard le baga plastaig làn sgudail air nochdadh, a' faighneachd an robh i feumach air taic. Le aodann dearg, choisich i gu aghaidh a' phlèana agus, na seasamh aig an doras, chunnaic i gun robh Scott a' coiseachd a-steach dhan phort-adhair.

20

MAR A THACHAIR, bha e furasta gu leòr dhi Scott a leantainn tron phort-adhair, fiù 's aig astar: cha chuireadh a h-uile duine seacaid Clò Hearach orra air latha blàth san Ògmhios, ach bha stoidhle agus ìomhaigh na bu chudromaiche do Scott na cofhurtachd no ciall. Nuair a ràinig i talla nan *Arrivals*, thuig Amy sa bhad carson a bha Scott an seo.

Cha b' urrainn dhi gun Gemma fhaicinn. Bha i a' tarraing aire a h-uile duine, is dreasa fada, iomadh-dhathach agus ad leathann, phinc oirre, mar gun robh i ann am Milan no Paris an àite Bhaile Àtha Cliath air madainn Diluain. Cha robh i air atharrachadh thairis air na h-ochd bliadhnaichean on a chunnaic Amy i mu dheireadh, a bharrachd air dath nas bàine na falt. Bòidheach 's gun robh Gemma, bha rudeigin fuar na sùilean, fiù 's nuair a bha i a' gàireachdainn, agus cha robh Amy air coinneachadh ri neach sam bith eile a bha cho mòr asta fhèin, a bharrachd air Scott, 's dòcha.

Sheas Amy air cùlaibh clàr-taisbeanaidh air an robh bileagan fiosrachaidh, far nach fhaiceadh Scott no Gemma i, agus chunnaic i Scott a' coiseachd a-null gu Gemma agus a' toirt pòg mhòr, dhìoghrasach dhi. On dòigh anns an robh iad a' coimhead air a chèile, bha e soilleir gun robh ceangal air choreigin air a bhith eatarra airson deagh ghreis, is gun robh an argamaid seachad. Dh'fhalbh iad còmhla, làmh air làmh. Bha Amy cho sgìth 's nach robh i cinnteach an robh i ann am bruadar. *Scott agus Gemma còmhla?* Lean i iad aig astar sàbhailte a-mach às a' phort-adhair agus chunnaic i iad a' stad ri taobh stad-bus. Bha guth Gemma cho àrd 's gun cuala Amy a h-uile facal a thuirt i ri Scott air an t-slighe a-mach, trang agus fuaimneach 's gun robh an talla.

'Chan eil mi airson suidhe ann an cafaidh, Scott – nach biodh e na b' fheàrr beagan prìobhaideachd fhaighinn, is tusa a' falbh a-rithist a-nochd?'

Cha robh guth Scott cho sgreuchail ri guth Gemma agus cha chuala Amy a fhreagairt, ged a thug e air Gemma gàireachdainn.

'Nach tu tha mì-mhodhail! Tha taigh-òsta còig mionaidean air falbh bhon phort-adhair – faodaidh tu innse dhomh carson a tha thu an seo air madainn Diluain, agus innsidh mi an naidheachd agamsa dhut fhad 's a ghabhas sinn ar bracaist. Agus an uair sin...'

Gu fortanach, nochd bus beag air an robh ainm taigh-òsta agus chaidh an dithis aca air mus robh aig Amy ri cluinntinn dè dhèanadh iad an dèidh bracaist.

Cho luath 's a dh'fhalbh am bus, chaidh i fhèin dhan stad-bus agus leum i a-steach dhan ath fhear, a nochd às dèidh deich mionaidean. Choimhead i air an uaireadair – bhiodh tìde gu leòr aice an leantainn chun an taigh-òsta is tilleadh dhan phort-adhair airson bus a ghabhail a-steach dhan a' bhaile ron cho-labhairt.

Bha Gemma ceart – cha robh an taigh-òsta ach còig mionaidean bhon phort-adhair. Sheas Amy aig an doras airson greis mus deach i a-steach, ga ceasnachadh fhèin a-rithist. Dè bha i ris, taobh a-muigh taigh-òsta ri taobh port-adhair Baile Àtha Cliath aig ochd uairean sa mhadainn? Dè chanadh Ciara nan robh fios aice gun robh Amy a' leantainn a bràthar agus boireannach aig nach robh e pòsta? Dè dhèanadh i nam faiceadh iad i? Dè dhèanadh *iadsan*?

Nuair a choisich i a-steach dhan ionad-fàilte, bha Amy cinnteach gun cluinneadh a h-uile duine bualadh a cridhe, is dragh cho mòr oirre gum biodh Scott is Gemma nan suidhe is a' feitheamh oirre. Bha an t-àite falamh ge-tà, a bharrachd air neach-obrach sgìth aig an deasg ghleansach, agus bha cothrom aig Amy coimhead a-steach dhan t-seòmar-bìdh ri taobh na staidhre. Chuala i Gemma mus faca i i – bha i fhèin agus Scott aig bòrd beag aig taobh thall an t-seòmair. Choisich Amy a-steach gu faiceallach agus shuidh i aig bòrd faisg air an doras, far an robh i falaichte air cùl craobh mhòr. Cha robh i air a bhith am beachd dad ithe, ach nuair a dh'èirich fàileadh cofaidh agus aran bhon chidsin, chuimhnich i nach robh i air biadh sam bith a ghabhail on a dh'fhàg i partaidh Niamh. Dh'iarr i air an neach-frithealaidh cofaidh mòr, dubh agus *croissant* a thoirt dhi, agus dh'fhosgail i iris a cheannaich i sa phort-adhair air a beulaibh. Cha chuala i ach aon taobh den chòmhradh, is guth Scott fada ro ìosal an coimeas ri guth biorach Gemma.

'Mus inns mi dhut an naidheachd a th' agam, nach mìnich thu dhomh dè tha air a bhith a' tachairt? Carson a fhuair mi teachdaireachd bho Amy o chionn cola-deug? Dè tha i ris?'

…

'Uill, cha robh fios agam dè bu chòir dhomh a sgrìobhadh thuice…'

…

'Chan eil idir! Dh'inns mi dhut mar-thà nach eil fios agam. Tha cuimhne agam, ge-tà, nach…'

…

'Feumaidh nach robh – tha mi cinnteach às nach do…'

…

'Chan eil fhios agam, Scott. *Tha* mi am beachd…'

…

'Uill, dè eile as urrainn dhomh a ràdh? Dè nì mi ma chuireas Amy teachdaireachd eile thugam? Chan eil mi airson gnothach a ghabhail ris an…'

…

'Tha fios agam gur ise do phiuthar-chèile – nach eil thusa den aon bheachd? Sin mar a tha Amy, is sin mar a bha i a-riamh. Dh'inns mi dhut dè rinn i agus thuirt mi riut nach robh còir aig do phiuthar a dhol faisg oirre, nach tuirt?'

…

'Ok, duilich, cha robh mi a' ciallachadh…'

…

'Carson a tha e gu diofar co-dhiù – bidh iad air dìochuimhneachadh mu dheidhinn an ceann seachdain no dhà. Gabh air do shocair, Scott.'

…

'Scott, carson a thàinig thu an seo? Airson deasbad a dhèanamh leam fad an latha, no airson…'

…

Rinn Gemma gàire ìosal agus, ged nach b' urrainn do dh'Amy

coimhead oirre, bha fios aice gun robh i a' pògadh Scott.

'Tha thu ro eòlach orm Scott – a bheil thu deiseil leis a' chofaidh agad? An tèid sinn suas an staidhre? Tha rudeigin agam ri innse dhut… cuspair nas tlachdmhoire.'

Thionndaidh Amy gus nach fhaiceadh duine sam bith ach cùl a cinn agus a druim, agus chrom i a ceann. Thàinig guthan Gemma is Scott na b' fhaisge is na b' fhaisge oirre, agus bha dragh oirre gun robh a cridhe a' bualadh cho luath 's gun robh e a' dol a stad. Cha robh ùidh acasan ann an dad ach an leabaidh shuas an staidhre ge-tà – nan robh Amy air deise tuaisteir a chur oirre, is dannsa a dhèanamh, cha bhiodh iad air an aire a thoirt dhi.

Cho luath 's a choisich iad tron doras, chuir i an iris sìos. Thug i sùil air an uaireadair aice: faisg air naoi uairean. Leig i osna aiste agus choisich i air ais chun an stad-bus.

Bha i air bus slaodach, fuaimneach fad trì chairteal na h-uarach, is gun dad aice ri dhèanamh ach smaoineachadh. Ged a bha i cho sgìth ri cù, cha b' urrainn dhi cadal. Choimhead i a-mach an uinneg: adhar gorm gun sgòthan agus grian cho buidhe is cho cruinn ri buidheagan. Cha b' urrainn dhi ach cuimhneachadh air an turas mu dheireadh a bha i ann am Baile Àtha Cliath o chionn aona bliadhna deug, còmhla ri Ciara – seachdain sàr-mhath nuair a bha e coltach gun robh a' ghrian a' deàrrsadh dhaibhsan a-mhàin.

B' ann ann am Bré, faisg air a' bhaile-mhòr, a dh'iarr i air Ciara a pòsadh, agus bha iad air fàinneachan a cheannach anns a' bhaile mus deach iad dhachaigh. Ged nach deach pòsadh gèidh a dhèanamh laghail le Buill Pàrlamaid na h-Alba gu deireadh na h-ath-bhliadhna, chaidh Ciara is Amy ann an compàirteachas sìobhalta san Ògmhios 2014 agus bha banais cheart aca dà bhliadhna an dèidh sin.

Dè bhiodh Ciara ris an-dràsta? Ag obair? Bhiodh an taigh-bìdh air fosgladh – am biodh i ro thrang airson smaoineachadh air Amy? Thug Amy a-mach am fòn agus chuir i air e – cha robh air an sgrìon ach teacsa bho chompanaidh a' fòn a' cur fàilte oirre dhan dùthaich.

Chuir i teacsa gu Ciara:

Tha mi cho duilich mun a-raoir. Cha bhi mi air ais ro 10 a-nochd – ma tha thu nad chadal gheibh sinn cothrom bruidhinn a-màireach. Tòrr agam ri innse dhut.
    Gaol xxx

Chuir i dheth am fòn a-rithist, agus choimhead i a-mach an uinneag. Cha chuireadh i stad air cuimhne a bha a' cluich mar fhilm na h-inntinn – còmhradh a bh' aice le Ciara air a' chiad oidhche aca ann am Bré o chionn aona bliadhna deug.

Cha robh Ciara a-riamh math air cuspairean doirbh a thogail agus, ged a bha iad air a bhith còmhla fad trì bliadhna mus robh iad fo ghealladh-pòsaidh, cha tuirt i dad mun dàimh eadar Amy agus Scott gus an robh iad nan suidhe air being, a' coimhead a-mach air Cuan na h-Èireann, is fàinneachan air an corragan.

'Amy?'

'Seadh?'

'Uill…'

'Dè tha ceàrr? Chan eil thu a' dol a dh'innse dhomh gun d' rinn thu mearachd, a bheil?'

Rinn Ciara gàire. 'Aidh, sin agad e – cha robh mi ach ag iarraidh leisgeul dreasa shnog, gheal a cheannach.'

'Bidh thu cho àlainn…' Dh'fheuch Amy ri pòg a thoirt dhi, ach cha do sguir Ciara a bhruidhinn.

'Amy, bha rudeigin cudromach agam ri ràdh – 's ann mu dheidhinn Scott a tha e.'

'Scott? Dè tha ceàrr air?'

'Chan eil càil… uill, tha rudeigin ceàrr, ach chan eil mi buileach cinnteach dè th' ann. On a choinnich sinn, tha mi air a bhith mothachail gun robh cnap-starra air choreigin eadar thu fhèin agus Scott – tha dragh orm nach eil thu uabhasach measail air.'

'Mise? Is esan nach robh a-riamh measail *ormsa*! Cha robh e airson 's gum bithinn còmhla riut – feumaidh nach eil e a' smaoineachadh gu bheil mi math gu leòr dhut!'

'Och, Amy, 's cinnteach nach e sin a th' ann – tha fios agam gu bheil Scott toilichte dhuinn.'

Bha sùilean Ciara air fàs rud beag fliuch agus bha a gruaidhean pinc.

'Bha Scott a-riamh cho taiceil rium nuair a bha mi na b' òige…
cha do dh'inns mi seo dhut a-riamh, ach b' ann do Scott a thàinig
mi a-mach an toiseach. Bha fios aige-san gun robh mi nam leasbach
airson co-dhiù bliadhna mus robh mi a' faireachdainn cofhurtail
gu leòr dad a ràdh ri mo phàrantan. Bha esan ri mo thaobh nuair a
dh'inns mi dhaibh – bha an dithis againn air a dhol thairis air na bha
mi a' dol a ràdh naoi no deich tursan. Rinn esan cinnteach gun robh
Mam is Dad a' tuigsinn nach e roghainn a bh' ann dhomh; nach
robh mi a' dol a dh'atharrachadh. Tha làn fhios agad fhèin nach
eil mo phàrantan toilichte gu bheil mi gèidh, ach b' e Scott a rinn
e cho furasta dhomh, Ealasaid, agus an uair sin thu fhèin, a thoirt
dhachaigh. 'S dòcha nach bithinn air leannan sam bith a lorg mura
robh Scott air uiread de mhisneachd agus taic a thoirt dhomh. Tha
mi a' tuigsinn math gu leòr nach robh thu a-riamh measail air, ach
feumaidh *tusa* tuigsinn cho cudromach 's a tha esan dhòmhsa agus
cho mòr 's a tha an gaol a th' agam air.'

Cha robh Amy airson dad a ràdh a chuireadh stad air Ciara, ach
chuir i a làmh air glùn a leannain.

'Tha mi ag aontachadh leat gu bheil Scott caran fuar riut, agus 's
dòcha gu bheil thu ceart gu bheil rudeigin aige nad aghaidh – cò aig
a fios dè th' ann. 'S e briseadh-cridhe a th' ann dhòmhsa, is gaol cho
mòr agam air an dithis agaibh.'

Bha deòir a-nis a' ruith sìos gruaidhean Ciara agus bhiodh
Amy air aontachadh seachdain a chur seachad air eilean iomallach
còmhla ri Scott nan cuireadh sin stad orra. 'Ist, a ghràidh, na
gabh uallach – thèid mi a bhruidhinn ri Scott nuair a thilleas sinn
agus cuiridh sinn cùisean ceart. Bidh esan na bhràthair agamsa a
dh'aithghearr agus chan eil mise airson strì leis fad mo bheatha nas
motha.'

Mar a thachair, cha robh Amy no Scott idir deònach a leithid de
chòmhradh domhainn a thòiseachadh agus, ged nach d' fhuair Amy
gu bonn na cùise a-riamh, bha iad air seòrsa de aonta a ruighinn,
gun fhacal a ràdh, gun dèanadh iad oidhirp air càirdeas airson
Ciara. Thairis air na bliadhnaichean ge-tà, dh'fhàs e soilleir do
dh'Amy gun robh rudeigin fhathast aig Scott na h-aghaidh. A rèir
choltais, bha fios aig Gemma dè bh' ann, agus bha Amy cinnteach

gum biodh fios aice fhèin cho luath 's a bhiodh iad air ais ann an Alba.

*

Cha mhòr nach deach i seachad air an stad-bus aice nuair a ràinig i taobh a deas a' bhaile. Leum i sìos an staidhre gu h-obann is a-mach air an t-sràid thrang, is sruth fallais dhith. Fhuair i lorg air an taigh-òsta spaideil anns an robh a' cho-labhairt, choisich i a-steach agus leum i a-steach dhan taigh-bheag mus deidheadh i chun an deasg-clàraidh.

Choimhead i oirre fhèin anns an sgàthan agus chunnaic i boireannach sgìth, mì-sgiobalta is fo uallach. Fhad 's a bha i ag ùrachadh a maise-gnùis, thàinig e a-steach oirre nach robh i fiù 's air beachdachadh air dè chanadh i ri Iain, is fios aice a-nis gun robh a bhean a' falbh còmhla ri duine eile. Cha robh dòigh air thalamh a b' urrainn dhi iarraidh air ceistean mu Chill Rìmhinn a chur air Gemma a-nis. Feumaidh mi a sheachnadh, smaoinich i, ged a bha làn fhios aice nach gabhadh sin a dhèanamh.

Mus robh cothrom aice na smaointean a bha a' bocadaich na h-inntinn a chur ann an òrdugh, nochd boireannach eile san taigh-beag, ris an robh i air coinneachadh aig coinneamh air choreigin air-loidhne. Gu fortanach, bha baidse air a' bhoireannach le a h-ainm oirre. 'Sinéad, nach i?' thuirt Amy, sa ghuth phroifeiseanta aice. 'Nach math ur faicinn a-rithist, feumaidh sinn bruidhinn aig àm cofaidh.'

Chuir i Ciara, Gemma, Scott, Iain agus Cill Rìmhinn ann am bogsa aig cùl a h-inntinn agus dh'fhalbh i a-steach gu talla mòr làn dhealbhaichean.

Ged a bha i air smèideadh ri Iain tron latha, chaidh an dithis aca a chumail trang le bùithtean-obrach, coinneamhan neo-fhoirmeil agus còmhraidhean. B' ann aig trì uairean a fhuair Iain grèim oirre, is iad nan seasamh ann an loidhne airson cofaidh. Bha esan dà bhliadhna nas sine na Amy, ach shaoil i gun robh coltas tòrr nas òige air, an coimeas ris an aodann sgìth, gheal a chunnaic i san sgàthan na bu thràithe.

'Amy, dè tha dol? Bha mi an dùil lòn a ghabhail còmhla riut, ach chaidh mo ghlacadh le fear às a' Ghearmailt – tha fios agad mar a tha na tachartasan seo, a h-uile duine airson bruidhinn ri chèile aig an aon àm. Cuin a dh'fheumas tu falbh? Am bi tìde agad dìnnear a ghabhail còmhla rium sa bhaile?'

Cha b' urrainn do dh'Amy coimhead air a caraid àrd, frogail, no facal sam bith a lorg. Bha a làmhan air chrith agus dh'fhairich i rudhadh a' tighinn na gruaidh. 'D... Duilich, Iain, feumaidh mi leum air bus cho luath 's a bhios an tachartas seachad – tha mi a' tilleadh a Ghlaschu a-nochd.'

Bha e coltach nach tug Iain an aire gun robh Amy dearg is critheanach, is e a' coimhead gu dlùth air duine air taobh thall an t-seòmair. 'Seall air an duine ud, Amy – nach eil e coltach ri Elmer Fudd? Chan eil a dhìth air ach gunna is ad ghòrach. A bheil curran agad?'

B' àbhaist do dh'amaideas Iain toirt air Amy gàireachdainn gun sgur, ach a-nis thug e oirre faireachdainn mìle uair na bu mhiosa. Cha b' urrainn dhi gun innse dha mu dheidhinn Gemma, ach cha b' e seo an t-àite no an t-àm ceart. Thuirt i rithe fhèin gum biodh i air fuireach anns a' bhaile a-nochd agus dìnnear a ghabhail còmhla ris mura robh coinneamh aice san oifis an-ath-mhadainn.

''Eil thu ceart gu leòr? Na can rium gu bheil thu eòlach air Elmer!' Choimhead Iain oirre le iongantas, is e air a bhith a' dèanamh fiughair ri còmhradh beòthail, spòrsail le Amy fad an latha. 'Chan eil dad ceàrr, a bheil?'

Chrath Amy i fhèin agus rinn i oidhirp gàire a dhèanamh. 'Chan fhaca mi e a-riamh. Chan eil dad ceàrr, ach gu bheil mi cho sgìth ri cù. Bha mise air mo chois aig còig uairean sa mhadainn – tha mi a' gabhail ris nach do dh'fhosgail thusa do shùilean ro ochd!'

Rinn Iain gàire, le faochadh. 'Cuimhne agad air an oidhche nach do dh'fhàg sinn partaidh gu sia uairean sa mhadainn? Bha againn ri Ruaraidh a ghiùlan sìos an rathad chun an stad-bus, is gun sgillinn ruadh againn air fhàgail airson tagsaidh!'

Gu fortanach, nochd co-obraiche Iain rin taobh mus robh aig Amy ri gàire fuadain eile a dhèanamh. Theich i cho luath 's a b' urrainn dhi, ag ràdh ri Iain gun cuireadh i fòn thuige a dh'aithghearr. Choimhead i air an uaireadair, agus an uair sin air clàr-ama na co-labhairt. Cha robh ach aon òraid eile ri dhol, agus gu fortanach, cha b' ann air cuspair co-cheangailte ris an obair aicese a bha e. Choisich i a dh'ionnsaigh nan taighean-beaga ri taobh an ionad-fàilte gu luath agus, aig a' mhionaid mu dheireadh, thionndaidh i agus chaidh i a-mach an doras-aghaidh. Bha i a' gabhail dragh gum biodh Scott còmhla rithe air a' phlèana a-rithist, agus bha i airson dèanamh cinnteach gum faigheadh ise dhan phort-adhair mus nochdadh esan, gus nach biodh for aige gun robh iad air a bhith san aon bhaile fad an latha.

21

BHA EUN BEAG a' seinn gu binn os cionn Amy. Dh'èist i ris airson greiseag, a' faighinn tlachd bhon òran agus bhon oiteag ghaoith a bha a' sèideadh air a h-aodann is air a ceann, a bha cho goirt. An robh i air tuiteam na cadal air a' bhus? An do chaill i am plèana? Dh'fhalbh an t-eun agus bha i am beachd a sùilean fhosgladh gus faighinn a-mach càit an robh i, nuair a chuala i guth aig nach robh còir a bhith ann an àrainneachd cho ciùin, socair.

Bha Scott a' bruidhinn ri cuideigin air nach robh i eòlach. 'A bheil i ri dùsgadh? Tha mi cinnteach gum faca mi a sùilean a' gluasad.'

Fhreagair guth fireann, guth na bu dhoimhne na guth Scott: 'Coltach gu bheil – bheir sinn tìde dhi. 'S dòcha nach bi cuimhne aice far a bheil i no dè thachair.'

Cha b' e eun a bha a' togail fonn brèagha, ach inneal meidigeach a bha a' ceilearadh. Dè thachair dhi? Càit an robh Ciara? Bha i ann am Baile Àtha Cliath, sa phort-adhair, agus an uair sin air plèana… bha Scott ann, nach robh? An robh esan an seo gus dèanamh cinnteach nach canadh i guth mu dheidhinn Gemma? Cò an duine eile?

Chùm Amy a sùilean dùinte. Bha an duine eile air falbh, ach dh'fhairich i sùilean Scott oirre fhathast. Bha a ceann cho goirt 's gun robh i cinnteach gun robh cuideigin air a bhith ga bhualadh le òrd, agus dh'fhairich i rudeigin teann, trom timcheall air a gàirdean clì.

An robh fios aig Ciara gun robh i an seo, gun robh Scott air cron air choreigin a dhèanamh oirre? Chuimhnich Amy nach robh Ciara airson bruidhinn rithe – dè chanadh i nan robh fios aice gun robh Amy fhathast ann an Èirinn? An ann an Èirinn a bha i?

Dh'fhalbh fòn Scott agus chuala Amy e a' bruidhinn ri cuideigin gu luath:

'Fhuair thu an teachdaireachd… seadh… chan eil… *chan eil*! Tha i beò! Stad mionaid agus innsidh mi dhut…

… bha i a' dol sìos staidhre a' phlèana agus thuislich i…

… bha mise ann airson coinneamh le m' obair, agus bha sinn air an aon phlèana – cha robh fios agam carson a bha ise ann, cha tuirt i dad mu dheidhinn turas aig partaidh Niamh…

…tha fios 'm, cha do dh'inns mi dhuibhse gum biodh mise ann nas motha…

…na gabh dragh, gabh air do shocair. Fuirichidh mise an seo gus an nochd thu.'

Chuala Amy e a' falbh a-mach an doras agus dh'fhosgail i a sùilean gu faiceallach. Seòmar beag, geal, glan, anns an robh uinneag mhòr, dhubh. Ged a bha e dorcha, bha i ag aithneachadh an t-seallaidh tron uinneig: bha i air ais ann an Glaschu. Bha i ann an leabaidh gheal, le tiùb na làimh dheis a bha ceangailte ris an inneal a bha air a bhith a' seinn rithe. Bha *stookie* geal air an làimh eile. Bha dà chathair ri taobh na leapa, is seacaid Clò Hearach Scott na laighe air tè dhiubh, le cupa cofaidh agus pacaid teòclaid.

Dh'fheuch i ri ceann a ghluasad, ach bha e fada ro ghoirt – bha an neach leis an òrd ag obair gu cruaidh. Chuala i Scott a' tilleadh agus bha i am beachd a sùilean a dhùnadh a-rithist, ach bha e air mothachadh gun robh i na dùisg.

'Amy! Tha thu beò!'

Chuir e iongnadh air Amy gun robh deòir ann an sùilean Scott. An robh e *brònach* gun robh i beò? Agus nan robh e brònach, carson a bha e a' gabhail grèim air an làimh nach robh ann an *stookie* agus a' dèanamh fiamh-ghàire bhlàth, nàdarra rithe?

'Scott?' thuirt i ann an guth briste, eu-coltach ri a guth àbhaisteach. 'Càit a bheil Ciara? Dè thachair? An robh sinn ann am Baile Àtha Cliath, no am b' e aisling a bh' ann?'

'Amy, ist, a ghràidh.' Thog Scott glainne phlastaig bhon bhòrd ri taobh Amy agus chuidich e i gus balgam uisge a ghabhail tro shràbh.

A ghràidh, smaoinich Amy – cuin a thug Scott *a ghràidh* ormsa a-riamh!

'Tha thu san ospadal ann an Glaschu, Amy. Bha tubaist agad air a' phlèana – thuit thu sìos an staidhre. Bidh Ciara an seo cho luath 's as urrainn dhi.'

Bha na ceudan de cheistean aig Amy, ach cha robh e air chomas

dhi na faclan ceart a lorg. 'Carson a tha thusa an seo?' thuirt i mu
dheireadh thall.

Bha Scott a' coimhead iomagaineach. '*Carson?* Bha mise air an
aon phlèana agus thàinig mi san ambaileans còmhla riut – bha eagal
mo bheatha orm gun robh thu air do dhroch ghoirteachadh! Nis, na
feuch ri bruidhinn an-dràsta – nach sìn thu sìos a-rithist? Tha mise
a' dol a shuidhe an seo gus an tig Ciara – cha bhi i fada.'

Shuidh agus shìn iad ann an sàmhchair airson greis. Thòisich
Scott a' leughadh pàipear-naidheachd, a' coimhead air Amy bho àm
gu àm. Cha b' urrainn do dh'Amy rian a chumail air na smaointean
aice. Dè bha i air a ràdh ri Iain aig a' cho-labhairt? Nach robh ise
a' leantainn Scott? Ciamar idir a bha fios aige gun robh ise air
a' phlèana? Càit an robh Gemma?

'Càit a bheil Gemma?'

Cha mhòr nach do dhòirt Scott cofaidh air leabaidh Amy. Spad
rudeigin air cùlaibh a mhala agus dh'fhalbh cuid den bhlàths bho a
ghuth, ged a rinn e oidhirp air fiamh-ghàire a dhèanamh. ''S dòcha
gu bheil criothnachadh-eanchainn ort fhathast, Amy – nach fheuch
thu ri beagan fois fhaighinn?'

Sheall e air aghaidh Amy, air an robh bruthadh mòr, purpaidh
a' fàs mar fhlùr sa ghrèin. Bha e coltach gun robh i an impis rudeigin
eile a ràdh, ach stad i nuair a ruith Ciara a-steach dhan t-seòmar.
Cha do mhothaich i dha bràthair – cha tug i aire do rud sam bith san
t-seòmar ach aodann brùite a mnà.

'Amy!' thuirt i ann an guth cugallach, is i a' caoineadh. 'Dè
thachair? 'Eil thu ceart gu leòr?'

Chaidh i a-nall gu leabaidh Amy agus chuir i a gàirdean
timcheall oirre, gu faiceallach.

Thòisich Amy air caoineadh cuideachd. 'Tha mi cho duilich…'

'Na can guth Amy – chan eil sin cudromach, chan eil dad sam
bith cudromach dhomh ach thu fhèin. Nan robh rudeigin nas miosa
air tachairt riut…'

Bha Ciara fhathast gun an aire a thoirt do Scott agus ghabh e an
cothrom teicheadh bhon t-seòmar. Chuir e teacsa gu Ciara nuair a
bha e air an t-slighe dhachaigh ann an tagsaidh:

*An dòchas gum bi Amy c.g.l. is gum faigh i dhachaigh
a-màireach – leig fios thugam. Am faic mi sibh aig taigh M&D
Disathairne? x*

Chuir e teacsa gu Amy cuideachd:

*An cuir thu fòn thugam tron t-seachdain ma bhios tu
a' faireachdainn nas fheàrr? Thoir an aire ort fhèin – toilichte
gu bheil thu c.g.l.*

22

Dimàirt 11 Ògmhios 2024 – Baile Nèill, Glaschu

A BHARRACHD AIR an duine air an rèidio, cha robh guth ri chluinntinn sa chàr an ath fheasgar, is Ciara a' dràibheadh Amy dhachaigh bhon ospadal. Bha a h-aodann fhathast dubh is gorm, ach bha na dotairean riaraichte nach deach cron maireannach a dhèanamh oirre. Bha i fhathast a' feuchainn ri cuimhneachadh dè bha air tachairt air a' phlèana, agus ciall a dhèanamh às a' chòmhradh a chuala i eadar Scott is Gemma. Dè chanadh i ri Ciara mu Gemma is a bràthair?

Nuair a ràinig iad an taigh, chuir Amy fòn gu a pàrantan, a bha air gluasad bho Ghlaschu gu Norwich an-uiridh nuair a leig iad seachad an dreuchdan. Bha iad airson a bhith nas fhaisge air Catrìona is Marc, piuthar is bràthair-cèile Amy, a bha air a bhith a' fuireach sa bhaile on a phòs iad agus aig an robh triùir chloinne fo aois sia a-nis. Cho luath 's a bha i air dearbhadh dhaibh gun robh i beò, is nach robh aca ri leum air plèana no trèan, chuidich Ciara i suas an staidhre gus fras a ghabhail. Nigh i falt a mnà, thiormaich i e agus chuir i aodach-oidhche oirre, mus do thill i dhan chidsin airson cupa tì a dhèanamh. Bha i a' gabhail dragh mu Amy, nach robh air mòran a ràdh on a dh'fhàg iad an t-ospadal. Nuair a dh'fhalbh Ciara, thog Amy a fòn agus chuir i teacsa gu Scott:

Am faod sinn bruidhinn a-màireach?

Nochd freagairt sa bhad:

Ciamar a tha thu an-diugh? Air ais aig an taigh? Cuiridh mi fòn thugad a-màireach no Diardaoin. An toir thu cothrom dhomh bruidhinn ri Ciara leam fhìn? Bhithinn fada, fada nad chomain mura canadh tu dad rithe fhathast. Gabh air do shocair x

*

Bha Ciara am beachd treidhe le tì is cèic a ghiùlain suas an staidhre nuair a nochd Amy sa chidsin, a' coimhead draghail.

'Dè tha thusa ris?' dh'fhaighnich Ciara, 'nach eil thu airson tì a ghabhail san leabaidh?'

'Tha mi seachd searbh sgìth de leapannan. Nach suidh sinn an-ath-dhoras – feumaidh sinn bruidhinn mu dheidhinn Scott.'

'Amy, dh'inns mi dhut nach fheum sinn…'

'Chan ann mu dheidhinn Cill Rìmhinn a tha e – tha rudeigin eile agam ri innse dhut.'

Bha Amy a' coimhead cho an-fhoiseil 's nach tuirt Ciara facal eile gus an robh iad nan suidhe air an t-sòfa.

'Dè tha ceàrr?'

'Chan eil fhios 'm dè bu chòir dhomh a ràdh. An toiseach, tha mi cho duilich – ge b' e dè cho gòrach 's a tha e, 's e do bhràthair a th' ann an Scott agus cha do thuig mi cho doirbh 's a bhiodh e dhut na beachdan agam a chluinntinn, is tu fhèin a' dol droil a' smaoineachadh air a h-uile rud. An cuala tu bhuaithe an-diugh?'

Chuir Ciara a làmh air glùn Amy. 'Chan fheum thu a bhith duilich idir. Nach dìochuimhnich sinn mu dheidhinn? Tha mi cho taingeil nach deach do dhroch ghoirteachadh – chan eil dad eile cudromach an-dràsta. Nach fortanach gun robh Scott ann, is nach robh thu nad aonar san ambaileans, no san ospadal.'

Ged a bha Amy amharasach mu na bha air cùl càirdeas Scott, chrom i a ceann agus rinn i fiamh-ghàire. 'Bha e laghach rium, gun teagamh. A bheil e air dad a ràdh riut an-diugh?'

'Chuir e teacsa thugam sa mhadainn a' faighneachd mu do dheidhinn agus dh'inns mi dha gum biodh tu a' tighinn dhachaigh feasgar. Carson?'

Bha beul Amy tioram. 'Tha fios agad, nach eil, nach bi mi a' cleith dad bhuat?'

'Tha… dè nach eil thu airson a chleith bhuam? A bheil rudeigin air tachairt?'

'Chan eil… uill, tha. Fhuair mi a-mach rudeigin mu dheidhinn Scott an-dè, ach cha robh cothrom againn bruidhinn mu dheidhinn fhathast. Tha e air iarraidh orm gun innse dhutsa mu dheidhinn – tha esan airson cùisean a mhìneachadh dhut na fhaclan fhèin.'

Dh'fhàs aodann Ciara geal. 'A bheil e tinn?'

'Chan eil! Duilich, chan e trioblaid meidigeach a th' ann, agus chan eil dad ceàrr air a' chloinn.'

Leig Ciara osna aiste. 'Feumaidh nach eil e cho cudromach sin ma-thà. Amaideas air choreigin, an e? Cuin a tha e am beachd bruidhinn rium?'

'Cò aig a tha fios. Tha e airson bruidhinn riumsa a-màireach no Diardaoin co-dhiù. Bidh sinn ga fhaicinn aig taigh do phàrantan Disathairne – 's dòcha gum bi e airson innse dhut ron sin.'

Bha sàmhchair ann airson greis.

'Tha mi a' tuigsinn gu bheil thu ann an suidheachadh doirbh,' thuirt Ciara mu dheireadh thall. 'Cha robh còir aig Scott iarraidh ort rudeigin a chumail dìomhair bhuam, ach a rèir choltais, b' e sin a rinn e. Fuirichidh mise gus an cuir e roimhe bruidhinn rium. Tha mi duilich, Amy, tha thu air gu leòr fhulang o chionn ghoirid.'

Ghluais Amy na b' fhaisge air Ciara agus thug i pòg dhi. 'Na bi thusa duilich, 's e gòraiche Scott a tha gam chur ann an droch shuidheachadh.'

Thog i pìos cèic bhon truinnsear. 'A bheil fios agad nach do dh'ith mi sgath ach tost o shia uairean a-raoir?'

Rinn Ciara fiamh-ghàire. 'Uill, tha latha dheth eile againn, is gun dad againn ri dhèanamh ach sgudal ithe.'

'Nach math sin,' thuirt Amy, a' coimhead a-mach an uinneag mu choinneamh an t-sòfa. 'Seall air sin – achaidhean, cnuic is craobhan. Chan eil mise ag ionndrainn sràidean trang Phartaig idir; dè mu do dheidhinn-sa?'

'Bha thu ceart nuair a thuirt thu ri Ruaraidh g' eil sinn a' fàs sean!' Chuir Ciara a gàirdean timcheall air Amy gu faiceallach. 'Tha mi ag aontachadh leat ge-tà – b' fheàrr leam coimhead air caoraich na càraichean. Agus 's dòcha gum bi sinn a' cur feum air na seòmraichean nas motha a th' againn an seo.'

Rinn Amy fiamh-ghàire agus thug i pòg do Chiara. 'A' bruidhinn air Ruaraidh, an cuala tu bhuaithe fhathast?'

'Cha chuala mi facal on a thill sinn bho Chill Rìmhinn – feumaidh gu bheil e sgìth dhinn às dèidh trì làithean còmhla.'

'Nach neònach sin. San àbhaist, bidh e a' cur sgudal thugainn tro WhatsApp cha mhòr a h-uile latha. An dòchas gu bheil e ceart gu leòr.'

*

Mar a thachair, bha Ruaraidh ag ithe cèic aig a' cheart àm 's a bha Ciara is Amy: b' e co-là-breith a cho-obraiche a bh' ann agus bha am manaidsear aca air bogsa de rudan milis a thoirt a-steach dhan oifis. Bha e am beachd dealbh a thogail den a' bhogsa is a chur gu Ciara: *an dèan thu seo dhomh airson mo cho-là-breith?*

Chuir e stad air fhèin, ge-tà. Cha b' e gun robh e airson Amy is Ciara a sheachnadh, ach bha e air feuchainn ri beagan astair a chumail eadar e fhèin is an dithis aca fad seachdain a-nis.

Choimhead e tron fòn aige agus chaidh a shùil a ghlacadh le teacsa a chuir e air falbh air an latha a thill iad bhon charabhan: *Rinn mi e.*

Chuir e às dhan t-sreath de theachdaireachdan agus rinn e oidhirp *Meal do naidheachd an-diugh* a sheinn còmhla ris a' chòrr den luchd-obrach.

23

CHA DO CHUIR CIARA an cuimhne Amy gun robh bhidio *Fuasgladh Cheist* ùr air nochdadh air-loidhne, is trioblaidean gu leòr aice. Sgìth 's mar a bha i air fàs de chuspairean a' bhann-làimhe is Cill Rìmhinn, cha b' urrainn dhi ach coimhead air an ath phrògram.

Bha Amy na cadal ro ochd uairean agus shuidh Ciara air an leabaidh ri a taobh, air eagal 's gun dùisgeadh Amy is gum biodh i feumach air taic. Chuir i fònaichean-cluaise a-steach agus choimhead i air a' bhidio air a' fòn.

Mar a b' fhaide a choimhead i air, b' ann na bu thoilichte a dh'fhàs i nach robh Amy na dùisg.

Bha Sorcha agus Calum nan suidhe air sòfa, a' coimhead air sgrion air am beulaibh. 'Abair gu bheil ar luchd-leantainn air a bhith trang!' thuirt Sorcha. 'Tha na ceudan dhiubh air a bhith a' coimhead fo charabhanaichean is fon a h-uile molag is duilleag air Slighe Chladach Fìobha, a' lorg fianais!'

'Gu mì-fhortanach,' thuirt Calum, 'cha deach dad co-cheangailte ris a' chùis a lorg fhathast, agus tha duine no dithis a tha a' fuireach ann an Cill Rìmhinn air iarraidh air luchd-leantainn a' phrògram seo gun tadhal air a' bhaile tuilleadh. Tha iad ag ràdh gu bheil 'rannsaichean sòfa' a' cur dragh air muinntir a' bhaile agus luchd-turais.'

Bha Ciara a' faireachdainn bochd. Dè thuirt iad? Gun robh na ceudan de dhaoine air a bhith a' lorg fianais air Slighe Chladach Fìobha, is nach robh duine aca air am bann-làimhe fhaicinn?

Bha Calum a' bruidhinn mu dheidhinn Joni fhèin a-nis. 'A rèir nam poilis, ghabh i drogaichean mus do thuit i far na slighe. A rèir an teaghlaich, thug cuideigin oirre drogaichean a ghabhail agus rinn iad cron oirre. Dè thachair do Joni ann an dha-rìribh? Sa phrògram seo, bidh sinn a' bruidhinn ri tè a bha san sgoil còmhla ri Joni, a bhios ag innse dhuinn gun robh i measail air partaidhean is deoch-làidir.'

Nochd dealbh Joni air an sgrion. 'Cò bh' ann an Joni Dawson?' dh'fhaighnich Sorcha. 'A bheil a bràthair eòlach oirre? An robh bann-làimhe oirre idir, no an robh i air a reic airson drogaichean a cheannach? Dè do bheachd fhèin? Leig fios thugainn air na meadhanan sòisealta, a' cleachdadh #CoJoniDawson.'

Bhrùth Ciara 'stad' air a' fòn. Cha b' urrainn dhi èisteachd ris a' chòrr. Dè thachair don bhann-làimhe? Bha i cinnteach gum biodh e furasta gu leòr do chuideigin a lorg.

Ged a bha i airson bruidhinn ri Amy mu dheidhinn, cha robh i idir airson 's gum faiceadh a bean na bha na preasantairean ag ràdh mu dheidhinn Joni; dè an t-slighe a bha iad a' gabhail. Thug i sùil luath air na meadhanan sòisealta, agus shad i am fòn air an leabaidh às dèidh dhi post no dhà a leughadh. Beachdan suarach, tàireil; daoine a' cur sìos air nighean òg air nach robh iad idir eòlach. Bha iad air taga-hais eile a chruthachadh: #BhaNaPoilisCeart.

Thog i am fòn a-rithist, chaidh i sìos an staidhre gu faiceallach, agus chuir i teacsa gu Ruaraidh.

A bheil thu saor?

An dèidh mionaid no dhà, chuir e fòn thuice.

'Ciara! Dè tha dol?'

'Haidh, Ruaraidh – èist rium, am faca tu *Fuasgladh Cheist* fhathast?'

'Dè? Chan fhaca, tha mi dìreach air tilleadh bho m' obair. Nach robh thusa ag obair an-diugh?'

'Cha robh – bha Amy san ospadal, agus…'

'San ospadal? A bheil i ceart gu leòr?'

'Duilich, Ruaraidh, bha còir agam innse dhut, ach tha cùisean air a bhith cho trang – thuit i sìos staidhre a' phlèana agus bhris i a gàirdean. Tha i air ais aig an taigh a-nis, anns an leabaidh.'

'Air plèana?'

'Seadh, 's e sgeulachd fhada a th' ann – innsidh mi dhut a-rithist. Dh'fhaodadh tu tadhal oirnn tron t-seachdain ma bhios tu saor? Co-dhiù, bha mi airson bruidhinn riut mun bhann-làimhe: a rèir muinntir *Fuasgladh Cheist* tha tòrr dhaoine air a bhith ga lorg fad seachdain, is cha do shoirbhich leotha.'

Bha Ruaraidh sàmhach airson greis. 'Nach neònach sin. Feumaidh mi sùil a thoirt air a' phrògram a-nochd fhathast. Nis, feumaidh mi falbh is dìnnear a dhèanamh – cuiridh mi fòn thugad a-rithist a-màireach agus nì mi cèilidh air an euslainteach. Tiors!'

'Ach…' thuirt Ciara, mus do thuig i nach robh Ruaraidh ann tuilleadh.

'Còmhradh gun fheum,' thuirt i rithe fhèin, mus do chuir i am fòn dheth. Cha robh i airson a dhol faisg air na meadhanan sòisealta a-rithist a-nochd.

*

Swansea

'Na coimhead air an sgudal sin tuilleadh, Art.' Bha Will fhèin a' faireachdainn bochd às dèidh dha leughadh tro na teachdaireachdan mì-chàilear air-loidhne.

'Cò an 'caraid' seo ris an robh iad a' bruidhinn?' Cha robh Art air facal a thuirt Will a chluinntinn. 'Cha robh mise eòlach oirre! Cò chanadh gun robh Joni measail air partaidhean is deoch-làidir? Cha b' ann mar sin a bha i, am b' ann? Agus tha iad ag ràdh gun do reic i am bann-làimhe! Chan eil duine sam bith eòlach oirre! Am faca tu na tha na daoine seo ag ràdh air-loidhne? Chan eil e ceadaichte dhaibh seo a ràdh, a bheil? Feumaidh mi freagairt a sgrìobhadh…'

'Stad ort!' dh'èigh Will. 'Cuir am fòn dheth. Art – na sgrìobh freagairt sam bith gu na trobhaichean sin. Seo a bhios a' tachairt fad na tìde – daoine nan suidhe aig an taigh, a' beachdachadh air beatha dhaoine eile air-loidhne, ag ràdh rudan nach canadh iad idir nan robh sibh aghaidh ri aghaidh. Coma leat dheth! Bha thusa eòlach air Joni; bha mise eòlach air Joni, agus tha fios againne cò ris a bha i coltach.'

'Carson a chaidh mi an sàs anns a' phrògram sin idir?'

'Cha robh fios agad gun tachradh a leithid de rud, an robh?'

Shad Art a fòn air an ùrlar agus sheas e. 'Bha fios agadsa, ge-tà – bha làn fhios agadsa, agus cha robh mise airson èisteachd riut.

Dh'inns thu dhomh gum bi na rudan seo a' tachairt air-loidhne nuair a bhios cuideigin air chall, no air am marbhadh…'

'Bha *dragh* orm mu dheidhinn trobhaichean is 'rannsaichean sòfa' – cha robh *fios* agam le cinnt gun tachradh seo.' Chuir Will a làmh air gualann Art. 'Tha e gu tur eadar-dhealaichte ma tha thu eòlach air an neach mum bi iad a' bruidhinn is a' cruthachadh theòraidhean.'

'Dè nì mi?' dh'fhaighnich Art. 'Nach sgrìobh mi paragraf no dhà a chuireas mi air na meadhanan sòisealta, gus innse do luchd-leantainn a' phrògram nach b' ann mar sin a bha mo phiuthar?'

Thug Will air Art suidhe a-rithist. 'Bha agad ri d' ainm a chur ri cùmhnant, nach robh? Ag aontachadh nach biodh tu an sàs anns a' phrògram, a bharrachd air an agallamh a rinn thu aig an toiseach? Thuirt an riochdair gun robh aca ri rannsachadh neo-eisimeileach a dhèanamh air a' chùis, is nach robh iad airson 's gum biodh teaghlach no caraidean Joni a' dol an aghaidh nan co-dhùnaidhean aca. Thuirt iad gur dòcha nach còrdadh na co-dhùnaidhean riut idir, agus dh'aontaich thusa nach sgrìobhadh tu dad an aghaidh a' phrògram air na meadhanan sòisealta fhad 's a bha e a' dol. Tha prògram eile fhathast ri tighinn, Art – nach biodh e na b' fheàrr gun èisteachd ris? Chan eil dad as urrainn dhut a dhèanamh a-nis. Tha e nas fheàrr gun feart a thoirt air na meadhanan sòisealta idir.'

Bha e coltach nach cuala Art facal a thuirt a cho-ogha. Chuir e a cheann air a ghlùinean. 'Dè chanadh Mam is Dad? Dè chanadh *Joni* nan robh fios aice an seòrsa bheachdan a bh' aig srainnsearan oirre?'

Thog Will fòn Art bhon ùrlar, chuir e dheth e agus chuir e am fòn aige fhèin air falbh. 'Bhiodh do phàrantan agus Joni a' dèanamh fiughair ris an t-snaigheadh fhaicinn, nach bitheadh? Tha sin a' cur nam chuimhne: tha dealbhan ùra den t-snaigheadh agam, cha mhòr nach eil e deiseil! An toir sinn sùil orra?'

Ged a thug Art sùil air na dealbhan, chan fhaca e dad ach an teachdaireachd mu dheireadh a leugh e air-loidhne, a bha loisgte fa chomhair a shùilean:

Cò Joni Dawson? 'S coma leam! Tràill-dhrogaichean, drungair, gun fheum… sin agad i. #CoJoniDawson

Carmarthen, 1993

'*Dè tha* ball-sinnsearachd *a' ciallachadh, a Ghranaidh?*'

'*Rudeigin sean, prìseil, a tha air a bhith san teaghlach fad bhliadhnaichean.*'

B' e latha fliuch a bh' ann san Lùnastal agus, ged a bha Gabi air gealltainn dhan ogha aice gun deidheadh iad chun na tràghad, bha aca ri fuireach a-staigh. Bha iad air flùraichean fhighe a-steach do fhalt donn, dualach na nighinn, agus a h-uile geama ann an taigh Gabi a chluich. Bha i a' coimhead tro na preasan is dràthraichean aice, a' feuchainn ri rudeigin a lorg a chumadh an nighean bheòthail trang gus an tilleadh a màthair bho h-obair, nuair a fhuair i lorg air an dearbh rud air cùl a dùirn.

'*Dè cho fad 's a tha seo air a bhith san teaghlach againne?*'

Nuair a sheall Gabi air a' bhann-làimhe, thòisich tuil chuimhneachan ris nach cuireadh i stad.

'*Còrr is leth-cheud bliadhna.*'

'*Cò às a thàinig e?*'

'*Rinn mo mhàthair e.*'

'*Ciamar?*'

'*B' e ceàrd-airgid a bh' innte – rinn i tòrr seudraidh bhrèagha.*'

'*Càit a bheil na rudan eile a rinn i?*'

Smaoinich Gabi airson diog no dhà. Ged a bha i airson sgeulachd a' bhann-làimhe innse don tè òig, cha robh i cinnteach am biodh i airson a h-uile ceist aice a fhreagairt gu h-onarach. Cha robh Gabi airson innse dhi gun robh aice fhèin is Dafydd, an duine aice, ri tòrr de na pìosan iongantach a rinn a màthair a reic an dèidh bàs Joanna, gus am b' urrainn Kurt a dhol dhan oilthigh. Bha Kurt, aig an robh gnìomhachas soirbheachail agus teaghlach mòr ann an Astràilia a-nis, air a ràdh rithe o chionn ghoirid gun robh còir aca feuchainn ri cuid den t-seudraidh a lorg is a cheannach air ais, ach cha robh Gabi cinnteach an gabhadh a dhèanamh an dèidh faisg air dà fhichead bliadhna.

'*Chan eil mi cinnteach – bhiodh i gan reic anns a' bhùth aice, reic i pìos no dhà an seo, agus chaidh na pìosan eile a chùm i a reic cuideachd, nuair a bha do mhàthair fhathast òg.*'

'Carson nach deach seo a reic?'

'Bha e ro phrìseil – b' e tiodhlaic a bh' ann, don charaid aice.'

'Cò an caraid?'

Choimhead Gabi tron uinneig, air an robh an t-uisge a' taomadh, air a' chraoibh gheanm-chnò sa ghàrradh. Bha Joanna air an taigh fhàgail aig Gabi is Dafydd, agus, ged a b' ann o chionn trithead 's a h-ochd bliadhna a chaochail Joanna, bhiodh Gabi fhathast na suidhe air a' bheing fon chraoibh is ag innse dhi fhèin agus dha màthair dè bha a' chlann aice fhèin, Frieda agus Dànaidh, ris.

'Tante Joanna. Chaidh d' ainmeachadh às dèidh Tante Joanna, ach bha e na b' fhasa dhut Joni ag ràdh nuair a bha thu òg, is b' e Joni a bha ort on uair sin.'

Rinn Joni fiamh-ghàire. 'Chan eil cuimhne agam orra – an do choinnich mi riutha nuair a bha mi na b' òige?'

Cha tuirt Gabi dad gus an d' rinn i cinnteach gum biodh a guth rèidh. Cha robh Joni ach deich bliadhna a dh'aois, agus cha robh Gabi airson innse dhi gun do chaochail a màthair fhèin nuair a bha i dà bhliadhna dheug. Bha Frieda air fàs tinn air an turas dhoirbh dhan Chuimrigh, agus ged a dh'fhàs i na b' fheàrr, bha i fhathast lag, is cha robh i làidir gu leòr seasamh ri galar a fhuair i dà bhliadhna às dèidh dhi fhèin is Joanna taigh a cheannach ann an Carmarthen.

'Chan eil iad fhathast beò, a luaidh. Choinnich do mhàthair ri Tante Joanna nuair a bha i fhathast na bèibidh.'

Gu fortanach, bha an ath cheist aig Joni na b' fhasa do Ghabi fhreagairt. 'Dè tha Tante a' ciallachadh?'

'Antaidh – 's e facal Gearmailtis a th' ann.'

'Carson nach do chuir sibh Antaidh Joanna oirre?'

'B' ann às an Ostair a bha i, a bha sinn uile. B' e Gearmailtis a bhruidhneadh sinn aig an taigh mus tàinig sinn dhan Chuimrigh.'

'Carson a thàinig sibh an seo?'

Ged nach robh Gabi air an dearbh cheist a thuigsinn nuair a dh'fhàg i Innsbruck, rinn Frieda is Joanna cinnteach gun robh làn fhios aice fhèin is aig Kurt dè bha air tachairt anns na bliadhnaichean ron teicheadh, nuair a bha iad na bu shine. Bha i airson dèanamh cinnteach nach cluinneadh Joni an sgeulachd shlàn gus am biodh ise nas sine cuideachd.

'Tha thu air ionnsachadh mun Dàrna Cogadh san sgoil, nach eil, is na Nadsaidhean?'

'Tha.'

'Uill, bha sinn a' fuireach ann am baile air a bheil Innsbruck, san Ostair, agus bha mo mhàthair is Tante Joanna, agus na caraidean aca, an aghaidh beachdan nan Nadsaidhean. Mar sin, cha robh e sàbhailte dhaibh fuireach anns an dùthaich nuair a ghabh na Nadsaidhean stiùir oirre. Ghluais sinn dhan a' Chuimrigh gus beatha ùr a thòiseachadh, dhan a' bhaile bhrèagha seo. Bha sinn a' fuireach ann am flat bheag airson greis, mus do cheannaich mo mhàthair is Tante Joanna an dearbh thaigh seo.'

Bha i an dòchas gun cuireadh Joni ceistean oirre mun taigh, no mun bheatha a bh' aca sna làithean ud, nuair a bha a màthair fhathast beò. Bha smaointean Joni a' leantainn slighe eile ge-tà: slighe air nach robh Gabi airson beachdachadh.

'Carson nach robh e sàbhailte?'

Leig Gabi osna aiste agus chuir i am bann-làimhe air ais air a gàirdean. 'Innsidh mi an sgeulachd sin dhut air latha eile, Joni. Tha e ro fhada son an-diugh.'

Leig Joni fhèin osna aiste. Bha na ceudan de cheistean aice fhathast do a seanmhair – mar as àbhaist, chan fhaigheadh i a h-uile freagairt a bha i a' sireadh.

Rinn Gabi gàire nuair a mhothaich i gun robh aodann Joni fo sprochd. 'Innsidh mi dhut aon rud a bharrachd, a ghràidh. 'S ann leatsa a bhios am bann-làimhe brèagha seo nuair a bhios tu beagan nas sine.'

'Leamsa?' thuirt Joni, is fiamh-ghàire mhòr a' soillearachadh a h-aodainn.

'Leatsa.'

24

Diardaoin 13 Ògmhios 2024 – Baile Nèill, Glaschu

BHA CIARA AG obair aig tachartas san taigh-bìdh Oidhche Ardaoin agus bha Amy air iarraidh air Scott tadhal oirre mus rachadh e dhachaigh.

Nochd e aig sia uairean, a' giùlan basgaid mhòr làn fhlùraichean agus baga anns an robh trì lèintean-t mòra, measgachadh de shuiteis is teòclaid agus cairt a rinn Lachie is Niamh.

'Duilich,' thuirt e, cho luath 's a bha e air an cur sìos air a' bhòrd sa chidsin, 'tha seo air a bhith sa chàr fad an latha – chan eil na flùraichean a' coimhead cho math 's a bha iad sa mhadainn. 'S ann bho Iseabail a tha na lèintean-t – bha i a' gabhail dragh nach rachadh an *stookie* tro mhuilichinnean nan lèintean-t a th' agad, is tu cho caol.'

Thug Amy sùil air a' bhasgaid. 'Nach ise a bha lèirsinneach – tha an aon gheansaidh mòr air a bhith orm fad dà latha a-nis!'

Rinn Scott fiamh-ghàire nearbhach.

'An gabh thu tì no cofaidh, no rudeigin fuar?' Cha robh Amy buileach cinnteach ciamar a bha i a' dol a thogail cuspair mì-thlachdmhor.

'Cha ghabh. Thuirt mi ri Iseabail gum bithinn air ais aig an taigh ro sheachd uairean – bidh ise a' dol do chlub-leabhraichean ann an taigh a caraid.'

'Ceart, nach suidh sinn ma-thà?'

Shuidh iad ann an sàmhchair airson greis, a' coimhead sìos air a' bhòrd. 'A bheil…' thuirt Scott mu dheireadh thall.

'Tha fios agam, Scott. Tha fios agam gun do choinnich thu ri Gemma ann am Baile Àtha Cliath.'

Bha drèin air Scott. 'Ciamar… an robh thu gam leantainn?'

'Cha robh… uill bha, ach cha b' e sin a bha fainear dhomh. Bha mi a' dol gu co-labhairt air AI sa bhaile, agus cha robh mi idir an dùil d' fhaicinn air a' phlèana. Cha mhòr nach do thuit mi air an làr nuair a chunnaic mi Gemma sa phort-adhair – cha robh càil a dhùil agam gun robh thusa fhathast càirdeil rithe. Nuair a chuala mi i ag ràdh gun robh sibh a' dol gu taigh-òsta, rinn mi co-dhùnadh bras is chuir mi romham ur leantainn, is beagan tìde agam ron cho-labhairt.'

'An taigh-òsta? Cha robh thusa ann, an robh? Ciamar…'

'Bha, Scott.' Bha coltas nàrach air Amy.

'An cuala tu…'

'Chuala mi gu leòr bho Gemma – bha e soilleir gu leòr dhomh dè na planaichean a bh' agaibh agus dh'fhàg mi an taigh-òsta cho luath 's a b' urrainn dhomh.'

Cha tuirt Scott facal. Bha aodann dearg agus bha e a' bualadh a ghlùinean le chorragan.

''S dòcha nach bithinn air do leantainn, Scott, mura robh mi cho sgìth, is troimh-a chèile – bha mo cheann na bhrochan, is argamaid air a bhith agam le Ciara…'

'Argamaid?' Bha Scott ro thoilichte cothrom fhaighinn bruidhinn air cuspair eile. 'Cha bhi sibhse ag argamaid gu tric, am bi?'

'Chan àbhaist dhuinn. B' e mo choire-se a bh' ann – bha na smaointean agam a' ruith air falbh bhuam…'

Stad Amy a bhruidhinn mus tuirt i dad mu dheidhinn Cill Rìmhinn. Bha Scott a' coimhead mì-chofhurtail. 'Uill, tha a h-uile rud ceart gu leòr a-nis, nach eil? Bha i a' gabhail uiread de dhragh mu do dheidhinn Diluain, Amy. Bha agus mise.'

'Seadh.'

Ghabh Scott an cothrom cuspair eile nach robh co-cheangailte ri Gemma a thogail. 'Tha fios 'm nach eil thu measail orm: am b' ann mu mo dheidhinn-sa a bha thu fhèin is Ciara ag argamaid?'

Sheall Amy air le iongnadh. 'Nam bheachd-sa, Scott, bha *thusa* a-riamh a' dèanamh soilleir nach robh thu airson gnothach a ghabhail riumsa. Seall cho feargach 's a bha thu aig a' phartaidh Didòmhnaich! Tha mi a' tuigsinn a-nis, ge-tà, carson nach robh thu ag iarraidh orm beachdachadh gu dlùth air na thachair ann an Cill Rìmhinn.'

'A bheil?'

Cha mhòr gun robh comas labhairt aig Scott. Cha robh fios aige an ann feargach no muladach a bha e. Bha fallas a' nochdadh os cionn a shùilean agus air a dhruim.

'Tha thu air a bhith a' falbh còmhla ri Gemma! Nach e sin e, Scott? Thu fhèin agus Gemma – dè cho fad 's a tha sibh air a bhith a' coinneachadh ann an diomhaireachd? Fichead bliadhna?'

Sheas Scott agus choisich e a-null dhan uinneig. Dh'fhan e ann airson greis, a' coimhead a-mach air a' ghàrradh dhathach. Ged nach fhaiceadh Amy ach a dhruim, thuig i gun robh e a' dèanamh sabaid leis fhèin na inntinn.

'Scott, tha fios agam gu bheil seo doirbh dhut…'

Thionndaidh Scott mu dheireadh thall, ach cha tuirt e facal mun dàimh eadar e fhèin is Gemma.

''S dòcha gu bheil thu ceart, Amy, is tu air aithneachadh gun robh rudeigin agam nad aghaidh nuair a choinnich thu fhèin is Ciara. Ged nach eil e a' cur dragh ormsa a-nis, is mi nas eòlaiche ort, chuir Gemma nam chuimhne Diluain gu bheil ise fhathast feargach mu na rinn thu…'

Sguir Scott a bhruidhinn gu h-obann nuair a chuala iad gnog aig an doras.

'Cò tha sin?' thuirt Amy, a' coimhead air a' chloc air a' bhalla. Cha b' fhada gus an do dh'aithnich an dithis aca guth an neach-tadhail.

'Amy? Am fosgail thu an doras? Chan urrainn dhomh grèim a chumail air an rud seo!'

'Ruaraidh,' thuirt Scott. Bha a lèine fliuch air a dhruim is fo achlaisean agus fhuair e glainne uisge dha fhèin fhad 's a bha Amy aig an doras.

'An cuidich thu Ruaraidh, Scott?' dh'èigh Amy bhon trannsa. Leig Scott osna às agus choisich e a-mach às a' chidsin. Thuirt e halò ri Ruaraidh gun choimhead air a charaid.

'Scott.' Bha Ruaraidh a' giùlan poit mhòr, phurpaidh anns an robh craobh *acer* bhrèagha, dhearg. Bha aonach air, mar gun robh e air maraton a ruith.

'Chunnaic mi seo fhad 's a bha mi a' ceannach lus do mo mhàthair, Amy, agus shaoil mi gun còrdadh e riut, is tu far d' obair. Càit an cuir sinn e?'

'Abair gu bheil seo brèagha, Ruaraidh. An cuir sibh sa ghàrradh e? Dìreach ri taobh na poit sin.'

Dh'fhosgail i doras a' chidsin agus choimhead i orra fhad 's a chuir iad a' phoit sìos gu faiceallach. Chan fhaca i an teachdaireachd shàmhach a chaidh eatarra mus do thill iad dhan chidsin.

'Duilich, Amy, feumaidh mi falbh,' thuirt Scott. 'Am faic mi thu Disathairne?'

'Tha thu a' falbh mar-thà?' Feumaidh nach robh Scott den bheachd gun robh an còmhradh aca deiseil, is na ceudan de cheistean aice fhathast?

'Duilich, bidh Iseabail deiseil airson falbh. Bidh mi a' bruidhinn ri Ciara cuideachd,' thuirt e gu luath, gun choimhead oirre. 'Bha e math d' fhaicinn, Ruaraidh – feumaidh sinn pinnt a ghabhail a dh'aithghearr.'

'Aidh, nì sinn sin,' thuirt Ruaraidh, a' cur crìoch air glainne uisge Scott.

Cho luath 's a dh'fhalbh Scott, thionndaidh Ruaraidh gu Amy. 'Dè tha dol? Cha robh thu fhèin is Scott ag argamaid, an robh? Càit a bheil Ciara?'

'Cha robh,' thuirt Amy gu slaodach. 'Cha robh ann ach còmhradh caran domhainn. Tha Ciara ag obair a-nochd – cha bhi ise air ais gu naoi uairean.'

Thug Ruaraidh sùil oirre, a' gabhail dragh nach robh i buileach air ais dhan àbhaist fhathast. 'Uill, am bi thu ceart gu leòr leat fhèin? Chòrdadh e rium fuireach gus an till Ciara, ach tha mi air mo shlighe gu taigh mo mhàthar airson dìnneir.'

Rinn Amy fiamh-ghàire lag. Nach robh esan deònach bruidhinn rithe nas motha? 'Taing airson tighinn – tha a' chraobh cho àlainn. Bidh mise ceart gu leòr.'

Nuair a bha i na h-aonar a-rithist, choimhead Amy air a' fòn: bha Scott air teacsa a chur thuice mar-thà.

Cha chan thu dad ri C fhathast, an can? Gheibh mi cothrom

bruidhinn rithe cho luath 's as urrainn dhomh. Taing, Amy, toilichte g' eil thu a' fàs nas fheàrr. Chì mi Disathairne sibh x

25

Disathairne 15 Ògmhios 2024 – Mount Florida, Glaschu

SHEAS CIARA AGUS Amy air an stairsnich, a' coimhead tro uinneag an t-seòmar-suidhe air bhàsa mhòr, loma-làn ròsan, a bha air a chuairteachadh le cairtean. Thug Amy sùil air a' bhaga bheag a bha Ciara a' giùlan, anns an robh lus na tùise ann am poit bheag agus geansaidh a cheannaich iad do mhàthair Ciara ann am fèill-reic M&S.

'Ciamar a bhios Iseabail a' lorg ròsan a tha cho fallain, foirfe, a h-uile bliadhna?'

Cha d' fhuair Ciara cothrom dad a ràdh mus deach an doras fhosgladh le Lynn, a màthair.

'Thig a-steach, a luaidh,' sheinn i, a' toirt pòg do Chiara air gach gruaidh. 'Nach brèagha an dreasa sin, Ciara, tha i a' tighinn riut – saoil am biodh i a' coimhead nas fheàrr buileach le sàilean àrda an àite bhòtannan?'

Sin agad Lynn, smaoinich Amy, a' leantainn Ciara a-steach dhan taigh: cha dèanadh i moladh air dad sam bith gun bheachd a thoirt seachad air mar a rachadh a leasachadh.

Cho luath 's a stad Lynn a bhruidhinn, chuir Amy meala-naidheachd oirre. 'Ò, Amy – seadh. Taing,' fhreagair Lynn, gun choimhead oirre.

Rinn Ciara oidhirp fiamh-ghàire a chumail air a h-aodann agus thug i baga nam preusantan dha màthair mus do chuidich i Amy le a seacaid, ris an robh i a' strì le aon làmh. 'Seo dhutsa, a Mham, bhuam fhìn is Amy – mealaibh ur naidheachd.'

'Dè rinn thu ort fhèin, Amy?' dh'fhaighnich Ailean, athair Ciara, a bha air nochdadh anns an trannsa. Bha aparan agus ad mhòr, gheal air, air an robh *Rìgh na BBQ* sgrìobhte ann an litrichean dearga.

''S dòcha nach eil sinn airson an fhreagairt a chluinntinn,' chagair Lynn gu h-àrd-ghuthach, mus d' fhuair Amy cothrom dad a ràdh.

Rinn Ailean gàire nearbhasach agus thug e pòg do Chiara.

'Thuit mi sìos staidhre plèana,' thuirt Amy, ged a bha Ailean agus Lynn air tionndadh air falbh bhuaipe, is iad a' coiseachd a-steach dhan chidsin. Gun choimhead air ais no leigeil oirre gun cuala i Amy, thòisich Lynn a' bruidhinn ann an guth frogail, fuadain: 'Thigibh a-mach dhan ghàrradh – tha Scott, Iseabail, Lachie is Niamh ann mar-thà.'

Thug Ciara sùil air Amy, is drèin air a h-aodann. Ghabh i grèim air làmh Amy mus do lean iad Ailean is Lynn tron chidsin. Dh'fheuch Amy gun choimhead air an dealbh mhòr air a' bhalla san trannsa – Ciara ann an dreasa gheal, bhrèagha, latha na bainnse, còmhla ri Ailean, Lynn, Scott agus Lachie, nach robh ach dà bhliadhna a dh'aois aig an àm, ann am fèileadh beag. Cha robh Amy ri fhaicinn – bha Lynn air iarraidh air Iseabail dealbh a thogail 'den teaghlach a-mhàin'. Bha dealbh nas motha ri thaobh – Scott agus Iseabail air latha am bainnse fhèin, còmhla ri Ailean, Lynn agus Ciara.

Choisich iad tron chidsin agus theannaich Amy a grèim air làmh Ciara. Bha bogsa mòr bho thaigh-fuine sa bhaile air a' bhòrd. A h-uile bliadhna, bhiodh Ciara airson cèic a dhèanamh dha pàrantan air an co-là-breith, agus a h-uile bliadhna, bhiodh Ailean no Lynn a' ceannach cèic bhon aon taigh-fuine. Chanadh iad nach robh iad airson 's gum biodh aice ri bèicearachd a dhèanamh dhaibhsan, is i ag obair ann an cidsin fad an latha. Cha robh iad a' tuigsinn gum biodh e na bu chudromaiche do Chiara cèic a dhèanamh dhaibhsan na mìle pastraidh a dhèanamh do dhaoine beairteach san taigh-bidh spaideil le rionnag Michelin anns an robh i ag obair.

Nuair a chaidh iad a-mach dhan ghàrradh, bha Ailean na sheasamh ri taobh na grìosaich còmhla ri Scott, is iad a' coimhead gu dlùth air pacaid isbeanan glasraich. Thug Lynn glainne *prosecco* do Chiara is do dh'Amy, ach bha aca rin cur sìos air bòrd beag nuair a leum Lachie is Niamh orra. Cha robh Iseabail fada air an cùlaibh.

'Amy, a thruaghag! Seall ort! Cha robh dùil agam gum biodh an *stookie* cho mòr! A bheil thu ceart gu leòr? Feumaidh tu a h-uile rud innse dhomh!'

Rinn Amy oidhirp gun choimhead air Scott, ged a bha i mothachail gun robh Ciara a' toirt sùil fhiadhaich air. Cha robh Ciara air guth a chluinntinn bhuaithe fhathast, a bharrachd air teacsa no dhà a' faighneachd mu shlàinte Amy.

'Taing, Iseabail, bha thu fada ro laghach, mar as àbhaist – bha na flùraichean a chur thu thugam cho snog, is tha na lèintean-t air a bhith cho feumail.'

Leig i le Iseabail sèithear a shlaodadh a-nall thuice. 'Nach suidh thu, Amy – seall ort! Tha mi an dòchas gu bheil Ciara gad mhilleadh, a bheil?!'

Gu fortanach, bha Ciara trang a' freagairt cheistean bhon chloinn mu dheidhinn phlèanaichean agus cnàmhan briste agus cha chuala i Iseabail.

'Na can guth riumsa mu dheidhinn chnàmhan briste, Amy – mar a chanadh mo sheanmhair, 's mi bha thall 's a dh'fhairich, 's a thàinig a-nall ga h-aithris! Bhris mi mo chas is mi a' sgitheadh san Eilbheis… bhris mi mo chas eile ann an club-oidhche ann an Lunnainn… bhris mi dà chorrag nuair a bha sinn air làithean-saora ann an Capri… bhris mi mo ghàirdean nuair a thuit mi far eich ann an Costa Rica… dè eile a rinn mi?'

Cha do chuir i crìoch air an liosta, oir bha Niamh is Lachie air nochdadh rin taobh.

'Am faod sinn ar n-ainmean a chur air do ghàirdean, Antaidh Amy?' dh'fhaighnich Niamh, is measgachadh de phinn ioma-dhathach na dòrn.

'Faodaidh, gu dearbh,' thuirt Amy, a' gàireachdainn, agus shìn i a-mach a gàirdean. 'Leanaibh oirbh – nach dèan sibh dealbh dhomh gus am bi sealladh snog agam?'

'Nì mise Batman!' dh'èigh Lachie, a' goid peann dubh bho Niamh. 'Agus nì mise ailbhean purpaidh!' dh'èigh Niamh.

Thàinig Scott a-nall thuca airson sùil a thoirt air obair an luchd-ealain. Bha coltas sunndach air, mar nach robh dad sam bith a' cur dragh air. Thug e pòg do Chiara agus chuir e a ghàirdean timcheall air Iseabail, gun choimhead air Amy. 'Agus ciamar a tha dol dhut, Amy?'

'Aidh, ceart gu leòr, Scott – taing.' Bha Amy a' faireachdainn nas mì-chofhurtaile na bha i san ospadal.

'Bha mi dìreach ag innse do dh'Amy mu na tubaistean a bh' agamsa, Scott,' thuirt Iseabail, a' cur crìoch air a' ghlainne *prosecco* aice. ''Eil cuimhne agad an turas a bh' againn a Chosta Rica – bha mi deimhinnte gun rachainn dhan ionad-marcachd, ged a bha e cho fad air falbh bhon taigh-òsta, agus dè thachair dhomh? Thuit mi far an eich agus chuir mi seachad dà oidhche san ospadal!'

'Tha cuimhne agam air sin math gu leòr. Bha thu cho feargach nach robh e ceadaichte dhut deoch-làidir a ghabhail fad seachdain às dèidh sin!'

'Cò bha san ospadal?' thuirt Lynn, a' nochdadh rin taobh le truinnsear làn churranan is tomàtothan. Bha i fhèin is Ailean air cur romhpa a bhith nan glasraichearan aig toiseach na bliadhna, leis gun robh Sandra is Pòl, na caraidean a b' fheàrr aca, a' dèanamh an aon rud. Cha do leig Ciara oirre a-riamh gum faca i a h-athair agus Pòl nan suidhe ann an car taobh a-muigh McDonalds aon oidhche nuair a bha i a' dràibheadh dhachaigh, is bogsaichean *Big Mac* air an glùinean. Chan fhaca i a h-athair a' coimhead cho toilichte a-riamh.

'Bha Amy san ospadal,' thuirt Ciara, ach cha chuala duine i, is Scott a' bruidhinn aig an aon àm.

'Bha Iseabail a' bruidhinn mun turas a bh' againn a Chosta Rica, a Mham…'

Bha ceann Amy air fàs goirt mar-thà. Cha b' urrainn dhi èisteachd ri guth Scott gun ghuth Gemma a chluinntinn aig an aon àm. B' fheàrr leatha gun robh Iseabail fhathast ann an Costa Rica, far nach rachadh a goirteachadh le amaideas Scott.

Chuir Lachie is Niamh crìoch air na dealbhan aca, nach robh coltach ri duine no beathach sam bith a chunnaic Amy a-riamh, agus dh'iarr iad air Ciara is Amy geama ball-coise a chluich còmhla riutha. Thòisich Amy ag èirigh bhon t-sèithear, ach chuir Iseabail stad oirre.

'Fuirich far a bheil thu, Amy! Lachie, bidh Dadaidh is Antaidh Ciara toilichte geama a chluich leibh, agus bidh mise nam rèitire! Tha Antaidh Amy feumach air fois!'

'Tha mi ceart gu leòr, Iseabail,' thòisich Amy, ach cha robh Iseabail ag èisteachd rithe.

'Nis, nach gabh thu fhèin is Lynn cothrom beagan cabadaich a dhèanamh, Amy – na leadaidhean còmhla!'

Cha robh Amy a-riamh na 'leadaidh', agus bha i cinnteach nach robh ùidh sam bith aig Lynn ann a bhith a' cabadaich còmhla rithe. Thug Ciara sùil chiontach oirre, is i ri spòrs leis a' chloinn aig taobh eile a' ghàrraidh.

Bha Lynn a' coimhead cho mì-chofhurtail 's a bha Amy a' faireachdainn. 'Uill. Ciamar a tha do phàrantan?'

'Gu math, taing, tha e coltach gu bheil Norwich a' còrdadh riutha, is iad air an cumail trang leis a' chloinn. Tha iad…'

'Agus ciamar a tha an obair agad a' dol?'

Chan eil i airson dad a chluinntinn mu mo phàrantan, is chan eil cuimhne aice dè an obair a th' agam, shaoil Amy. Ged a bha i air a bhith còmhla ri Ciara fad ceithir bliadhna deug a-nis, cha robh Lynn a-riamh air ùidh a ghabhail na beatha.

'Glè mhath, Lynn – glè mhath. Bha mi ann am Baile Àtha Cliath Diluain, ach tha mi air a bhith dheth o Dhimàirt, is mi air mo ghàirdean a bhriseadh.'

'Ò mo chreach!' thuirt Lynn, mar nach robh i air gàirdean mòr, geal Amy fhaicinn gu ruige seo. 'Agus dè thachair dhut?'

Thòisich Amy ag innse dhi, ach bha i air aire Lynn a chall mar-thà, is i a' coimhead air Ailean, a bha a' cur isbeanan ann an rolaichean.

'A bheil na h-isbeanan deiseil?' dh'èigh Lynn ris, a' leum suas agus a' smèideadh ri na cluicheadairean ball-coise. 'Nach tig sibh uile chun a' bhùird!' sheinn i, mus do ruith i chun na grìosaich, gun taic a thabhann do dh'Amy.

'Nì mise a' chùis,' thuirt Amy fo a h-anail, a' feuchainn ri seasamh suas. Bha Ciara a' tighinn gus a cuideachadh, ach bha Scott na bu luaithe. 'Sin thu fhèin,' thuirt e, a' gabhail grèim air glainne Amy gus am b' urrainn dhi èirigh bhon t-sèithear.

Bha Ciara a-nis a' cuideachadh Niamh aig a' bhòrd agus ghabh Scott cothrom bruidhinn ri Amy gu luath. 'Chan eil fios aig Ciara, a bheil?'

'Chan eil!' Thug Amy a glainne air ais bho Scott agus choimhead i air le fearg. 'Thuirt mi rithe gu bheil rudeigin agad ri innse dhi, ach chan eil fios aice dè th' ann. Chan eil mi deònach na rùintean dìomhair agadsa a chumail tuilleadh, Scott – feumaidh tu bruidhinn rithe an-diugh.'

'Dimàirt, Amy,' thuirt Scott, a' coimhead nearbhasach. 'Chan eil mi airson partaidh Mam is Dad a mhilleadh. Tha mi a' dol a dh'iarraidh oirre coinneachadh rium airson cofaidh feasgar Dimàirt agus innsidh mi dhi an uair sin. Tha mi a' gealltainn dhut gun coinnich sinn.'

'Agus gun innse thu an fhìrinn dhi? Ma nochdas Ciara dhachaigh feasgar Dimàirt, is gun fhios aice mu dheidhinn Gemma, tha mi a' gealltainn dhutsa nach fàg *mise* dad a-mach às an sgeulachd.'

'Ceart.'

'Agus a bharrachd air sin, nach inns thu *dhòmhsa* na bha thu a' ciallachadh nuair a thuirt thu gun d' rinn mi rudeigin air Gemma? Dè idir a tha i air a bhith ag ràdh riut?'

Sheall Scott oirre le iongantas, ach cha d' fhuair iad cothrom dad eile a ràdh, is Lynn gan gairm chun a' bhùird.

26

Bha iad dìreach air crìoch a chur air reòiteag agus cèic nuair a chuala iad cuideigin ag ràdh 'Gnog! Gnog!' ann an guth àrd, faoin.

'Sandra!' dh'èigh Lynn, a' dèanamh sgreuch mar fhaoileag. Ruith i chun a' gheata agus leig i a-steach boireannach caol, goirid a bha a' giùlan baga mòr, pinc. Bha i còmhdaichte ann am pinc cuideachd: ad mhòr, dreasa theann agus brògan a bha a' cur co-dhiù sia òirlich ri h-àirde.

'Ò, Lynn, tha mi duilich!' thuirt Sandra san aon ghuth sgalanta, is i a' suidhe sìos aig a' bhòrd. 'Dhìochuimhnich mi gun robh partaidh teaghlaich gu bhith agaibh an-diugh!'

Cha robh duine seach duine aca a' creidsinn gun do dhìochuimhnich Sandra mu dheidhinn partaidh sam bith na beatha. Thug Lynn glainne *prosecco* dhi. 'Och, Sandra! Nach eil thu fhèin nad phàirt den teaghlach! Nis, tha thu eòlach air Iseabail, nach eil?'

Bha Sandra agus Iseabail a' cabadaich gun sgur mar-thà.

'Agus bidh cuimhne agad air Amy… *caraid* Ciara?'

Caraid. Dh'fhàs aodann Ciara cho pinc ri ad Sandra agus bha i an impis rudeigin a ràdh, ach cha d' fhuair i cothrom.

'*Bean* Ciara, a Mham,' thuirt Scott, a' priobadh ri Amy is Ciara. 'Phòs iad o chionn ochd bliadhna.'

'Och, tha fios 'm, Scott, dè an diofar co-dhiù!' Cha do choimhead Lynn air Amy, is i a' leigeil oirre gum b' ann ri fealla-dhà a bha i. Thionndaidh i gus bruidhinn ri Sandra is Iseabail, nach robh air for a thoirt air a' chòmhradh idir, is iad a' cabadaich gu luath, agus rinn Scott gàire mhòr ri Amy.

Na smaoinich, Scott, thuirt Amy rithe fhèin, gum bi e cho furasta sin toirt orm dìochuimhneachadh mu dheidhinn Gemma.

*

Fhuair Amy cothrom teicheadh bhon ghàrradh fhad 's a bha Iseabail a' sealltainn dealbhan sgoile Lachie do Lynn, Sandra is Ailean. Bha i feumach air an taigh-bheag, ach bha i cuideachd feumach air sàmhchair is sìth. Bha an dìnnear air maireachdainn dà uair a thìde agus cha robh i fhèin no Ciara air cothrom fhaighinn barrachd na dà sheantans a ràdh. Choisich i suas an staidhre chun an taighe-bhig gu slaodach, a' coimhead air na dealbhan air a' bhalla: Scott is Ciara; Lachie is Niamh; Ailean is Lynn; Scott is Iseabail; Ciara is Lynn; Scott, Ciara is Spot, an seann chù aca. Thug iad oirre smaoineachadh air an trannsa ann an taigh ùr a pàrantan fhèin ann an Norwich: ged a bha dealbh-bainnse ceart air a' bhalla acasan, anns an robh i fhèin agus Ciara còmhla, cha mhòr gum faca tu i am measg dealbhan clann a peathar agus coin a pàrantan.

A h-uile turas a bha aice ri tìde a chur seachad còmhla ri Lynn, bha Amy taingeil gun robh a pàrantan fhèin air gabhail ris gun robh i na leasbach gun cus strì, agus air fàilte cho blàth a chur air Ciara. Bha e air tighinn a-steach oirre thairis air na bliadhnaichean, ge-tà, gur dòcha nach biodh na h-inntinnean aca cho fosgailte mura robh nighean eile aca, a bha air duine a phòsadh is oghaichean a thoirt dhaibh.

B' ann aig amannan mar seo, nuair a bha a' faireachdainn ìosal agus goirt, a bha i ag ionndrainn a teaghlach fhèin, is iad uile a' fuireach còmhla cho fada air falbh bhuaipe. Cha bhi mi nam phàirt den teaghlach seo a-chaoidh, smaoinich i, a' coimhead air na dealbhan a-rithist. Gu h-obann, thàinig smaoin olc thuice agus thog i peann pinc Niamh a-mach às a pòcaid. Dè chanadh Lynn nam faigheadh i lorg air dealbh ùr, pinc – Amy agus Ciara, làmh air làimh – ri taobh nan dealbhan teaghlaich eile? Rinn i gàire, ach chlisg i nuair a chuala i cuideigin eile aig bonn na staidhre. An robh Lynn leis an dà shealladh a-nis?

Gu fortanach, b' e Ciara a bh' ann. ''Eil thu feumach air cuideachadh?' dh'fhaighnich i, mus tuirt i fo a h-anail: 'Fiù 's mura h-eil, can gu bheil! Tha mi ag iarraidh fois bhon t-sutha ud!'

'Tha mi an-còmhnaidh feumach air cuideachadh!' Stiùir Ciara i suas an staidhre, is Amy ag innse dhi mun dealbh a bha i am beachd cur ris a' bhalla. Fhad 's a bha Amy san taigh-bheag, thug Ciara sùil tro dhoras seòmar-cadail Scott, a bha fhathast mar a dh'fhàg e e. Ged a bhiodh a pàrantan a' cleachdadh an t-seann sheòmair aicese mar ionad-stòraidh a-nis, cha robh iad air dad atharrachadh ann an seòmar Scott. Choisich i a-steach agus choimhead i air na leabhraichean air sgeilp os cionn an deasg.

'O-hò!' thuirt i an dèidh diog no dhà, agus thog i leabhar mòr, tana bhon sgeilp.

'Dè tha sin?' Bha Amy air nochdadh aig an doras. 'An cuidich thu mi leis a' phutan seo?'

Thug Ciara an leabhar dhi fhad 's a bha i ga cuideachadh. 'Leabhar-bliadhna na sgoile, 2004! Chaill mi am fear agamsa – chan fhaca mi seo on a dh'fhàg mi an sgoil!'

'Cò tha seo?' dh'fhaighnich Ciara, a bha air dealbh Amy a lorg, 'Amy NicCoinnich – *Little Miss Bump*!'

Thog Amy a gàirdean briste. 'Seall, b' ann mar seo a bha mi a-riamh!'

'Càit a bheil Scott is Ruaraidh… agus Gemma?' Mus d' fhuair Ciara lorg air dealbh Scott, thuit cèis-litreach a-mach às an leabhar, anns an robh ochd cairtean-puist. Thog i a' chèis-litreach agus thug i na cairtean a-mach. Bha dealbhan Baile Àtha Cliath orra uile agus bha an aon seantans sgrìobhte air cùl a h-uile tè dhiubh: *gad ionndrainn x*. Bha lorg-peanta làmh bheag orra cuideachd: feadhainn bheaga agus feadhainn nas motha.

'Nach neònach sin – saoil dè tha iad a' ciallachadh? An robh aig Scott rin cruinneachadh mar phàirt de phròiseact fhad 's a bha e san sgoil? An d' rinn thu fhèin an aon rud, Amy? Ò, feumaidh nach robh… seall air seo, cairt-phuist bho an-uiridh: *Àrd-Mhùsaem na hÉireann, 2023*! Cò tha a' cur chairtean-puist gu Scott bho Bhaile Àtha Cliath?'

Bha Amy a' faireachdainn bochd.

'Dè do bheachd?' dh'fhaighnich Ciara a-rithist, mus do mhothaich i gun robh aodann Amy geal. 'Dè tha ceàrr? A bheil fios agad cò bhuaithe a thàinig iad?'

Shuidh Amy air an leabaidh, air an robh plaide *Oasis* fhathast.

'Fuirich mionaid… an ann bho *Gemma* a thàinig iad? Cò eile air a bheil Scott eòlach ann an Èirinn?'

Sheall Amy sìos air a casan. 'Tha fios agad gun do dh'iarr Scott orm gun dad innse dhut, nach eil?'

'Tha.'

'Uill, thuirt e rium an-diugh gu bheil e an dùil bruidhinn riut Dimàirt.'

'Dimàirt?'

'Seadh, tha e airson coinneachadh riut nuair a bhios tu deiseil le d' obair.'

Shuidh Ciara ri taobh Amy. 'A bheil an rùn-dìomhair seo ceangailte ri Gemma?'

Chrom Amy a ceann.

'Chan eil e fhèin agus Gemma fhathast…'

Sheas Amy a-rithist. 'Tha mi airson 's gun inns e fhèin dhut mu dheidhinn, Ciara. Chan eil mi airson cùisean a dhèanamh furasta dha.'

Bha Ciara a' coimhead troimh-a-chèile. 'Abair glaoic! Dè tha e ris? B' fheàrr leam gun innseadh tusa dhomh an sgeulachd shlàn, gus an dèan mi coimeas eadar an sgeulachd a bhios aige Dimàirt agus an fhìrinn. Ma tha an fhearg air, dèiligidh mise ris.'

Ghlac Amy Ciara teann thuice. ''S coma leam fearg is rùintean dìomhair Scott. Innsidh mi dhut a-nochd na thuirt e rium Diardaoin, goirid 's gun robh e – cha b' e sgeulachd shlàn a bh' ann idir. Ghabh e a h-uile cothrom an cuspair atharrachadh agus nochd Ruaraidh mus d' fhuair mi cothrom ceistean doirbh a chur air.'

Thog Amy na cairtean-puist agus thug i sùil orra. 'Feumaidh gum bi Scott gam falach an seo, gan cumail air falbh bhon taigh aige fhèin, is e an dùil nach rachadh duine faisg air na seann leabhraichean-sgoile aige.'

Leig Ciara osna aiste agus chuir i an leabhar air ais air an sgeilp. 'Tiugainn – tha còir againn tilleadh dhan a' phartaidh.'

Ghreimich i air na cairtean-puist fhad 's a lean i Amy sìos an staidhre, mar gum b' e amhaich a bràthar a bh' annta.

27

Disathairne 15 Ògmhios 2024, Cill Rìmhinn

CHA ROBH SGÒTHAN air fàire nuair a ràinig Art is Will Cill Rìmhinn ann an càr beag Art. Bha iad air Swansea fhàgail aig seachd uairean sa mhadainn, is air a bhith a' dràibheadh fad deich uairean ann an trafaig trom. Mu dheireadh thall, fhuair an *sat-nav* lorg air an taigh-òsta bheag faisg air Sràid a Tuath, far am biodh iad a' fuireach fad deich latha. Choisich iad a-steach gu trannsa chumhang: brat-ùrlair uaine air an robh flùraichean mòra, grànda, agus pàipear-balla pinc nach deach ùrachadh on a rugadh Art co-dhiù.

'Chan e taigh-òsta an Old Course a tha seo,' thuirt Art ri Will ann an cagair, ach cha d' fhuair Will cothrom dad a ràdh, oir bha bean an taighe air nochdadh.

'Noswaith dda, sut dach chi? Croeso – Moira dw i.'

Sheall Will air Art le uamhas.

'*Noswaith dda*, a Mhoira' thuirt Art, gu slaodach. 'Tha mi duilich, chan eil Cuimris aig mo charaid – chaidh a thogail ann an Sasainn. Chan urrainn dhòmhsa mòran a ràdh a-nis nas motha.'

'Ò, nach eil?' Bha coltas air Moira gun deach a' ghaoth a thoirt às na siùil aice. 'Tha mise air a bhith ag ionnsachadh abairtean fad na seachdain, air eagal 's nach biodh sibh gam thuigsinn. Uill, na gabhaibh dragh – bidh tè à Anglesey a' fuireach an seo an-ath-mhìos, agus gheibh mi an cothrom na h-abairtean agam a chleachdadh an uair sin.'

Nan robh beàrn air nochdadh eadar seantansan Moira, bhiodh Art air taing a thoirt dhi, ach cha do nochd.

'An ann air saor-làithean a tha sibh?'

Choimhead Art air a' phàipear sheann-fhasanta air na ballachan, air a' bhrat-ùrlair agus air a' chlàr-bìdh a bha steigte ris a' bhalla,

air an robh na roghainnean bracaist: Brochan… *Full Scottish*…
Tì/Cofaidh…Tost.

'Chan ann. Tha sinn… ag obair.' Bha e fada ro sgìth airson an
sgeulachd shlàn mu dheidhinn Joni agus an cuimhneachan innse
do Mhoira.

'Obair? Agus dè an obair a th' agaibh? Tha sibh a' coimhead gu
math *fit* – an e cluicheadairean-spòrs a th' annaibh?'

'Gàirnealair is tidsear.' Thòisich Art a' coiseachd a dh'ionnsaigh
na staidhre gu luath. Bha Will a' fàs mì-fhoighidneach cuideachd,
ach mhothaich e gun robh làmhan Moira dearg is tioram, gun robh
ketchup air muilicheann a lèine phurpaidh, agus nach robh ach
coibhneas na sùilean. Gun choimhead air Art, rinn e fiamh-ghàire
mhòr, bhlàth rithe. 'B' fheàrr leam gun robh mi a' cluich airson
Swansea… no 's dòcha Barcelona, a Mhoira,' thuirt e, a' leigeil air
gun robh e a' toirt bàlla bho chluicheadair eile is a' cur thadhail
aig ceann eile na trannsa. Bha Moira a-nis a' gàireachdainn, is
a' feuchainn ri a bhualadh leis an t-searbhadair aice.

'Chan eil mo bheatha-sa cho inntinneach ge-tà. Chan eil mise ach
nam thidsear – tha mi a' teagaisg ealain ann an Swansea. Tha Art na
ghàirnealair, is e ag obair ann am pàirc mhòr faisg air an aon bhaile.'

Rinn Art gàire bheag.

'Tha mi uabhasach duilich a bhith gur fàgail, ach bha sinn an
dòchas gum biodh tìde againn cuairt a ghabhail sa bhaile bhrèagha
seo mus gabh sinn dìnnear. Saoil am faigh sinn na h-iuchraichean
againn?'

'Ò, seadh!' Thog Moira dà iuchair bhon bhalla air cùl an deasga.
'Seo sibh – nis, fuirich mionaid agus innsidh mi dhut dè na taighean-
bìdh as fheàrr.'

Thòisich i ag ràdh rudeigin eile, ach rinn Will mèaran mòr agus
thog e a mhàileid. 'Bhiodh sin sgoinneil, a Mhoira. Tha mise cho
sgìth ri cù, ach innsidh Art dhomh dè na molaidhean a th' agaibh,
nach inns, a charaid?'

Dh'fhalbh e suas an staidhre mus robh cothrom aig Art dad a
ràdh, gun an aire a thoirt do shùilean fiadhaich a cho-ogha.

*

Didòmhnaich 16 Ògmhios 2024

Ged a bha a' ghrian a' deàrrsadh air Cill Rìmhinn an-ath-mhadainn, agus ged a bha ùidh mhòr aige a-riamh ann an caistealan is seann togalaichean, cha do chòrd an t-àite ri Art. Bha e a' faicinn aodann Joni sa h-uile oisean agus a' cluinntinn a guth ceòlmhor anns na h-oiteagan gaoithe a bha a' tighinn bhon Ear. Cha b' urrainn dha coimhead air duine sam bith air an deach e seachad gun amharas. Dè bha iadsan ris o chionn fichead bliadhna? An robh iadsan air prògraman *Fuasgladh Cheist* fhaicinn, is teachdaireachdan mì-chàilear a chur air na meadhanan sòisealta? A bharrachd air na ceudan de dh'oileanaich, a bhiodh san sgoil-àraich nuair a chaidh a phiuthar air chall, dh'fhaodadh gun robh duine sam bith air sràidean a' bhaile an sàs ann am bàs Joni.

Choisich e fhèin is Will dhan Chathair-eaglais is an uair sin sìos Sràid a Deas, far an do stiùir Will e sìos caolshràid gu ceàrnag fheurach, shìtheil. Bha Will an dùil gum biodh Art airson craobh ainmeil fhaicinn innte, a chaidh a chur le Màiri, Banrigh na h-Alba san t-siathamh linn deug, ach cha tuirt e ach 'Aidh, glè mhath,' fhad 's a bha Will a' leughadh na bha sgrìobhte air soidhne ri taobh na craoibhe. Thuig Will nach robh math dha fheuchainn ri toirt air a cho-ogha ùidh a ghabhail ann an làrach sam bith sa bhaile, ge bith dè cho iongantach 's a bha iad. Ged a bha e fhèin airson an caisteal fhaicinn, fhuair e lorg air cafaidh beag, far am b' urrainn dhaibh suidhe aig bòrd a-muigh sa ghrèin.

'Càit am bi sinn a' coinneachadh ris an neach-ealain?' dh'fhaighnich Art, an dèidh dhaibh cofaidh a ghabhail ann an sàmhchair. Cha do fhreagair Will fad diog no dhà, is e a' taidhpeadh air a fòn.

'Dè thuirt thu?'

'An neach-ealain – cà' bheil sinn ga coinneachadh?'

'Ò, air Slighe Chladach Fìobha, saoilidh mi. Chan eil an t-Slighe fad air falbh, a rèir a' mhapa: thèid sinn air ais chun na Cathair-eaglais, tron a' chladh, sìos chun a' chala, agus leanaidh sinn an Tràigh an Ear gus an nochd sinn aig toiseach na Slighe.'

'Ceart.' Dh'fhairich Art teannachadh na bhroilleach. Ciamar a bha e a' dol a sheasamh ri taobh na làraich far an do chaochail a phiuthar? Bha amharas aige nach dèanadh e an gnothach air. Sheall Will suas bhon fòn agus thuig e na bha Art a' smaoineachadh.

'An cuir mi teacsa thuice, ag iarraidh oirre coinneachadh rinn an seo? Chan fheum sinn a dhol faisg air an t-Slighe fhèin an-diugh…'

'Feumaidh *mise* a dhol ann,' thuirt Art, 'airson Joni.' Phut e a chupa air falbh. 'Will?'

'Seadh?'

'Dè cho daor 's a bhiodh e taigh-òsta eile a chur air dòigh, ann am baile eile faisg air làimh? Tha droch fhaireachdainn agam mun bhaile seo.'

Thug Will sùil air. On a bha iad òg, bha Art na bu choltaiche ri bràthair dha na co-ogha. Cha robh dad a b' fheàrr le Will, aig nach robh bràithrean no peathraichean, na cola-deug a chur seachad ann an taigh a sheanmhar ann an Carmarthen tron t-samhradh – an taigh anns an robh a phàrantan fhèin a' fuireach a-nis – far am b' urrainn dha cluich còmhla ri Art agus Joni a h-uile latha. Bha an dithis bhalach air fàs na bu dhlùithe ri chèile nuair a chaidh Joni air chall, agus a-rithist nuair a bhàsaich athair Art. Nuair a fhuair Will a' chiad obair aige ann an àrd-sgoil ann an Cardiff, bhiodh e fhèin is Art a' coinneachadh cha mhòr a h-uile Disathairne, is bhiodh màthair Art a' dèanamh dìnnear dha 'na balaich' a h-uile Didòmhnaich.

Chan fhaca e Art na leithid de staing on a chaochail a mhàthair. Bha e air a bhith doirbh dha toirt air Art tighinn gu Cill Rìmhinn idir, is e cho feargach mun treas bhidio *Fuasgladh Cheist* agus na bha daoine ag ràdh mu dheidhinn Joni air-loidhne. 'Carson a chuir mi fios chun a' phrògram ud idir,' bha Art air a ràdh a h-uile turas a nochd taga-hais ùr no teòiridh eile air na meadhanan sòisealta.

'Bha fios agad nach biodh smachd agad air an dòigh-aithris aca, no air beachdan an luchd-leantainn,' thuirt Will, mus tug e fòn Art air falbh gus nach fhaiceadh e teachdaireachdan grod eile. 'Cha bhi ach aon phrògram eile ann, agus chan fheum thu dèiligeadh riutha às dèidh sin.'

Leig e osna às agus choimhead e air a' fòn a-rithist. 'Tha mi duilich, chan eil mi a' faicinn taigh-òsta, carabhan, teanta no ostail a bhios saor an t-seachdain seo. Cha robh fios agam gum biodh a h-uile àite cho trang. 'S dòcha gum bi thu a' faireachdainn rud beag nas fheàrr a-màireach? An gabh sinn cuairt sìos chun an raon goilf, agus coinnichidh sinn ris an neach-ealain aig àm eile? Bha thu a-riamh airson an Old Course fhaicinn.'

Shuath Art aodann. 'Cha chreid mi gun còrd dad sam bith rium an-dràsta – 's dòcha gu bheil còir agam norrag a ghabhail. An coinnich thu fhèin ri... dè an t-ainm a th' oirre a-rithist?'

'Raonaid NicRath. Aidh – 's e mi fhìn a tha air a bhith a' bruidhinn rithe co-dhiù. Nì mi cinnteach gu bheil a h-uile rud mar bu chòir leis an t-snaigheadh.'

'Taing.' Bha coltas aonaranach air Art fhad 's a chuir Will airgead sìos air a' bhòrd. Sheas Will. 'Tiugainn, nach coisich mise air ais dhan taigh-òsta còmhla riut, air eagal 's gum feum mi do dhìon bho Mhoira chòir!'

Bha e an dòchas gun toireadh seo air Art gàireachdainn, ach bha e coltach nach robh Art fiù 's air a chluinntinn, is e a' coiseachd a-mach dhan t-sràid thrang mar-thà, a' coimhead mun cuairt air mar gun robh e an dùil failleas a pheathar fhaicinn am measg an t-sluaigh.

28

DHÙISG ART NUAIR a chuala e Will a' gabhail fras san ath sheòmar. Thug e sùil air an uaireadair – sia uairean feasgar.

Bha feadaireachd a' tighinn bhon ath sheòmar cuideachd – ghabh Art ris gun robh deagh choinneamh air a bhith aig Will agus Raonaid, a bha a' coimhead gu math àlainn anns na dealbhan a chuir i air na meadhanan sòisealta. Ghabh Art fhèin fras agus bha e deiseil nuair a thàinig gnog aig an doras. Rinn e gàire nuair a chunnaic e Will, a bha air iarann fhaighinn air iasad bho Mhoira, ann an lèine phinc bhastalach. Bha Will a' coimhead caran draghail, ach dh'fhàs aodann na b' aotruime nuair a mhothaich e nach robh coltas cho brònach, muladach air Art a-nis.

'An d' fhuair thu beagan fois? Tha thu a' coimhead mìle uair nas fheàrr!'

'Fhuair. Tha mi duilich, Will – bha mi cho sgìth is gruamach an-diugh. An dòchas nach deach do latha a mhilleadh?'

'Cha deach idir – abair coinneamh!'

'Cò ris a tha an snaigheadh coltach, ma thà?'

'Art – cha chreideadh tu cho àlainn 's a tha e. Dìreach mar a bha sinn an dùil, nas fheàrr, fiù 's. Agus choisich sinn a-null chun na làraich far… far an tèid a chur. Tha na seallaidhean cho brèagha agus tha an t-àite cho ciùin – tha daoine bhon chomhairle air an talamh a dheasachadh dhuinn cuideachd. Tha raoin goilf air a cùlaibh, air am b' urrainn dhuinn geama a chluich uaireigin, is snaigheadh Joni fhaicinn aig an aon àm.'

Bha Art a' coimhead agus a' faireachdainn na bu thoilichte na bha e sa mhadainn. ''S dòcha gum b' urrainn. Am bi a h-uile rud deiseil ro Dhisathairne?'

'Bithidh, gu dearbh.'

'Tha Raonaid air a bhith ag obair gu cruaidh. Tha mi

a' dèanamh fiughair ri coinneachadh.'

Bha fiamh-ghàire air aodann Will, is coltas air gun robh e a' dol a spreadhadh. Dh'fhan Art sàmhach airson mionaid no dhà. Bha e eòlach air Will.

Mu dheireadh thall, spreadh Will. 'Tha i mìorbhaileach!'

'A bheil?' Thòisich Art a' gàireachdainn agus ghabh e grèim air gàirdean Will airson a stiùireadh sìos an trannsa chun na staidhre. 'Tha an t-acras gam tholladh, Romeo. An inns thu dhomh mu deidhinn fhad 's a gheibh sinn dìnnear?'

'Ò, tha… tha rudeigin agam ri innse dhut mus falbh sinn…'

'Dè th' ann?'

'Uill, thuirt thu gun robh thu airson coinneachadh ri Raonaid?'

'Thuirt…'

'Tha i *cho* laghach, Art, cho brèagha is cho beòthail, agus an tàlant a th' aice! Co-dhiù,' thuirt e gu luath, is e a' toirt an aire do dh'aghaidh Art, 'thug mi cuireadh dhi deoch no dhà a ghabhail còmhla rinn a-nochd. An dòchas g' eil sin ceart gu leòr leatsa?'

B' ann coltach ri cuilean a bha Will uaireannan, smaoinich Art. 'Tha, gu dearbh, fhad 's nach bi againn ri bruidhinn mu dheidhinn ealain fad na hoidhche?'

Cha d' fhuair Will cothrom a fhreagairt, oir bha Moira air an cluinntinn, is i air nochdadh san trannsa a-rithist. Choimhead i air Will is rinn i braoisgeil. 'A bhalaich ort! Nach tu a tha a' coimhead spaideil!'

Rinn Will *pirouette*, a chòrd ri Moira cho mòr 's gun do leig i oirre gun robh i a' dol lag. 'Nach fortanach an tè ris am bi thusa a' coinneachadh a-nochd!' thuirt i, mus do chuir i a làmh air a beul. 'Tè… no fear! Ò, tha mi duilich, chan eil e gu diofar leamsa ma tha thu…'

Bha Moira a' gogail is a' pasgadh a làmhan. Choimhead Art is Will air a chèile agus ghabh iad truas rithe. Thug Will cudail mhòr dhi agus dh'inns e dhi mu dheidhinn Raonaid. Mun àm a dh'fhàg iad, bha Moira air socrachadh agus bha i air flùraichean bhon bhàsa sa chidsin a cheangal is a thoirt do Will, airson Raonaid.

*

Mar a bha Art an dùil, chòrd Raonaid ris gu mòr. Bha e coltach
gun robh tarraing làidir eadar i fhèin is Will, agus bha Art an dùil
an dithis aca fhàgail nan aonar nuair a thug Raonaid cèis-litreach
bho baga.

'Duilich, Art, dìochuimhnich mi gun robh seo agam. Thàinig i
dhan stiùidio agam an-dè, agus d' ainm air.'

'M' ainm-sa? Cò aig a tha fios gu bheil mi an seo?'

'Na mìltean de dhaoine a tha gad leantainn air Instagram,' thuirt
Will, 'no a thug airgead dhut tron *chrowdfunder*, no a chunnaic
thu air *Fuasgladh Cheist*. Bhiodh fios aca uile gu bheil sinn an seo,
is ag obair còmhla ri Raonaid. Bhiodh e furasta gu leòr seòladh an
stiùidio a lorg.'

'Seadh – ceart.'

'*Fan mail*! Fosgail i!'

Rinn Art gàire agus choimhead e gu dlùth air a' chèis mus do
dh'fhosgail e i. Bha ainm agus seòladh stiùidio Raonaid air am
priontadh oirre agus b' ann bho Lunnainn a bha an comharra-puist.
Dh'fhalbh an gàire bho bheul agus an dath bho phluicean cho luath
's a leugh e na bha sgrìobhte air a' phìos pàipeir na cois.

'Dè th' ann?' dh'fhaighnich Will. 'A bheil cuideigin ann an gaol
leat?'

Cha d' fhuair e freagairt. Sheas Art suas gu h-obann agus thuit
a chathair air an làr le brag. Gun aire a thoirt do Will, Raonaid no
na daoine eile san taigh-seinnse a bha a' coimhead air le iongantas,
ruith Art a-mach às an doras.

Mus do lean Will air, thog e am pàipear bhon làr agus leugh e an
teachdaireachd. Sheall e do Raonaid i, agus sheall an dithis aca air
a chèile le uabhas.

Cha robh ach aon seantans air:

B' e tubaist a bh' ann – tha mi cho duilich.

29

Dimàirt 18 Ògmhios 2024 – Taobh an Iar Ghlaschu

'DÈ THA CHO cudromach 's nach b' urrainn dhuinn bruidhinn mu dheidhinn Disathairne, Scott? Tha mi cho sgìth – thòisich mi ag obair aig sia uairean sa mhadainn.'

'Tha fios 'm. Tha mi duilich, Ciara, ach bha mi airson bruidhinn riut nad aonar. An gabh thu cofaidh, no deoch fhuar? Liomaineud?'

Lean i Scott tron taigh spaideil chun a' ghàrraidh mhòir, fhada aig a' chùl, far an robh e air dà ghlainne a chur air bòrd beag. Bha i teth a-muigh agus bha fàileadh cofaidh daor a' tighinn bhon chidsin. Do Chiara, nach robh air fois fhaighinn fad an latha, bha am fàileadh cho tarraingeach ri droga.

Shuidh iad sìos, bràthair is piuthar taobh ri taobh, agus bha sàmhchair eatarra airson greis. Bha Iseabail, Lachie, Niamh agus Paula, an *au pair* aca, a-muigh anns a' phàirc agus cha robh fuaim anns a' ghàrradh ach na h-eòin bheaga sna craobhan agus einnsean *moped* bhon rathad amuigh.

''Cuimhne agad nuair a bha sinn òg, bha sinn deimhinnte gum faigheamaid *moped* dearg cho luath 's a bha sinn sia bliadhna deug?'

'Aidh,' fhreagair Ciara, a' dèanamh fiamh-ghàire lapach ris. 'Agus thuirt Mam nach fhaigheamaid a leithid fhad 's a bha ise beò.'

Rinn Scott gàire na bu mhotha. 'Agus nach robh i a' tuigsinn carson a bhiodh duine sam bith ann an Alba ag iarraidh *moped* co-dhiù: *cha bhi inneal beag gòrach mar sin cho tarraingeach san fhuachd no san uisge!*'

Rinn Ciara gàire – bha Scott a-riamh math air atharrais a dhèanamh air guth Lynn.

Sheall i sìos air a làimh, a bha ri taobh làmh Scott air a' bhòrd: dà fhàinne-phòsaidh eatarra. Thàinig cuimhne thuice: saoghal eile, fad

air falbh bho chofaidh daor agus gàrraidhean snasail. An dithis aca
nan suidhe taobh ri taobh air leabaidh Ciara o chionn còig bliadhna
fichead: ise sia bliadhna deug is esan fichead 's a h-aon, air tilleadh
bhon oilthigh airson làithean-saora na Nollaig. Bha i a' feuchainn
ri na faclan a lorg gus innseadh do Scott gun robh i gèidh: làmhan
fliucha, spotan dubha a' nochdadh air beulaibh a sùilean, beul tioram.
Ach bha Scott air tomhas a dhèanamh air na bha i a' feuchainn ri ràdh
agus, a' cumail grèim air a làimh mar gun robh i a' dol a thuiteam far
mullaich àrda, thug e cudail mòr, teann, fada dhi. Aon seantans na
cluais: 'Ge b' e dè thachras, bidh mi ann ri do thaobh.'

Air ais sa ghàrradh, bha Scott a' bruidhinn rithe, a' briseadh
a-steach dha na smaointean aice. 'Ciara,' thòisich e, a' gabhail grèim
air a làimh, 'tha mi a' gabhail ris gu bheil Amy air a h-uile rud innse
dhut mar-thà?'

Chrath Ciara a ceann. 'Thuirt i gun robh thu fhèin airson innse
dhomh, nad fhaclan fhèin.' Thog i na cairtean-puist bhon bhaga
agus chuir i air a' bhòrd iad. 'Tha fios agam gu bheil rudeigin a' dol
eadar thu fhèin is Gemma, ge-tà.'

Cha b' urrainn dhi coimhead air. Bha bois a bràthar fliuch na
làimh agus bha a ghuth cugallach. Mu dheireadh, b' e Scott a bhris
an t-sàmhchair.

'Bha còir agam innse dhut mar-thà. Bha mi fhìn 's tu fhèin
a-riamh cho fosgailte le chèile – bhithinn ag innse rudan dhutsa
nach innsinn do dhuine beò. 'S truagh leam nach ann mar sin a tha
sinn tuilleadh, chan eil fios agam dè thachair. Tha sinn cho trang nar
beatha eadar-dhealaichte. 'S dòcha gun robh fios agam dè chanadh
tu nan cluinneadh tu gun robh mi fhathast a' faicinn Gemma, agus
cha robh mi airson èisteachd riut. Bha làn fhios agam gun robh sinn
a' dèanamh cron air Iseabail agus Iain.'

Bha Ciara fhathast gun choimhead air. 'A bheil gaol agad oirre,
Scott? Air Gemma? Dè cho fad 's a tha sibhse air a bhith còmhla?'

Cha tuirt Scott facal airson deagh ghreis, is e a' coimhead
a-mach air a' ghàrradh. 'Bha gaol agam oirre a-riamh – cha
robh mise airson sgaradh bhuaipe nuair a dh'fhàg sinn an sgoil.
Bha cus connspaid eadarainn ge-tà, is sinn aig dà oilthigh eadar-
dhealaichte: ise ann an Glaschu is mise ann an Cambridge. Thuirt

i nach b' urrainn dhi earbsa a chur annam.'

'Nach ise a bha ceart,' thuirt Ciara fo a h-anail.

'Ged nach fhaca mi i fad bhliadhnaichean – choinnich ise ri Iain agus choinnich mise ri Iseabail – bha mi a-riamh an dùil gun tigeadh sinn air ais gu chèile. Phòs ise agus phòs mise… agus sin agad e. Clann, taigh, beatha àbhaisteach aig an dithis againn. Cha b' urrainn dhomh ach faireachdainn gun robh còir agam a bhith còmhla ri Gemma ge-tà. Nuair a choinnich mi rithe a-rithist, aig a' phartaidh a chuir thu fhèin is Amy air dòigh nuair a cheannaich sibh am flat còmhla, bha ise dìreach air Iain a phòsadh agus bha Iseabail trom le Lachlann. Bha e mar nach robh dad air atharrachadh eadarainn, agus dh'aontaich sinn gum biodh e math coinneachadh airson cofaidh aon latha. Chaidh sinn airson deoch oidhche eile, agus… uill, sin agad e. Nochd Lachie agus fhuair i fhèin agus Iain obraichean ann an Èirinn. Ann an dòigh, dh'fhàs cùisean beagan na b' fhasa dhuinn an uair sin, oir tha oifis aig companaidh athair Iseabail ann am Baile Àtha Cliath, agus dh'fhaodainn a ràdh ri Iseabail gun robh coinneamhan agam sa bhaile. Bha e coltach ri film romansach, is sinn a' coinneachadh ann an taighean-òsta tron t-seachdain.'

Sguir e a bhruidhinn agus choimhead e sìos air a làmhan. Bha e soilleir nach robh e air bruidhinn ri duine beò mu dheidhinn Gemma fad bhliadhnaichean: aon uair 's gun deach am bogsa fhosgladh, cha ghabhadh a dhùnadh gus an tigeadh a h-uile rud a-mach. 'Tha rudeigin eile agam ri innse dhut cuideachd. Cha do dh'inns mi seo do dh'Amy.'

'Rudeigin eile?' Bha Ciara fhathast a' dèanamh oidhirp ri tuigse fhaighinn air na thuirt e gu ruige seo.

Thog Scott teadaidh Niamh, a bha na laighe fon a' bhòrd, agus chum e grèim teann air fhad 's a bha e a' bruidhinn. 'Donnchadh,' thuirt e ann an guth ìosal.

'Donnchadh?' Choimhead Ciara air le iongnadh.

''S ann leamsa a tha e.'

'*Donnchadh*?' Bha aig Ciara ri smaoineachadh airson mionaid. Cò Donnchadh? Gu h-obann, thàinig e a-steach oirre. Mac Gemma.

Sheall i air Scott gu do-chreidsinneach. 'Tha *mac eile* agad, còmhla ri Gemma?'

Bha uiread de cheistean aig Ciara 's nach robh fios aice càit an tòisicheadh i. 'Dè an aois a tha e?'

'Bidh e ochd bliadhna a dh'aois san Dùbhlachd.'

Smaoinich Ciara airson diog no dhà. 'B' ann o chionn ochd bliadhna a phòs mi fhìn is Amy… an ann mu dheidhinn *bèibidh* a bha thu fhèin is Gemma a' sabaid aig a' bhanais?'

Chrom Scott a cheann.

'Am b' ann aig a' bhanais a dh'inns Gemma dhut gun robh i trom? An robh fios aig Iain?'

Bha aodann Scott geal. 'Cha robh. Chan eil fhathast.'

Sheas e agus thòisich e a' cuairteachadh a' bhùird, mar gun robh e ann an cealla prìosain. 'Feumaidh nach robh sinn faiceallach gu leòr. Tha thu ceart – dh'inns i dhomh gun robh i trom air latha na bainnse. Bha i cinnteach nach b' ann le Iain a bha an leanabh, is esan air a bhith ag obair anns na Stàitean Aonaichte. Abair gun robh mi troimh-a-chèile, is Lachie fhathast cho òg cuideachd.'

Sheall Ciara air, ach cha tug e cothrom dhi dad a ràdh.

'Dh'iarr mi oirre tilleadh a dh'Alba, is Iain fhàgail. Bha i a' faireachdainn ciontach, ge-tà, is esan air a bhith ag iarraidh chloinne on a phòs iad. Dh'aontaich sinn gum biodh e na b' fhasa cumail oirnn mar a bha sinn, agus b' e sin a rinn sinn. Bhiodh i a' cur dhealbhan thugam bho àm gu àm, agus fhuair mi cothrom no dhà Donnchadh fhaicinn…'

Cha b' urrainn do Chiara èisteachd ris a' chòrr. Mar a bu mhotha a thàinig e am follais nach robh aithreachas sam bith air Scott airson na rinn e air Iseabail, b' ann a b' fheargaiche a bha i a' faireachdainn. B' i Iseabail a bhiodh a' cuimhneachadh ceann-bliadhna pòsaidh Amy is Ciara a h-uile bliadhna agus a' ceannach tiodhlac smaoineachail dhaibh; b' i Iseabail a rinn brot dhaibh nuair a bha an dithis aca a' fulang le fuachd grod an-uiridh, agus a dh'fhàg e aig an doras a h-uile latha.

'Scott, stad. Chan eil mi airson an còrr a chluinntinn. Tha thu air a' cheist agam a fhreagairt: tha gaol agad air Gemma agus tha mac agaibh.'

'Mic.'

30

'*Dè?*'

'Tha dàrna mac againn… gu bhith againn.'

Dh'fhosgail beul Ciara gun fhiosta dhi. 'Chan eil i…'

'Tha,' fhreagair Scott. 'B' e sin na bh' aice ri innse dhomh an t-seachdain sa chaidh. Tha i trom, agus 's e balach eile a bhios againn an ceann còig mìosan. Tha mi air a bhith ann an staing on uair sin, a' beachdachadh air dè nì mi.'

'Chan eil mi airson cluinntinn cho *doirbh* 's a tha cùisean dhut, Scott! Triùir… *ceathrar* chloinne le dithis bhoireannach ann an dà dhùthaich, is tu fhathast còmhla ris an dithis aca! Chan fhaigheadh Iseabail seachad air sin, nan robh fios aice!'

Shuidh Scott sìos a-rithist. 'A bheil thu a' dol a dh'innse dhi?'

Choimhead Ciara air a bràthair le iongantas. 'Scott, nach eil *thusa* a' dol a dh'innse do dh'Iseabail dè tha air a bhith a' dol? Nach eil Gemma a' dol a dh'innse do dh'Iain? Agus dè mu dheidhinn Mam is Dad – dè chanadh iadsan nan robh fios aca gun robh dithis oghaichean eile aca! Feumaidh tu co-dhùnadh a dhèanamh: a bheil thu airson fuireach còmhla ri Iseabail agus stad a chur air na 'coinneamhan' agad ann an Èirinn, no a bheil thu airson a fàgail?'

'Tha gaol agam air Iseabail cuideachd.' Thog e bàlla a bha na laighe fon a' bhòrd agus shad e sìos an gàrradh.

Sheall Ciara air: na shuidhe ann an gàrradh mòr, grianach, taobh a-muigh taigh daor, gleansach ann an taobh an iar Ghlaschu, is lèine air a chosg barrachd na am fòn aice. Carson a bhiodh e airson dad atharrachadh na bheatha? Triùir no ceathrar chloinne bhrèagha, dithis bhoireannach brèagha, tè dhiubh ann an Alba agus an tèile air taobh eile Sruth na Maoile. Deagh obair ann an companaidh athair-cèile beartach. Bha an duine a bha roimhpe cleachdte ri cumhachd, ri urram, ri bhith ceart agus gun a bhith a' freagairt cheistean cruaidh. Bha am balach a bha air taic a chumail rithe, a bha ri a taobh nuair a bha còmhraidhean doirbh aice lem pàrantan, air teicheadh à sealladh a-rithist.

'Ceart.' Thug i sùil air sgrìon a fòn, far an robh teacsa bho Amy air nochdadh. 'Dè eile as urrainn dhomh a ràdh? Feumaidh mi falbh, Scott – tha Amy aig an taigh.'

'A bheil i ceart gu leòr?' Bha Scott toilichte cothrom fhaighinn cuspair ùr a thogail.

Chuir Ciara am fòn na baga. 'Tha, gu ìre. Bha i air ais san oifis an-diugh, ach chan eil i buileach ceart fhathast. Chan eil mi airson 's gum bi i na h-aonar ro fhada – chan urrainn dhi còcaireachd le aon làmh.'

'A bheil *thusa* ceart gu leòr?' Bha Scott a' coimhead an-fhoiseil nuair a thug e sùil air a phiuthar. Bha a sùilean glas agus bha i a' bìdeadh a h-ìnean, mar a dhèanadh i nuair a bha i òg.

'Tha mi sgìth, agus chan eil sinn fiù 's air tòiseachadh air bruidhinn mu dheidhinn Cill Rìmhinn, no thu fhèin is Amy, no…'

'Amy? Cill Rìmhinn? Nach sguir sibh uile a bhruidhinn mun bhaile ud? Ciamar a tha Amy air toirt ort uiread de dh'ùidh a ghabhail ann an cùis a bha seachad o chionn fichead bliadhna?'

Sheas Ciara, is gun neart aice deasbad ùr a thòiseachadh. 'Na gabh dragh, Scott – bruidhnidh sinn a-rithist. Cha tug Amy orm dad sam bith a dhèanamh. Chan eil mi a' tuigsinn fhathast carson a tha thu cho feargach leatha, no dè rinn i ceàrr. Bha mi an dòchas nach biodh sibh aig amhaichean a chèile bho seo a-mach.'

Thòisich Scott a' bruidhinn, ach stad e nuair a thog Ciara na cupannan bhon bhòrd. Lean e i a-steach dhan chidsin, a bha dorcha agus dùmhail an coimeas ris a' ghàrradh. 'Nach iarr thu oirre sgur de na ceistean seo ma-thà? Mura robh i a' cur dragh orm fhìn, agus air Gemma is Ruaraidh, cha bhiodh cùisean cho dona eadarainn.'

Mhothaich Scott gun robh fearg a' nochdadh ann an sùilean Ciara agus rinn e oidhirp a ghuth a shocrachadh.

'Ciara, chan eil dad agam *an aghaidh* Amy, ge bidh dè dh'inns Gemma dhomh mu deidhinn. Tha e follaiseach dhomh cho toilichte 's a tha an dithis agaibh còmhla.'

Chuir Ciara na cupannan sìos agus thionndaidh i ri Scott, a bha a' coimhead air dealbhan a rinn Niamh agus Lachie air am frids.

'Dè tha Gemma air a ràdh, Scott? Chan eil fios aig Amy dè rinn i agus tha e ga cur droil.'

Bha drèin air aodann Scott. 'Tha làn fhios aice... chan eil sin cudromach an-dràsta, ge-tà.'

'Nach eil? Tha e cudromach dhòmhsa, Scott. Dè rinn i, a rèir Gemma?'

Bhris Scott a-steach oirre, mus robh cothrom aice ceistean eile a chur air. 'A bheil thu a' dol a dh'innse dhìse mu dheidhinn Dhonnchaidh?'

'Cha b' urrainn dhomh rudeigin mar sin a chumail bhuaipe, am b' urrainn? 'S dòcha gu bheil thusa den bheachd gum b' urrainn, is tu a' cleith uiread de rùintean dìomhair bho do bhean fhèin. Cha robh còir agad iarraidh air Amy fiosrachadh a chumail bhuamsa nas motha – bha i a' faireachdainn cho ciontach is cho troimh-a-chèile, is ise dìreach air tilleadh bhon ospadal.'

'Tha mi duilich mu dheidhinn sin. Bha mi airson bruidhinn riut aghaidh ri aghaidh, agus tha mi taingeil gun robh Amy cho tuigseach.'

Cha robh Ciara deiseil. 'A bharrachd air sin, tha ise fhathast gu math dlùth ri Iain, is iad ag obair air pròiseact còmhla an-dràsta. 'S dòcha nach eil e comasach dhutsa a thuigsinn cho doirbh 's a bhios e dhi a leithid de rùn dìomhair a chumail bho charaid: gu bheil a bhean a' falbh le duine eile, is nach ann leis a tha a mhac is a bhèibidh ùr.'

'Tha fios 'm gum bi e doirbh dhi – bruidhnidh mi rithe a-rithist.' Thiormaich Scott a shùilean le bonn a lèine agus, nuair a bhruidhinn e a-rithist, bha a ghuth rud beag na bu bheothaile. 'Tha còir agam an dithis agaibh a thoirt a-mach airson dìnnear aon oidhche, nach eil?'

Bha e coltach gun deach cuideam a thogail bho ghuailnean Scott: cuideam a bha e air a bhith a' giùlan fad ochd bliadhna. Cuideam a bha a-nis na laighe gu trom air Ciara, air uachdar nan clachan eile a bha air tuiteam oirre o chionn ghoirid.

'Feumaidh tu taghadh a dhèanamh. Cha bhi mi fhìn no Amy deònach breugan innse do dh'Iseabail no do dh'Iain. Cha d' rinn iadsan dad ceàrr, Scott – chan eil iad airidh air a leithid de phian.'

Bha amhaich Ciara cho tioram ri bonn a bròige. Bha i a' lorg botal uisge sa bhaga aice nuair a thuirt Scott rudeigin ann an guth ìosal.

'Dè bha sin?' Ghluais Ciara na bu dhlùithe ris.

'Chan urrainn dhomh.'

'Dè?'

Choimhead e oirre. 'Chan urrainn dhomh an fhìrinn innse do dh'Iseabail. Chan eil mi airson mo theaghlach a chall, no an taigh seo, no an obair agam – tha cothrom ann gum faigh mise obair athair Iseabail mar stiùiriche nuair a leigeas esan seachad a dhreuchd an-ath-bhliadhna, is chan urrainn dhomh an cothrom sin a chall. Chan urrainn dhomh Iseabail… no Gemma a chall nas motha.'

Dh'fhalbh an dath bho ghruaidhean Ciara. Seo Scott mar a bha e san latha an-diugh: toilichte beatha a thogail air breugan. Cha robh teagamh aice nach robh e air sgeulachdan a chruthachadh mar-thà gus a dhìon fhèin.

Chuala i gliong a' tighinn bhon bhaga agus thog i am fòn a-mach a-rithist. Teacsa eile bho Amy: *Cuin a bhios tu air ais? x*

'Cha chan mi 'n còrr mus can mi cus, Scott. Bruidhnidh sinn mu dheidhinn seo aig àm eile. Tha Amy gam fheitheamh agus tha mi a' dol dhachaigh.'

Dhùin Ciara an doras le slaic agus dh'fhàg i Scott na aonar ann an trannsa an taighe shòghail aige, is teadaidh na nighinn aige fhathast na ghàirdean.

31

Didòmhnaich 16 Ògmhios 2024, Cill Rìmhinn

'TUBAIST.' BHA ART ag òl a-mach à botal uisge-beatha agus a' coiseachd timcheall an t-seòmair gun sgur. 'Dè an seòrsa tubaist?'

Ged a bha Will a' guidhe air Art gun ìomhaigh den nòta a chur air-loidhne, bha esan cinnteach gun toireadh e dearbhadh dha na trobhaichean gun deach Joni a mharbhadh.

'Nach tuirt mi riut gun robh fios aig *cuideigin* dè thachair do Joni? Feumaidh gun robh cuideigin còmhla rithe, is gun tug iad oirre drogaichean a ghabhail, no gun do chuir iad pile na beul… saoil am b' e oileanach a bh' ann? An duine 'amharasach' seo a chunnaic boireannach sa phàirc-charabhain? Dè an aois a bhiodh e a-nis? Ochd deug air fhichead? Ceathrad? No an do thachair i ri mèirleach air an t-slighe? Cha chreid mi gun robh i a' giùlan sùim mhòr de dh'airgead: bha am bann-làimhe oirre ge-tà. Feumaidh gun do dh'aithnich cuideigin luach na seudraidh, is gun do ghoid iad e. Cha robh mo mhàthair airson 's gun toireadh Joni leatha am bann-làimhe, is e cho prìseil dhi. Tha fios agad fhèin cho prìseil 's a bha e dhi, nach eil? Chanadh eòlaichean gun robh e luachmhor, ach ciamar a chuireadh tu prìs air ball-sinnsearachd cho cudromach, no air na sgeulachdan a bha co-cheangailte ris? Mar a rinn ar sinn-seanmhair e; mar a theich i fhèin is an teaghlach aice bho na Nadsaidhean; mar a thòisich iad beatha ùr anns a' Chuimrigh… Agus a bharrachd air eachdraidh, bha e a' riochdachadh an eòlais a bh' aig co-dhiù trì ginealaich den teaghlach air lusan is craobhan. Nan robh Joni air tilleadh dhachaigh, bhiodh ise air ceum ann an luibh-eòlas a dhèanamh cuideachd. Mar a rinn mise, na h-àite. Tha mi fiù 's air tatù fhaighinn leis an aon phàtran a bha air a' bhann-làimhe gus am biodh Mam agus Joni fhathast còmhla rium.'

Ged a bha Will air an sgeulachd seo a chluinntinn, agus an tatù air gàirdean Art fhaicinn iomadh turas – duilleag bho chraobh gheanm-chnò le ainmean Joni is Frieda, am màthair, sgrìobhte ann am meadhan na duilleig – thug e sùil air a-rithist.

'Art, tha fios agad, nach eil, gur dòcha gun robh an neach a sgrìobh an nòta sin ri fealla-dhà? Tha na mìltean de dhaoine a' leantainn *Fuasgladh Cheist* air-loidhne – an robh fear no tè dhiubh airson tarraing asad?'

Shuidh Art air an leabaidh mu dheireadh thall. Cha robh e air na thuirt Will a chluinntinn, is inntinn fhèin a' ruith ann an cearcallan.

'Saoil a bheil an neach a rinn e fhathast an seo? 'S dòcha gu bheil iad am beachd bruidhinn rium air an t-sràid, no aig an t-seirbheis chuimhneachaidh, is iad a' sireadh mathanas? Cumaidh sinn sùil air a h-uile duine a chì sinn o seo a-mach, feuch a bheil iad a' coimhead ciontach.'

Shuidh Will ri a thaobh. 'Cha bhi duine sam bith aig an t-seirbheis, a bharrachd air Raonaid is an co-obraiche aice. Is truagh nach tèid aig Mam is Dad air dràibheadh suas bho Charmarthen – tha iad airson a bhith ann, ach tha druim mo mhàthar ro ghoirt suidhe ann an càr fad an latha. Sin agad e – cha robh thu airson 's gum biodh srainnsearan ann, an robh?'

'Cha robh, ach cò aig a tha fios dè thachras? An tèid sinn dhan stèisean poilis a-màireach? 'S dòcha gun tigeadh lorg-phoileas a-steach dhan a' bhaile còmhla rinn? Nam biodh e follaiseach dha cò mhurt Joni, ghabhadh e grèim orra sa bhad. Seall – nach tog mi dealbh dhen nòta? Cuiridh mi seo air na meadhanan sòisealta an-dràsta – an cruthaich mi taga-hais cuideachd? Chan e 'cò Joni' a bhios na trobhaichean a' faighneachd a-nis, ach cò mhurt i… #CòMhurtJoni – sin agad e!'

Bha Will air a bhith a' feuchainn ri fòn Art a thoirt air falbh bhuaithe on a thòisich e a' bruidhinn. 'Stad ort, Art!' chagair e, cho àrd 's a b' urrainn dha ann an seòmar le ballachan tana. 'Cuir sìos am fòn agus na cuir dealbh sam bith air-loidhne, a bheil thu às do chiall? 'Eil fios agad dè nì muinntir an eadar-lìn nuair a chì iad sin? Agus dè chanas muinntir Fuasgladh Cheist? Nach eil còir agad fiosrachadh ùr a chur thuca-san an toiseach? Cuir sìos am fòn is thalla dhan leabaidh. Tha smùid ort an-dràsta: 's e aithreachas a bhios ort sa mhadainn.'

'Na gabh dragh,' sheinn Art, is e a' dannsadh mun cuairt an t-seòmair is a' smèideadh ri Will leis a' fòn, 'tha e dèante!'

*

Diluain 17 – Dihaoine 21 Ògmhios 2024

Cha do thachair cùisean air-loidhne mar a bha Art an dùil. Bha muinntir an eadar-lìn air #CòMhurtJoni a chleachdadh san dòigh aca fhèin ge-tà.

Nuair a dhùisg e madainn Diluain, le ceann goirt is beul tioram, bha bàs a pheathar air a dhol bhìorasach air-loidhne a-rithist. Bha na mìltean de bhidiothan air nochdadh anns an robh daoine a' seasamh suas ann an àite trang agus ag èigheach *Mhurt Mise Joni!* ann an stoidhle Spartacus. Bhiodh cuideigin eile gan leantainn, is mar sin air adhart, gus an robh còignear no sianar daoine ann an gach bhidio ag èigheach gun do mharbh iad piuthar Art.

Mar a bha Will an dùil, chuir Ceit, riochdair *Fuasgladh Cheist* fòn gu Art sa mhadainn.

'A rèir a' chùmhnaint agad, feumaidh tu fianais no fiosrachadh ùr co-cheangailte ris a' chùis air am faigh thu lorg a chur thugainn sa bhad. Thèid am prògram mu dheireadh air a' chùis seo fhoillseachadh air-loidhne a-màireach: cha bhi tìde againn dad mun nòta seo a chur ris!'

'B' ann a-raoir fhèin a fhuair mi e!' Bha Art fada ro sgìth is muladach airson dèiligeadh ri cuideigin eile a' trod ris.

Bha Ceit air a sàrachadh leis a' phrògram cuideachd. ''S e an nòta seo an aon rud ùr, inntinneach a th' againn, Art! Cha d' fhuair sinn lorg air murtairean no sgainnealan idir – cha chreid mi gum biodh duine sam bith fhathast a' gabhail ùidh sa phrògram mura robh sinn air sgeulachdan a chruthachadh mu dheidhinn Joni! Abair briseadh-dùil a bh' anns a' chùis seo – mura bi an ath chùis nas fheàrr, chan fhaigh sinn cothrom sreath eile a dhèanamh. Feumaidh sinn pìos ùr a chlàradh mun nòta – tha mi an dòchas gu bheil Sorcha is Calum saor an-diugh.'

Chuir i sìos am fòn mus robh tìde aig Art dad a ràdh rithe mu na sgeulachdan a chruthaich iad, a bha air uiread de phian adhbharachadh dha. Cha d' fhuair e cothrom innse dhi gun robh aithreachas air-san cuideachd gun do ghabh e pàirt na leithid de phrògram, a bha a' gabhail brath air bròn theaghlaichean is ga chleachdadh airson prothaid.

Dimàirt, thòisich daoine a' sgrìobhadh bhlogaichean is altan, anns an robh iad a' càineadh na bha air tachairt Diluain agus a' cur an cuimhne Spartacus gur ann mu dheidhinn bàs nighean òg, aig an robh teaghlach, a bha iad a' dèanamh fealla-dhà.

Nochd an ceathramh phrògram *Fuasgladh Cheist* air-loidhne agus, ged nach robh Art airson coimhead air, dh'inns Will dha gun robh barrachd dhaoine air fhaicinn na chunnaic a' chiad thrì prògraman. Nuair a thug Art sùil air mu dheireadh thall, cha b' urrainn dha crìoch a chur air. Bha na preasantairean ann an Cill Rìmhinn, a' leantainn Slighe Chladach Fìobha, agus bha aige ris am prògram a chur dheth mus do ràinig iad an làrach far an deach Joni a lorg. Bha fios aige gum b' ann anns a' phrògram seo – am fear mu dheireadh mu dheidhinn Joni – a bhiodh iad a' toirt seachad na beachdan aca fhèin air na thachair dhi, agus cha robh e airson èisteachd riutha. Ged a bha e an dòchas, nuair a chuir e fios gu riochdairean a' phrògram, gum faigheadh iad lorg air teòiridhean no fianais ùr, diofraichte, cha d' fhuair iad ach trobhaichean agus rannsaichean sòfa.

A rèir Will, bha iad air còmhradh goirid a chlàradh mun nòta aig deireadh a' phrògram. 'Cha robh tìde aca mòran a ràdh mu dheidhinn. Thuirt iad gun robh e soilleir nach robh sgeulachd Joni Dawson air tighinn gu crìch fhathast, ged nach robh iad fhèin air freagairtean a lorg.'

Diciadain, bhathar a' deasbad #MhurtMiseJoni agus prògraman leithid *Fuasgladh Cheist* air cha mhòr a h-uile seanail tbh is rèidio. Chaidh iarraidh air Art nochdadh air a h-uile prògram, agus dhiùlt e bruidhinn riutha uile. Bha na h-aon cheistean aig a h-uile neach-naidheachd: 'Carson nach eil thusa ag aontachadh le co-dhùnadh nam poileas? Dè thachair do Joni, nad bheachd-sa?'

Mu dheireadh thall, dh'aontaich e aithris ghoirid a sgrìobhadh, a chuir Will thuca: 'Cha robh na poilis eòlach air Joni, agus chan eil duine sam bith a tha a' cleachdadh an taga-hais sin eòlach oirre nas motha. Bha mo phàrantan a-riamh ag ràdh gun do thachair rudeigin eile fhad 's a bha Joni ann am Fìobha, is gun tigeadh an sgeulachd shlàn am follais uaireigin. Chan eil mo phàrantan fhathast beò: feumaidh mi fhìn an fhìrinn a lorg.'

Diardaoin, thòisich cuideigin a' cleachdadh taga-hais ùr: #ArtBochd. Rinn na ceudan de bhoireannaich – agus grunn fhireannaich – bhidiothan anns an tuirt iad ri Art cho gaisgeil, cho treun is cho eireachdail 's a bha e.

Dihaoine, dh'aidich seinneadair beartach air choreigin nach robh iad measail air seinneadair beartach eile, agus dhìochuimhnich muinntir an eadar-lìn mu dheidhinn Art agus Joni Dawson gu tur.

Innsbruck, 2000

'Saoil dè cho tric 's a thigeadh iad an seo?' Bha Frieda a' coimhead suas air meuran na craoibh gheann-chnò fon robh seachdnar nan seasamh ann am pàirc Hofgarten air taobh tuath Innsbruck. B' e seo an dàrna latha aig an teaghlach sa bhaile agus cha b' urrainn dhaibh creidsinn fhathast cho eireachdail 's a bha na beanntan is na togalaichean dathach, gu h-àraid am mullach òir anns an t-seann bhaile. Ged a bha Joni, Art agus Will airson a dhol suas beinn Nordkette ann an carbad-càbaill, cha robh Frieda air taghadh a thoirt dhaibh: b' ann chun a' ghàrraidh seo a thigeadh iad uile an toiseach.

'Dh'inns mo mhàthair dhomh gum b' ann fon chraoibh seo a bhiodh a màthair-sa is Tante Joanna a' coinneachadh, mus deach iad air chuairt tron a' phàirc. Uaireannan, thigeadh Mam is Uncail Kurt còmhla riutha, airson cuirm-chnuic.'

'Nach truagh nach do choinnich sibh riutha a-riamh,' thuirt Mìcheal, an duine aice.

'Uill, bhithinn air coinneachadh ri Joanna – bha mi bliadhna a dh'aois mus do chaochail i.'

'Cha bhithinn-sa air coinneachadh rithe idir,' thuirt Dànaidh, bràthair Frieda. 'Chuala mi gu leòr mun deidhinn bho Mham co-dhiù – tha mi a' faireachdainn gu bheil mi eòlach orra.'

'Tha is mise,' thuirt Joni, a bha a-nis seachd-deug bliadhna a dh'aois. 'Bhiodh Granaidh ag innse sgeulachdan dhomh mun deidhinn, is mu a beatha fhèin an seo nuair a bha i òg, mus do dh'fhalbh iad.'

'Carson nach cuala mise na sgeulachdan?' dh'fhaighnich Art, nach robh ach sia bliadhna a dh'aois, is coltas air gun robh e a' dol a chaoineadh.

'No mise?' thuirt Will, a bha aon bliadhna na bu shine na Art.

'Bha sibhse ro òg,' fhreagair Frieda. 'Cha bhiodh sibhse air èisteachd ri Granaidh co-dhiù, is sibh a' cluich le dèideagan no a' ruith mun cuairt fad na tìde!'

Rinn na h-inbhich gàire, ach chuir Joni a làmh air guailnean a bràthar is a co-ogha. 'Innsidh mise na sgeulachdan dhuibh, na gabh dragh.'

'An ann às an Ostair a tha sinne?' Bha Art air gluasad chun an ath chuspair mar-thà. Thug e sùil air na lèintean-t a bha iad uile a chur orra mar fhealla-dhà, air an robh cangarù ann an cearcall dearg is na faclan No Kangaroos in Austria.

'B' ann às an Ostair a bha Granaidh – chaidh i fhèin agus a bràthair, Kurt, a thogail faisg air a' phàirc seo, os cionn na bùtha a bh' aig do shinn-sheanmhair, air an robh Frieda cuideachd.'

'Carson nach eil sinn a' tuigsinn na tha daoine ag ràdh an seo, ma-thà?'

Sheall Frieda air Dànaidh. 'Chan ann às an Ostair a tha sinne, is chan eil Gearmailtis againn – cha bhiodh Granaidh a' bruidhinn Gearmailtis rinn. Bha e doirbh dhi – cha robh e ceadaichte dhi an cànan aice fhèin a bhruidhinn nuair a thàinig i dhan Chuimrigh an toiseach, agus bha aice ri Beurla ionnsachadh cho luath 's a ghabhadh. Aig an àm sin, tron chogadh, cha bhiodh daoine toilichte Gearmailtis a chluinntinn.'

Bha Joni ag èisteachd gu dlùth ri Frieda, ged a bha Art air gluasad gu ceist eile a-rithist.

'Càit a bheil bùth is taigh Granaidh?'

'Chan eil a' bhùth ann fhathast – 's e cafaidh a th' anns an togalach a-nis. Chan eil sgeul air a' ghnìomhachas a stèidhich seanair Granaidh.'

'Carson?' dh'fhaighnich Will.

''S e sgeulachd fhada a th' ann, Will – innsidh mi dhut air latha eile. Thèid sinn a dh'fhaicinn na làraich far an robh a' bhùth co-dhiù, far an d' rinn do shinn-sheanmhair am bann-làimhe brèagha seo.' Sheall Frieda am bann-làimhe air a gàirdean do na balaich.

'An d' rinn i dhuibhse e?'

'Cha d' rinn!' thuirt Frieda, a' gàireachdainn. 'Chan eil mi cho aosta sin – cha robh Granaidh ach sia no seachd bliadhna a dh'aois nuair a chaidh a dhèanamh. B' ann do charaid, Tante Joanna, a rinn màthair Granaidh e. Thug Tante Joanna do Ghranaidh e, agus an uair sin thug Granaidh dhòmhsa e, mus do chaochail i.'

Choimhead Art air a' bhann-làimhe. 'An toir sibh dhòmhsa e aon latha?'

'Feumaidh tu fhèin, Joni is Will a roinn,' fhreagair Frieda, mus *robh cothrom aig Joni dad a ràdh.*

Sheall Art air a phiuthar airson diog. 'Uill,' thuirt e gu slaodach, a' coimhead air Will, ''s dòcha gum biodh e a' coimhead na b' fheàrr air Joni.'

'Tha mise ag aontachadh leat.' Rinn Frieda fiamh-ghàire ri Joni.

Sheas an teaghlach ann an sàmhchair airson greis, a' beachdachadh air an dithis bhoireannach a bhiodh a' coinneachadh fon chraoibh o chionn seasgad 's a còig bliadhna.

Chuir Mìcheal a ghàirdean timcheall air Frieda. 'B' e deagh bheachd a bh' ann, luaithre do mhàthar a thoirt dhachaigh. Tha e math don chloinn a bhith san sgìre far an do rugadh i, is barrachd ionnsachadh mun taobh seo den teaghlach.'

'Seadh,' dh'aontaich Frieda, 'tha mise a' faireachdainn nas dlùithe riutha an seo cuideachd. Bha mi a-riamh duilich nach robh teaghlach ceart aig Mam, is Uncail Kurt a' fuireach air taobh eile an t-saoghail. Tha e snog am baile seo fhaicinn.'

Chrom Dànaidh agus Angela, a bhean, an cinn agus sheall an ceathrar aca air a' chraoibh.

Thug Mìcheal pòg do Frieda. 'Tha fios agam dè nì sinn a-nis. Haoi, Art! Joni! Will! Nach fhaigh sibh lorg air clach gheur dhomh?'

Bha Art air tè a lorg mar-thà. 'Seall air seo, Dad – bha mi fhìn is Will am beachd a toirt dhachaigh.'

'Ò, an robh?' Thug Mìcheal a' chlach bho a mhac, a' gàireachdainn. 'Nì seo a' chùis – nis, seall air seo.'

Chaidh e chun na craoibh, fhuair e lorg air pìos rùisg a bha a' coimhead rèidh, agus chleachd e a' chlach gus cridhe a dhealbhachadh. Sgrìobh e F+J, 1935 na bhroinn agus sheas e air ais.

'Dè ur beachd? Bidh iad còmhla gu sìorraidh – uill, cho fad 's a mhaireas a' chraobh co-dhiù.'

'Ged nach robh mi eòlach orra,' thuirt Frieda, is deòir na sùilean, 'tha mi cinnteach gun còrdadh seo riutha – còmhla gu sìorraidh sa bhaile aca fhèin.'

32

Dimàirt 18 Ògmhios 2024 – Baile Nèill, Glaschu

CHA ROBH SGEUL air Amy nuair a choisich Ciara a-steach dhan taigh às dèidh dhi Scott fhàgail. Thilg i a baga is a brògan air an urlàr agus chaidh i a-steach dhan t-seòmar-suidhe, a bha cho blàth ri àmhainn ged a bha na h-uinneagan uile fosgailte. Bha *laptop* Amy fosgailte cuideachd. Thug Ciara sùil air an sgrìon gu luath agus chlisg i. Shuidh i sìos air an t-sòfa agus choimhead i gu dlùth air an duilleig air an robh Amy a' coimhead – sreath de bhidiothan agus teachdaireachdan, is an aon taga-hais annta uile: #MhurtMiseJoni. Bha ìomhaigh a' nochdadh còmhla ri cuid de na teachdaireachdan – pìos pàipeir air an robh: *B' e tubaist a bh' ann – tha mi cho duilich.*

'Amy?' dh'èigh i, a' leum suas agus a' ruith tron taigh. Chaidh i a-steach dhan chidsin, far an robh leiteas is tomàtothan trèigte air a' bhòrd, agus an uair sin a-mach dhan ghàrradh bheag. Mu dheireadh thall, fhuair i lorg air Amy, nach robh air a blobhsa is sgiort a thoirt dhith fhathast, crùbte ri taobh na leapa san t-seòmar-cadail aca. Bha e coltach gun robh i air a bhith a' caoineadh airson deagh ghreis. Nuair a mhothaich i gun robh Ciara ann, thog i a ceann, ach cha tuirt i dad. Shuidh Ciara ri taobh, chuir i a gàirdean timcheall oirre agus dh'fhuirich i gus an robh e comasach do dh'Amy bruidhinn.

'Am faca tu…?' thuirt Amy às dèidh mionaid no dhà, a' suathadh a sùilean le nèapraige fhliuch.

Thug Ciara nèapraige ùr dhi. 'Chunnaic. Cò thòisich an taga-hais ud, is cò sgrìobh an nòta? A bheil fios agad? An do choimhead thu air *Fuasgladh Cheist* fhathast?'

Chrath Amy a ceann. 'Tha mi air a bhith cho bochd on a chunnaic mi an dealbh, bha agam ri tilleadh dhachaigh tràth. Cha b' urrainn dhomh obair. Tha Aileen air iarraidh orm obair bhon taigh an còrr den t-seachdain, is i an dùil gu bheil mo ghàirdean fhathast a' cur dragh orm. Cha b' urrainn dhomh coimhead air a' phrògram sin nas motha.'

'Och, Amy.' Chum Ciara grèim teann oirre. 'Bha còir agad innse dhomh. Chan fheumainn a dhol gu taigh Scott an-diugh… agus b' fheàrr leam nach deach mi ann.'

'Dè?' Thug Amy sùil air Ciara agus mhothaich i gun robh i a' coimhead sgìth is fo chùram cuideachd. 'An do dh'inns e dhut mu dheidhinn Gemma, ma-thà?'

'Dh'inns. Bruidhnidh sinn mu Scott aig àm eile ge-tà. Tha an nòta seo nas cudromaiche. Cò chuir air-loidhne e?'

'Art Dawson.'

'Art Dawson! Cò chuireadh a leithid de nòta thuige? Agus cuin a thòisich daoine a' cleachdadh an taga-hais sin? Tha sin dìreach maslach. An d' fhuair iad lorg air a' bhann-làimhe?'

'Cha chuala mi gun d' fhuair.' Ruith Amy a làmh tro a falt. 'Bidh na h-aon smaointean a' tilleadh thugam a-rithist 's a-rithist: mas e fìor aideachadh a th' ann, feumaidh gun robh an neach a sgrìobh an nòta ann an Cill Rìmhinn fhad 's a bha mi fhìn is an triùir eile ann o chionn fichead bliadhna. Cò aig a tha fios an do mhurt iadsan Joni, no am b' e tubaist a bh' ann – feumaidh gun robh iad an sàs ann am bàs Joni co-dhiù. 'S dòcha gun do choisich sinn seachad orra, no gun robh sinn fiù 's a' fuireach ann an carabhan rin taobh, no…'

Bha aodann Amy geal agus bha i air chrith.

'Ist, Amy – na can sin. Mar a thuirt thu, cò aig a tha fios dè thachair ri Joni? Fiù 's mas e an fhìrinn a th' aig sgrìobhadair an nòta, chan eil dad air atharrachadh. Tha am bann-làimhe air ais ann an Cill Rìmhinn, cha robh thu fhèin no mi fhìn an sàs ann am bàs Joni Dawson… dè eile as urrainn dhuinn a dhèanamh? Cha chuireadh e iongnadh orm nan robh trobhaichean air an nòta a sgrìobhadh is an taga-hais sgràthail sin a chruthachadh. Chan eil còir againn gnothach sam bith a ghabhail riutha.'

'Tha fios 'm. Tha làn fhios 'm gu bheil thu ceart, ach chan urrainn dhomh ach smaoineachadh mu dheidhinn Joni, na laighe ri taobh na slighe, is sinne a' coiseachd seachad oirre. Agus cuideigin eile ann aig an aon àm, aig an robh fios gun robh ise air a droch ghoirteachadh, no marbh mar-thà.'

Shuidh iad còmhla ann an sàmhchair airson greis, mus do sheas Ciara. Chuidich i Amy gus seasamh cuideachd. 'Siuthad, tha an t-acras gam tholladh agus tha mi a' faireachdainn cho blàth is salach. Tha mi a' dol a ghabhail fras mus dèan mi dad eile. Nach eil thu fhèin airson d' aodach-obrach a thoirt dhìot? Tha i fhathast cho bruicheil a-muigh.'

Rinn Amy gàire lapach. ''S dòcha gu bheil còir agam fhìn fras fhuar a ghabhail. Tha mi duilich, cha robh mi airson 's gun tigeadh tu dhachaigh is gum biodh agad ri còcaireachd, is tu air a bhith sa chidsin fad an latha. Dh'fheuch mi ri sailead a dhèanamh, ach cha b' urrainn dhomh an sgian a làimhseachadh le aon làmh a-mhàin, agus…'

Chuir Ciara a làmh air beul Amy. 'Na bi gòrach. Tha an dithis againn fada ro sgìth, teth is muladach airson a bhith a' còcaireachd. Stad mi air an t-slighe dhachaigh is cheannaich mi piotsa. Tha sinn a' dol a shuidhe sa ghàrradh shnog againn le glainne fìon, cho luath 's a tha sinn glan is le aodach oirnn a tha nas freagarraiche air feasgar samhraidh. Tha mi a' dol a chur do *laptop* air falbh cuideachd agus cha choimhead sinn air na meadhanan sòisealta a-rithist a-nochd. Mura h-eil thu airson coimhead air *Fuasgladh Cheist*, bheir mi fhìn sùil air a-màireach.'

Shuath Amy a sùilean a-rithist. 'Agus an inns thu dhomh dè thuirt Scott?'

'Fuirich gus an cluinn thu dè thuirt e rium!' fhreagair Ciara. 'Bidh sinn feumach air uisge-beatha an àite fìon.'

*

'Tha *mac eile* aige? 'S ann leis-san a tha Donnchadh? Agus tha Gemma trom a-rithist?' dh'èigh Amy, a' coimhead air Ciara le iongnadh. Bha iad nan suidhe air being bheag sa ghàrradh, a' coimhead air Monadh Chamaisidh is Beinn Laomainn, a chithear air fàire air latha soilleir.

'Seadh – chan urrainn dhomh creidsinn fhathast gur ann mar

sin a tha mo bhràthair. Tha mi duilich, cha robh còir agam a bhith cho feargach leat mus deach thu a Bhaile Àtha Cliath – cha robh mi airson èisteachd ri na beachdan a bh' agad air Scott. Chan eil fios agam cò ris a tha e coltach a-nis. A' falbh le Gemma fad bhliadhnachan, mac eile is bèibidh ùr gu bhith aige… nan robh e comasach dha breugan cho mòr innse dhuinn uile, cò aig a tha fios dè na rùintean dìomhair eile a th' aige? Ciamar as urrainn dhomhsa a dhìon?'

Lìon Amy glainne Ciara mus do fhreagair i. 'Bha guth air nochdadh aig cùl m' inntinn, ag ràdh gur dòcha gun robh esan an sàs ann am bàs Joni, is e cho feargach a h-uile turas a rinn mi oidhirp bruidhinn mu Chill Rìmhinn. Tha mi a' tuigsinn a-nis, ge-tà – agus abair gur e faochadh a tha seo – gum b' ann mu dheidhinn Gemma a bha e a' gabhail dragh: gum faigheamaid a-mach gun robh iad fhathast còmhla.'

'Dhèanadh sin ciall. Thuirt e rudeigin neònach mu do dheidhinn-sa cuideachd: gun robh fios agad dè rinn thu. Dè tha sin a' ciallachadh?'

'Cò aig a tha fios. Bha e a-mach air a' bhann-làimhe aig partaidh Niamh: ag ràdh gun robh mi air a ghoid. Tha e gun chiall, bha esan ann nuair a fhuair mi lorg air. 'S dòcha gu bheil e den bheachd gun do mhurt mise an nighean bhochd, gus am faighinn cothrom am bann-làimhe a ghoid!'

Chuir Ciara drèin oirre agus, gu h-obann, rinn i sgreuch goirid. Sheall Amy oirre le iongantas.

'Bumalair is mealltair a th' ann!' dh'èigh Ciara, mus do chuir i a ceann na làmhan.

Thòisich Amy a' suathadh a druim. 'An tuirt e guth mu na planaichean a th' aige a-nis? A bheil e a' dol a bhruidhinn ri Iseabail? A bheil e an dùil gum fàg Gemma Iain, is gun tòisich iadsan beatha ùr còmhla?'

Rinn Ciara sgreuch ìosal a-rithist. 'Chan eil fios 'm, agus chan eil mi airson gnothach a ghabhail ris tuilleadh… ged a dh'fheumas mi. Tha cùisean air a bhith ro fhurasta dha fad a bheatha – choinnich e ri boireannach brèagha, beartach cho luath 's a thill e bhon oilthigh; fhuair e deagh obair bho a h-athair, is cha robh dragh air mu airgead, dreuchdan no taigheadas a-riamh. Tha mo phàrantan cho moiteil às cuideachd, is e air slighe 'àbhaisteach' a ghabhail: bean, clann, taigh spaideil, obair le tuarastal mòr. Tha iadsan cho measail air Iseabail cuideachd...'

Sheall Ciara air Amy. 'Iseabail bhochd – dè nì i?'

'Feumaidh sinn taic a chumail rithe co-dhiù. Chan eil sinn airson 's gun toir gòraiche Scott droch bhuaidh air Lachie is Niamh.'

'Feumaidh, gu dearbh.' Dh'òl Ciara na bha air fhàgail na glainne.

'Agus Iain bochd,' thuirt Amy. 'Nach mi a bha taingeil nach d' fhuair mi cothrom mòran a ràdh ris aig a' cho-labhairt, oir cha robh fios agam dè chanainn. Tha cùisean fiù 's nas miosa a-nis, is fios agam nach ann leis-san a tha Donnchadh – ciamar a tha mi a' dol a dh'obair còmhla ris gun dad a ràdh? 'S e duine cho còir, sona a th' ann, a bha a-riamh cho taiceil riumsa – tha mi cinnteach às nach bithinn air ceumnachadh idir mura robh esan air a bhith cho foighidneach leam, a' dèanamh cinnteach gun robh mi a' tuigsinn a h-uile rud. Chan eil mi airson a leithid de naidheachd a chumail bhuaithe.'

Leig Ciara osna throm aiste. 'Tha fios 'm, suidheachadh grod, doirbh a th' ann. 'S dòcha gu bheil còir againn ceann-latha a thoirt do Scott, agus innse dha nach bi sinn deònach ar beòil a chumail dùinte an dèidh sin. Tha mi airson ceist no dhà eile a chur air cuideachd mun 'ghoid' seo a rinn thu.'

'Tha gràin aige orm mar-thà – tha e cheart cho math dhomh adhbhar eile a thoirt dha gus mo chàineadh.'

Rinn Ciara mèaran mòr, fada. 'Tha mise claoidhte, is tha droch dhreach ort fhèin.'

Rinn Amy gàire agus thog i a gàirdean briste. 'Nach tu a tha fortanach a bhith pòsta agamsa: cnàmhan briste, a' caoineadh air an làr, gruamach... abair bùrach!'

Sheas Ciara agus shuidh i sìos a-rithist air glùin Amy. '*Tha* mi fortanach,' thuirt i gu socair, a' toirt pòg dhi, 'agus nach robh mise nam bhùrach aig toiseach na mìos? Nam leabaidh leis an fhuachd, a' coimhead air prògraman air-loidhne is ag adhbharachadh thrioblaidean dhuinn air sàillibh a' bhann-làimhe sin...'

Thug Amy pòg do Chiara cuideachd. 'Na can dad eile mun

bhann-làimhe a-nochd – tha sinn air gu leòr labhairt a dhèanamh, is gun fhuasgladh fhaighinn idir air a' chùis. Nach eil sinn làn airidh air làithean-saora ro dheireadh an t-samhraidh? Nach biodh e math seachdain a chur seachad ann an àite iomallach, air falbh bhon a h-uile duine eile?'

'Bhitheadh,' fhreagair Ciara, a' dèanamh fiamh-ghàire. 'Càit an tèid sinn?'

'Chan eil e gu diofar leamsa, fhad 's nach tèid sinn faisg air Fìobha no air carabhan.'

*

Sgìth 's gun robh Ciara, cha b' urrainn dhi ach coimhead air prògram ùr *Fuasgladh Cheist* cho luath 's a bha Amy na cadal.

Bha Sorcha agus Calum nan seasamh ri taobh Tràigh an Ear Chill Rìmhinn san dorchadas, a' coimhead suas air Slighe Chladach Fìobha.

Bha seacaid is bòtannan mòra, tiugha air Sorcha. 'Anns a' phrògram mu dheireadh againn mu dheidhinn Joni Dawson, tha sinn ann an Cill Rìmhinn, air an t-slighe far an deach corp Joni a lorg. Gu mì-fhortanach, chan eil droch shìde ann a-nochd, mar a bha air an oidhche a bhàsaich Joni. Tha sinn a' dol a choimhead air an t-slighe air an robh i a' coiseachd, ge-tà, agus an làrach far an deach a corp a lorg.'

Chùm iad orra a' bruidhinn fhad 's a bha iad a' coiseachd suas an t-slighe.

'Uill,' thuirt Calum, 'tha mi a' tuigsinn math gu leòr mar a thuiteadh cuideigin san dorchadas – tha toirds agam agus cha mhòr nach do thuit mi fhìn air an fhreumh sin.'

'Agus nan robh thu air deoch-làidir no drogaichean a ghabhail, bhiodh e na bu chunnartaiche buileach,' thuirt Sorcha.'

Dh'aithnich Ciara a h-uile preas agus lùb san t-slighe, is i fhèin is Amy air an aon rathad a ghabhail san dorchadas o chionn cola-deug. Nuair a ràinig Sorcha is Calum an làrach far an rachadh an snaigheadh a stèidheachadh, far an robh Ciara air a' bhann-làimhe adhlacadh, dh'fhàs boisean Ciara tais.

'Seall air a' phreaslach seo.' Bha Sorcha a' coiseachd tarsainn an fheòir ri taobh na slighe agus a' coimhead sìos gu faiceallach. 'Tha e cho domhainn – nan tuiteadh tu ann, is tu air do ghoirteachadh, chan fhaigheadh tu a-mach às gun chobhair.'

'Agus chan fhaiceadh duine thu.'

Leum Sorcha air ais dhan t-slighe, is drèin oirre. 'Cha chòrdadh e rium a bhith an seo nam aonar air an oidhche ri droch shìde.'

'No còmhla ri cuideigin a bha airson cron a dhèanamh ort,' thuirt Calum, a' coimhead suas an t-slighe.

Sheas iad airson mionaid no dhà, a' coimhead air an talamh is air a' phreaslach, mus do lean e air a' bruidhinn.

'Cha robh e coltach gun robh daoine a' strì no a' sabaid an seo, a rèir nam poilis, agus chanainn 's nach rachadh duine sam bith, fiù 's nighean thana coltach ri Joni, a phutadh sìos an sin gun strì.'

'A bharrachd air sin,' thuirt Sorcha, 'cha deach DNA duine eile a lorg air corp Joni. Cha deach ionnsaigh dhrabasta a dhèanamh oirre; cha deach a mùchadh; cha deach a sàthadh le sgian. Leis an fhìrinn innse, a Chaluim, tha mi a' tuigsinn math gu leòr mar a thàinig na poilis chun a' cho-dhùnaidh aca. Tha e furasta gu leòr a chreidsinn gum biodh cuideigin air tuiteam sìos an sin, nan robh iad air drogaichean a ghabhail, is iad a' tuisleachadh san dorchadas, ann an droch shìde.'

Thug iad sùil air an talamh a-rithist, far an robh e follaiseach gun robh iomadh spaid ri cladhach o chionn ghoirid. 'Saoil cia mheud duine a bha an seo?' thuirt Calum. 'Tha an luchd-leantainn againn air a bhith trang!'

'Cha do shoirbhich leotha, ge-tà. A dh'aindeoin dòchasan Art Dawson, chan eil dad ri lorg an seo.'

'Dè do bheachd, ma-thà? Seo am prògram mu dheireadh mu dheidhinn Joni agus feumaidh sinn co-dhùnadh a ruighinn air a' chùis: an robh na poilis ceart?'

'An dèidh ceithir seachdainean, chan eil fios agam fhathast,' fhreagair Sorcha. 'Mar as motha a tha sinn air coimhead air a' chùis seo, ge-tà, 's ann as ciallaiche a tha co-dhùnadh nam poilis. Ged a tha mi a' tuigsinn math gu leòr nach eil Art Dawson airson creidsinn gun do ghabh a phiuthar drogaichean is gun robh tubaist aice san dorchadas, cha do nochd fianais sam bith a bheireadh orm teòiridh eile a chreidsinn. Chan eil e coltach gu bheil dad eile ri lorg.'

Bhrùth Ciara stad air a' bhidio mus do thoisich iad a' bruidhinn mun nòta. '*Bha* rudeigin ri lorg, ge-tà!' thuirt i ann an cagar ris an sgrìon. 'Càit an deach am bann-làimhe?'

Carmarthen, 2004

'Nach cùm sibh fhèin e, a Mham?'

Bha Frieda is Joni gan sgeadachadh fhèin mus deach iad dhan taigh-chluiche ann an Carmarthen còmhla ri caraid Joni agus Angela, piuthar-cèile Frieda. Bha Angela is Dànaidh air tiogaidean airson cuirm-chiùil a thoirt do Joni airson a co-là breith.

Rinn Frieda fiamh-ghàire. 'Seall air mo ghàirdeanan – chan eil iad cho caol 's a bha iad. Tha thusa fichead 's a h-aon a-nis: b' fheàrr leam, agus 's cinnteach gum b' fheàrr le Granaidh nan robh i fhathast còmhla rinn, gum biodh tu fhèin ga chosg. Na cuir ann an drathair e, chaidh a dhèanamh airson a bhith air gàirdean cuideigin.'

'Nach eil e ro phrìseil? Cha bhithinn airson a chur orm gach latha air eagal 's gun tachradh rudeigin dha.'

'Bha e air ghàirdeanan Tante Joanna, Granaidh is mi fhìn cha mhòr a h-uile latha, ach nuair a bhiomaid ag obair sa ghàrradh. Bhiodh iad uile cho moiteil asad nan robh fios aca gun robh thusa gu bhith nad ghàirnealair cuideachd. Mar a chanadh Granaidh, chaidh am bann-làimhe a dhèanamh le gaol. Bha gaol aig mo shinn-sheanmhair air Tante Joanna, bha gaol aig Tante Joanna air Granaidh, bha gaol aig Granaidh ormsa… agus tha gaol agamsa ortsa. Seo dhut, a ghràidh – co-là-breith sona dhut. Tha mi an dòchas gun toir am bann-làimhe seo toileachas is soirbheachas dhut, agus gun toir e ort faireachdainn gu bheil do theaghlach fhathast còmhla riut fhad 's a bhios tu ann an Alba tron t-samhradh. 'S dòcha gun toir thu fhèin e dhan nighinn agad aon latha, is gun inns thu sgeulachdan a' bhann-làimhe dhìse.'

Rinn Joni gàire, ghlac i a màthair teann agus chuir i am bann-làimhe oirre.

33

Disathairne 22 Ògmhios 2024, Cill Rìmhinn

CHA ROBH ART air an snaigheadh fiodha fhaicinn, ach ann an dealbhan, mus do nochd e fhèin, Will is Raonaid aig an làraich ri taobh Slighe Chladach Fìobha far an robh Raonaid agus luchd-obrach bhon chomhairle air a stèidheachadh.

Bha iad air an taigh-òsta fhàgail tràth, is air coiseachd gu slaodach a-null air an Tràigh an Ear gu toiseach na Slighe. Leis gum b' e Disathairne a bh' ann, aig deireadh an Ògmhios, bha an tràigh trang mar-thà, is teaghlaichean a' coiseachd sìos an t-slighe bhon phàirc-charabhain.

Fhad 's a bha e fhèin is Will a' coiseachd suas an t-slighe, bha Art a' faicinn spotan dubha air beulaibh a shùilean, agus ghabh e grèim air gàirdean a cho-ogha. Cha chuireadh e stad air an fhilm a bha a' cluich na inntinn: Joni a' coiseachd ri a thaobh, is briogais *khaki*, seacaid phurpaidh, dhìonach, bòtannan mòra, tiugh, is màileid-droma throm oirre.

Càit an do thachair e? Cò ris an do choinnich i? Dè na smaointean a bha a' ruith tro a h-inntinn? An robh i ann am pian?

Bha Art an impis a ràdh nach b' urrainn dha cumail air, nuair a ràinig iad an snaigheadh.

Fiodh daraich, mu cheithir troighean a dh'àirde agus troigh a leud, le ainm Joni sgrìobhte sa mheadhan. Bha measgachadh de dhuilleagan is flùraichean air an riochdachadh air ceann cruinn an t-snaighidh agus sìos gach taobh dheth, anns an aon seòrsa pàtrain 's a bh' air a' bhann-làimhe. Bha Raonaid air a cur san talamh ri taobh na slighe agus bha e coltach gun robh e air a bhith ann fad linntean, mar phàirt den tìr.

Cha tuirt Art facal – bha a shùilean làn deòir agus bha a làmhan air chrith. Sheas Will ri thaobh agus chuir e a làmh air gualann Art, is an dithis aca a' coimhead a-mach air a' mhuir. Bha iad fhathast gun ghluasad nuair a nochd Aoife, co-obraiche Raonaid, a bha air taic a thoirt dhi leis an obair-fhiodha.

'Uill, dè do bheachd, Art?' dh'fhaighnich Raonaid. Cha tuirt Art facal, ach thionndaidh e thuice agus thug e cudail mhòr, theann dhi.

'An tig sibh ann a-nochd?' dh'fhaighnich Art dhan dithis bhoireannach.

Rinn Raonaid is Aoife fiamh-ghàire. 'Thig, gu dearbh – 's e urram mòr a bhios ann.'

Bha Art air a dhèanamh soilleir air na meadhanan sòisealta nach biodh seirbheis cuimhneachaidh phoblach ann idir, air sàilleabh nan trobhaichean. Bha dragh air fhathast, ge-tà, gun nochdadh daoine a bha am beachd an snaigheadh a mhilleadh, no droch rudan a ràdh ris. Cha rachadh e do dh'àite sam bith gun speuclairean-grèine agus ad air, agus cho luath 's a bha e air an snaigheadh fhaicinn, thill e dhan taigh-òsta.

'Chì mi sibh a-nochd,' thuirt e ris an triùir eile, mus deach e a-steach dhan t-seòmar aige.

'Nach tig thu chun na tràghad còmhla rinn?' thuirt Will ris tron doras. 'Chan aithnich duine thu, agus tha thu feumach air fois. Agus mura tig thu a-mach, nach toir thu am fòn agad dhomh? Chan eil mi airson 's gum bi thu nad shuidhe is a' coimhead air na meadhanan sòisealta fad an latha.'

Cha do fhreagair Art, ach chaidh a dhoras fhosgladh rud beag agus thug e fòn do Will.

Chuir Will, Raonaid agus Aoife an latha seachad air an Tràigh an Ear agus choisich iad suas chun an t-snaighidh turas no dhà, airson dearbhadh nach do mhill duine e. Bha e coltach nach robh na trobhaichean air an robh Art a' gabhail dragh air bodraigeadh turas a ghabhail dhan sgìre idir.

Cha tug Will an aire don neach a choisich seachad orra air an t-slighe dìreach ro mheadhan-latha. Cha do mhothaich e gun do chuir iad seachad deich mionaidean a' coimhead air an t-snaigheadh, mus do thill iad dhan a' bhaile.

*

Leis nach biodh a' ghrian a' dol fodha ro dheich uairean, cha do dh'fhàg Art is Will an taigh-òsta gu leth-uair às dèidh naoi. Bha Moira, a bha air sgeulachd Joni a chluinntinn bho Will tron t-seachdain, air faighneachd do dh'Art am faodadh i tighinn còmhla riutha. 'Tha Sophie, an nighean agam, a' siubhal ann an Ameireaga a Deas an-dràsta,' bha i air a ràdh ris an oidhche roimhe. 'Tha ise fichead 's a h-aon, an aon aois 's a bha do phiuthar, agus bidh mi a' gabhail dragh mu deidhinn a h-uile latha. Tha mi airson taic a chumail riut, nam biodh sin ceart gu leòr.'

Choinnich an triùir aca ri Raonaid agus Aoife aig bonn na slighe agus choisich iad suas chun an t-snaighidh còmhla. Ged a bha duine no dithis fhathast a' coiseachd air an tràigh, cha robh duine eile air an t-slighe. Sheas iad ann an leth-chearcall ri taobh an t-snaighidh, mu choinneamh Art, agus thog Will am fòn, tron robh a phàrantan a' coimhead air an t-seirbheis bhon a' Chuimrigh.

Cha mhòr gun d' fhuair Art tron òraid ghoirid a bha e air u+llachadh, ach rinn e a' chùis air mu dheireadh, le taic bho Will.

'An turas mu dheireadh a chunnaic mi mo phiuthar, cha robh mi ach deich bliadhna a dh'aois,' thòisich e, 'is i a' falbh air dàn'-thuras gu dùthaich ùr. Bha i am beachd trì mìosan a chur seachad ann an Dùn Èideann ag ionnsachadh mu dheidhinn lusan, craobhan is flùraichean – na cuspairean a b' fheàrr leatha, is le mo mhàthair, is le mo sheanmhair… agus leam fhìn. Nuair a thilleadh i dhachaigh, bhiodh i air ceum a dhèanamh ann an luibh-eòlas, agus an uair sin… cò aig a tha fios? Càit am biodh i an-diugh? Ag obair ann am pàirc nàiseanta mar a bu mhiann leatha? Am biodh i pòsta, is teaghlach aice? Bha Joni na bu choltaiche ri màthair dhomh na piuthar ann an iomadh dòigh. Bhiodh mo phàrantan ag obair làn-ùine agus b' e Joni a bhiodh a' coimhead às mo dhèidh a h-uile feasgar nuair a thigeadh sinn dhachaigh bhon sgoil. Rachadh sinn dhan a' phàirc, dhèanadh i dìnnear dhomh, dh'ionnsaicheadh i dhomh ainmean nan craobhan agus mun mhuir is na speuran agus mar a tha a h-uile rud beò eatarra co-cheangailte ann an dòigh brèagha. Chuir sinn seachad a h-uile feasgar còmhla, ach cha d'fhuair mi cothrom eòlas ceart fhaighinn oirre a-riamh. Uaireannan, chan eil mi cinnteach an urrainn dhomh earbsa a chur anns na cuimhneachain agam: a bheil mi air cuid dhiubh a chruthachadh? Cò ris a bhiodh i coltach an-diugh? Dè chanadh i nan robh fios aice gun robh *mise* a-nis ag obair ann am pàirc nàiseanta? Bha i a-riamh cho moiteil asam, dh'inns mo mhàthair dhomh gun do chùm Joni a h-uile dealbh a rinn mi dhi a-riamh ann an drathair sònraichte…'

Thòisich sùilean Art a' lìonadh le deòir, ach chùm e air a' bruidhinn.

'Cha robh i a-riamh na leannan, na bean, na màthair… ach bha i na nighean, is na piuthar, is na caraid. Bha gaol againn uile oirre – bha agus bithidh gu sìorraidh. Chan eil mo phàrantan fhathast beò, ach tha mi an dòchas gu bheil iad fhèin is Joni còmhla a-rithist am badeigin.'

Bhris guth Art an uair sin agus chuir Will a ghàirdean timcheall air. Thug e am6 fòn dha, gus am faigheadh Dànaidh, uncail Art, facal air.

'Nach math a rinn thu, Art – bhiodh do phàrantan agus do phiuthar cho moiteil asad, mar a tha mi fhìn is Antaidh Angela. Chan eil teagamh againn gum biodh Joni air a dòigh glan leis an t-snaigheadh bhrèagha sin – bidh sinn a' togail glainne dhi a-nochd.'

Bha dà phoit làn lus na tùise – an lus a b' fheàrr le Joni – aig Raonaid agus thug i tè dhiubh do dh'Art nuair a thug e am fòn air ais gu Will. Bha i air toll a dhèanamh mar-thà san talamh ri taobh an t-snaighidh agus chuidich i Art fhad 's a bha e ga chur.

Sheas iad ann an sàmhchair, a' coimhead na grèine a' dol fodha, air dathan an adhair ag atharrachadh bho orains, gu pinc, purpaidh agus an uair sin dubh-ghorm.

Bha coltas na bu shocaire air Art, ged a bha a shùilean fhathast dearg agus fliuch, agus rinn e fiamh-ghàire bheag. 'Taing dhuibh uile airson tighinn a-nochd. Tha mi a' faireachdainn gu bheil Joni aig fois a-nis.'

'Agus thu fhèin?' dh'fhaighnich Will, a bha air a bhith a' gabhail dragh mu cho-ogha fad na seachdain.

'Nas fheàrr,' thuirt Art. 'Toilichte gun tàinig mi an seo, tha e air diofar a dhèanamh dhomh. Tha mi a' tuigsinn a-nis nach fhaigh mi na freagairtean a bha mi a' lorg… bha mi an dòchas gun tigeadh fianais ùr am bàrr tro *Fhuasgladh Cheist*, ach tha e coltach nach tig. 'S dòcha nach robh duine sam bith còmhla ri Joni nuair a bhàsaich i. Bha mi an dòchas – gòrach 's gun robh mi – gum biodh Joni fhèin a' conaltradh rium an-diugh, is mi san àite far an robh i beò mu dheireadh. Agus ged nach robh conaltradh sam bith eadarainn, thachair *rudeigin*. Fhuair mi sìth air choreigin bhon tachartas an-diugh; tha mi a' faireachdainn nas dlùithe rithe an seo.'

Thug Raonaid cèis-litreach a-mach às a pòcaid agus thug i do dh'Art i. 'Dh'iarr Will orm seo a dhèanamh cuideachd – uill, b' e Aoife a rinn e. Chuir e dealbhan teaghlaich thugainn agus tha Aoife air dealbh ùr a pheantadh dhut. Bha e ro mhòr a thoirt dhut an seo, ach chaidh a chur gu Swansea an t-seachdain sa chaidh agus bidh e a' feitheamh ort nuair a thèid thu dhachaigh.'

Dh'fhosgail Art a' chèis, a' toirt sùil air Will. Dreach beag a bh' ann de dhealbh mhòr: Joni còmhla ri Art fhèin, is an dithis aca nan inbhich. Bha na duilleagan is na flùraichean a bha air an t-snaigheadh a' cuairteachadh bràthair agus piuthar, agus bha am bann-làimhe a rinn an sinn-seanmhair air làmh Joni. Cha robh comas-labhairt aig Art, ach ghabh e grèim teann air Raonaid agus Will còmhla, a dh'inns dhaibh mar a bha e a' faireachdainn.

Cha do choisich iad air ais dhan bhaile gus an robh a' ghealach is na rionnagan air nochdadh. Chaidh Raonaid, Aoife is Will airson deoch agus thill Art dhan taigh-òsta còmhla ri Moira airson beagan fois fhaighinn, is e gun chadal ceart fhaighinn fad seachdain. Mus deach e suas an staidhre, nochd Moira san trannsa agus thug i cudail luath dha, a chuir cudailean a sheanmhar na chuimhne.

'Tha mi air sìl lus na tùise a chur sa ghàrradh mar-thà. Dh'iarr mi air Will sìl a bharrachd a thoirt dhomh, agus tha mi air soidhne beag a chur ri taobh nam flùraichean: *Gàrradh Joni*.'

A-rithist, cha b' urrainn do dh'Art faclan a lorg, ach thug e pòg do Mhoira air mullach a cinn agus rinn e fiamh-ghàire mòr rithe mus deach e dhan leabaidh.

34

Disathairne 22 Ògmhios 2024, Dùn Èideann

MU DHÀ UAIR feasgar Disathairne, choinnich boireannach àrd ann an dreasa dhubh ri duine spaideil ann an taigh-bìdh ann an taigh-òsta faisg air port-adhair Dhùn Èideann.

'Dè fon ghrèin a tha thu a' dèanamh an seo?' thuirt Scott, a' suidhe sìos aig bòrd sàmhach aig cùl an t-seòmair, far an robh am boireannach ag òl botal uisge.

'Dè an leisgeul a thug thu do dh'Iain? Disathairne a th' ann – bha e doirbh gu leòr dhomh fhìn teicheadh bhon taigh. Bha agam ri ràdh ri Iseabail gun robh coinneamh èiginneach agam co-cheangailte ri pròiseact ùr, is chan eil mi cinnteach an robh i gam chreidsinn. A bheil rudeigin ceàrr leis a' bhèibidh?'

Thabhainn Gemma cupa dha. 'Nach suidh thu sìos? Chan eil dad ceàrr leis a' bhèibidh. Seall – fhuair mi cofaidh dhut.'

'Ach, dè…' thòisich Scott.

'Bha mi ann an Cill Rìmhinn madainn an-diugh.'

Chlisg Scott agus dhòirt an cofaidh air a bhriogais. Cha tug e an aire dhan chofaidh ge-tà, is e a' coimhead air Gemma le sùilean dorcha, feargach.

'Cill Rìmhinn!' dh'èigh e, mus do mhothaich e gun robh duine no dithis eile a' coimhead air. Chrom e a cheann agus shuath e a bhriogais le nèapraig.

'Dè an gnothach a bh' agad ann an Cill Rìmhinn?' Bha a ghuth na bu shàmhaiche, ged a bha e a cheart cho fiadhaich. 'Cha deach thu dhan t-seirbhis-chuimhneachaidh sin, an deach? Gemma, can rium nach do bhruidhinn thu ri duine beò fhad 's a bha thu ann?'

Nochd fearg ann an sùilean Gemma cuideachd. 'Chan eil mi gun chiall, Scott. Cha robh seirbheis chuimhneachaidh ann co-dhiù, agus cha robh fios aig duine cò mi no carson a bha mi ann. Bha *agam* ri dhol ann, agus tha mi toilichte gun deach.'

'Carson idir a bha *agad* ri dhol ann? Dè thachair?'

'Chunnaic mi snaigheadh,' fhreagair Gemma, gun choimhead air. 'Snaigheadh mar chuimhneachan air nighean òg a bhàsaich o chionn fichead bliadhna.' Ged a thàinig deòir na sùilean, cha do thuit iad.

Gun smaoineachadh mu dheidhinn, chuir Scott a làmh air a glùin. 'Uill, sin e seachad a-nis. Nach sguir sinn a bhruidhinn mu dheidhinn? Tha mi air fada cus a chluinntinn mu dheidhinn o chionn ghoirid. Cha robh thu fiù 's eòlach air an nighinn… nach tuirt thu rium nach eil cuimhne agad air an turas co-dhiù?'

'Thuirt, ach…' thòisich Gemma, mus do bhris Scott a-steach oirre.

'Nis, leis gu bheil thu an seo, tha mi airson facal fhaighinn ort air cuspair nas… tlachdmhoire.'

'Cuspair *eile*? Ciamar as urrainn dhut smaoineachadh air cuspair sam bith an-dràsta, ach bàs Joni Dawson? Chan urrainn dhòmhsa, is fios agam gun do…'

Ghabh Scott grèim air làmh Gemma. 'Sguir a dh'èigheach! 'Eil thu airson 's gun cluinn a h-uile duine thu? Nach tèid sinn suas an staidhre, ma tha seòmar agad?'

Sheall Gemma air airson diog. 'Chan eil seòmar agam, is mi a' tilleadh dhachaigh a-nochd fhathast.'

'Uill, tha dà chuspair eile air am feum sinn bruidhinn co-dhiù,' thuirt Scott, mus d' fhuair i cothrom dad eile a ràdh mu Chill Rìmhinn. 'Tha iad co-cheangailte ri chèile.'

'Dè th' ann? Chan eil sinn deiseil leis a' chiad chuspair fhathast, a bheil?'

'Amy is Ciara – tha fios aca.'

'Air dè?'

'Mar deidhinn.'

'Dè mar deidhinn? Ciamar a bhiodh for aca…'

'Bha Amy ann am Baile Àtha Cliath an turas mu dheireadh a bha mise ann – chunnaic i sinn san taigh-òsta.'

Bha beul Gemma a' fosgladh agus a' dùnadh, coltach ri pùpaid brù-chainnteir. 'Dh'inns Iain dhomh gum faca e i aig co-labhairt air an latha sin, ach cha do smaoinich mi a-riamh gum biodh i air a bhith faisg oirnne. Dè cho fad 's a tha fios air a bhith agad?'

'On a thill mi. Innsidh mi dhut an sgeulachd gu lèir – tha fios aice fhèin is aig Ciara a-nis gur ann leamsa a tha Donnchadh agus am bèibidh seo, agus gu bheil sinn air a bhith còmhla fad bhliadhnaichean. Tha mi air cur romham gun inns mi a h-uile rud do dh'Iseabail. Tha mi a' dol ga fàgail agus bha mi an dòchas gum biodh tusa deònach Iain fhàgail cuideachd. Tha mise deònach gluasad gu Baile Àtha Cliath is feuchainn ri obair ùr fhaighinn, agus cha bhiodh agad fhèin is Donnchadh ri gluasad idir. Bidh cothrom againn beatha ùr a thòiseachadh, an ceathrar againn.'

Thòisich Gemma a' gàireachdainn. 'A bheil thu às do chiall? Dh'iarr mi ort coinneachadh rium an-diugh gus bruidhinn air na thachair ann an Cill Rìmhinn! Agus dè tha thusa air a ràdh gu ruige seo? Gu bheil fios aig do phiuthar gu bheil mac againn, gun robh do phiuthar-chèile gar *leantainn* ann am Baile Àtha Cliath… agus, seadh, tha thu airson do bhean fhàgail, is tu ag iarraidh ormsa an duine agam fhàgail aig a' cheart àm! Dè as urrainn dhomh a ràdh, Scott?'

Bha aodann Gemma dearg, agus bha i a' dèanamh oidhirp mhòr gun èigheachd ri Scott. 'Tha mi seachd searbh sgìth de dh'Amy: a' cur cheistean oirnn, a' dol an sàs ann an cuspairean ris nach eil gnothach aice – cha leaghadh an t-ìm na beul. Am bi i ag innse na naidheachd againn dhan a h-uile duine a-nis? Dè mu dheidhinn Ruaraidh? Tha esan fhathast gu math dlùth ri Amy is Ciara, nach eil? A bheil i air a bhith a' gobaireachd ris-san cuideachd?'

'Cha tuirt Ruaraidh dad riumsa co-dhiù. Tha Amy ag obair ormsa cuideachd, ach dh'iarr mi oirre gun dad a ràdh ri Ciara no duine eile, agus tha e na chliù dhi nach tuirt i càil. Nan robh fios aig Ruaraidh, bhiodh e air bruidhinn rium mu dheidhinn gun teagamh sam bith.'

Lìon sùilean Gemma le deòir a-rithist. 'Cha robh mi a-riamh a' tuigsinn carson a bha Iain cho measail oirre… dè mu dheidhinn Iain? Ma chanas a' ghalla ud dad ris…'

Chuir Scott a ghàirdean timcheall oirre. 'Na gabh dragh, a

ghràidh. Mar a thuirt mi, tha mi am beachd Iseabail fhàgail a-nis co-dhiù – chan eil e gu diofar gu bheil fios aig Amy is Ciara gu bheil sinn fhathast ann an gaol, no cò dha a dh'innseas iad.'

Ghluais Gemma air falbh bhuaithe. 'Na can dad rium mu dheidhinn Iseabail an-dràsta, Scott! Bha mi an dùil rèiteachadh air choreigin fhaighinn an-diugh, bha rudeigin agam ri innse dhut agus an uair sin bha mi airson gnothach Joni Dawson a chur às mo chuimhne. Bha mi airson d' fhaicinn, ach b' fheàrr leam nach robh mi air fios a chur thugad idir. Chan urrainn dhomh dèiligeadh ri seo, Scott. Tha mi a' dol a thilleadh gu Iain is Donnchadh a-nochd fhathast, dhan teaghlach agam.'

Leig Scott air nach robh e air an dà sheantans mu dheireadh a chluinntinn. Chuir e roimhe an còmhradh a chumail a' dol cho fada 's nach fhaigheadh i dhan phort-adhair mus fhalbhadh am plèana.

'Dè bh' agad ri innse dhomh ma-thà? Dè eile a th' againn ri ràdh mu dheidhinn gnothach Joni Dawson? Bha sinn fhìn is Ruaraidh fo bhuaidh na dibhe is nam pilichean fad an deiridh-sheachdain… nan robh Joni air sgèith thairis air a' charabhan, cha bhiodh for againn.'

Bha aodann Gemma geal. 'Na bi gòrach, Scott!' thuirt i gu dranndanach, 'Dh'inns mi breug dhut.'

'Dè a' bhreug?'

'Thuirt mi riut nach robh cuimhne agam dè thachair ann an Cill Rìmhinn. Tha deagh chuimhne agamsa ge-tà.'

'Carson a thuirt thu nach robh?' dh'fhaighnich Scott, is a chridhe na shlugan. 'Bha fios agad gun robh mi fhìn is Ruaraidh a' dol craicte on a chunnaic sinn am bhidio ud, is a' feuchainn ri cuimhneachadh dè thachair. Thuirt mi riut gun robh sinn a' gabhail dragh gun robh sinne air pilichean a thoirt dhan nighinn ud, no rudeigin den leithid. Dè thachair ma-thà? An do thachair sinn rithe? An tug sinn drogaichean dhi? Am bu sinne bu choireach gun do bhàsaich i?'

'Cha tug,' thuirt Gemma ann an guth ìosal.

'Dè thachair? Tha sinn air a bhith às ar ciall le iomagain! Bha Ruaraidh fiù 's a' moladh gun rachamaid gu suainealaiche, feuch an toireadh iadsan taic dhuinn rudeigin a chuimhneachadh. B' e sin an t-adhbhar a chaidh mi a Bhaile Àtha Cliath: bha sinn an dòchas gum b' urrainn dhutsa innse dhuinn dè thachair fhad 's a bha sinn anns a' charabhan, is ar ninntinnean a chur aig fois. Agus thuirt thu rium gun robh thusa cho aineolach 's a bha sinne. Thuirt thu, ge-tà, gun robh thu cinnteach nach do dh'fhàg duine againn an carabhan air an oidhche ud, is nach do thachair sinn ri Joni Dawson idir. A bheil thu ag ràdh a-nis gur e breug a tha sin?'

Fhad 's a bha Scott a' bruidhinn, bha Gemma air seasamh agus bha i a' cuairteachadh a' bhùird. 'Na gabh dragh, Scott – chan e breug a th' ann. Uill, cha do dh'fhàg thu fhèin no Ruaraidh an carabhan co-dhiù, fhad 's a tha fios agam. Dh'fhalbh mise anns a' chàr airson tuilleadh bhodca a cheannach sa bhaile, ach cha tàinig sibhse còmhla rium.'

Leig Scott osna às. Bha a làmhan air chrith agus bha a lèine a' fàs dorcha leis an fhallas.

'Dè thachair ma-thà?'

35

Diardaoin 24 Ògmhios 2004, Cill Rìmhinn

GED A BHA Joni air làrach-campaidh a chur air dòigh anns a' phàirc charabhain, bha i am beachd a dhol a-steach dhan a' bhaile, feuch an robh seòmar ri fhaighinn ann an ostail. Bha i seachd searbh sgìth de theantaichean agus bha i bog fliuch. Ged nach robh tòrr airgid aice, bha i deònach beagan a bharrachd a chosg airson oidhche ann an leabaidh cheart, far am biodh i blàth agus tioram. B' fheàrr leatha gun robh cuideigin còmhla rithe: bhiodh i a' coinneachadh ri caraid ann an Dùn Èideann, agus bha i air tachairt ri luchd-coiseachd laghach eile air an t-slighe, ach bha i air fàs aonaranach. Bheireadh e togail dhi guthan a pàrantan is a bràthair beag, Art, a chluinntinn, ach bha i air am fòn a chall air an t-slighe.

Cha robh an t-uisge air sgur fad an latha agus bha an t-slighe cunnartach aig amannan. Ged a bha i an dùil gun ruigeadh i Cill Rìmhinn ro chòig uairean, bha e ochd uairean mus faca i solais a' bhaile. Choisich i seachad air a' phàirc charabhain, ach an uair sin, thionndaidh i agus chaidh i tron gheata, is i an dòchas gum biodh fòn poblach aca.

Bha i a' coimhead mun chuairt oirre nuair a chunnaic i càr a' tighinn dha h-ionnsaigh aig deagh astar. Cha robh solais a' chàir air agus cha robh e a' dol ann an loidhne dhìreach. Leig i sgreuch, ach cha robh tìde aice leum far an rathaid mus do bhuail an càr innte.

'Mo chreach! Carson a bha thu an sin? Thug mi sùil orm fhìn san sgàthan airson diog agus nuair a choimhead mi air an rathad a-rithist bha thusa nad sheasamh air mo bheulaibh! Tha thu beò, nach eil?'

Cha robh e air chomas do Joni ciall a dhèanamh de na seantansan a bha an guth ag ràdh rithe. Nuair a dh'fhosgail i a sùilean, chan fhaca i dad ach sgleò. Mu dheireadh thall, nochd cruth aghaidh os a cionn.

'Carson a bha thu ann am meadhan an rathaid?'

Nach robh mi ri taobh an rathaid? smaoinich Joni, ach bha a ceann ro ghoirt ciall a dhèanamh de rud sam bith a thachair.

'Nach suidh thu an-àirde?' thuirt an guth, agus dh'fhairich Joni làmhan an neach air a guailnean.

'Sin thu! Tha thu ceart gu leòr, nach eil? Chan eil thu marbh?'

Bha an neach – dh'aithnich Joni a-nis gum b' e nighean a bh' ann – a' slugadh a faclan agus bha fàileadh deoch-làidir bhuaipe.

Rinn Joni oidhirp air seasamh. 'Chan eil mi marbh, ged a tha mo cheann cho goirt.' Cha robh i buileach cinnteach càit an robh i, no cò bha còmhla rithe. Feumaidh gun robh Art an seo, nach robh? An do ruith e air falbh?

'Dh'iarr Mam orm sùil a chumail air Art, mo bhràthair,' thuirt i ris an nighinn, ged a bha am pian na ceann ga dalladh a h-uile turas a dh'fhosgail i a beul.

'Do bhràthair? Uill, 's cinnteach gum bi e faisg air làimh.'

Ged nach b' urrainn do Joni aodann na nighinn fhaicinn gu soilleir fhathast, mhothaich i gun robh i a' tabhann rudeigin dhi.

'Seo dhut. Gabh na pilichean seo ma tha do cheann goirt. Cha bhi dad sam bith goirt an ceann còig mionaidean! Ò, an ann leatsa a tha seo?'

Chuir an nighean rudeigin eile na làimh. Tron sgleò, dh'aithnich Joni am bann-làimhe aice.

'Càit an d' fhuair thu seo?' dh'fhaighnich i le beagan duilgheadais. 'Bhiodh mo mhàthair cho feargach leam nan rachadh e air chall.'

'Cha deach e air chall idir! Nach eil e snog? Càit an d' fhuair thu e? Tha mi a' dol a dh'iarraidh air Scott fear a cheannach dhòmhsa.'

Càit an d' fhuair mi e? smaoinich Joni. 'Tante Joanna,' thuirt i mu dheireadh thall.

'Dè? An e bùth a th' ann an *Tante Joanna*?'

Cha robh Joni cinnteach.

'Uill, tha thu ceart gu leòr a-nis, nach eil? Gabh na pilichean sin agus biodh spòrs agad! Leig fios ma tha thu airson tighinn do phartaidh a-nochd – tha mi a' dol a-steach dhan a' bhaile an-dràsta airson tuilleadh bhodca a cheannach! Tiors!'

Mus robh cothrom aig Joni taing a thoirt dhi, leum i a-steach dhan chàr a-rithist agus dhràibh i air falbh.

Sheall Joni air na pilichean na làimh, a bha a' coimhead cugallach. Feumaidh gun tug Mam *paracetamol* dhomh, smaoinich i, mus do shluig i iad.

Choimhead i mun chuairt oirre – cha robh i ag aithneachadh àite sam bith. 'Càit an deach Art?' thuirt i rithe fhèin, is i ann am breislich. Cha robh duine eile faisg oirre agus bha an t-uisge a' fàs na bu thruime.

'Feumaidh mi a lorg: tha e fada ro òg a bhith a-muigh anns an droch shìde,' smaoinich i, mus do choisich i a-mach às a' phàirc agus air ais air an t-slighe.

36

Disathairne 22 Ògmhios 2024, Dùn Èideann

CHA B' URRAINN do Gemma coimhead air Scott.

'Cha robh i marbh!' thuirt i gu luath. 'Bha i a' bruidhinn rium – tha mi cinnteach às!'

Sheall Scott oirre le uamhas. Ged a bha na mìltean de smaointean a' ruith tro inntinn, cha robh e air chomas dha dà fhacal a chur còmhla. 'A Dhia,' thuirt e fo anail, is e a' cur a cheann na làmhan.

'Mura robh Amy air am bann-làimhe a lorg an-ath-latha, cha bhithinn cinnteach am b' ise Joni Dawson. Ged nach robh cuimhne agam air mòran a thachair air an oidhche ud, dh'aithnich mi am bann-làimhe sa bhad, is e cho annasach, brèagha. Thuirt mi ri Amy gun toirinn am bann-làimhe dhan stèisean poilis, ged a bha mi am beachd a chumail, gun fhios nach fhaicinn an nighean sa phàirc-charabhain a-rithist. Leis an fhìrinn innse, bha mi an dòchas nach biodh i fhathast ann, is gum b' urrainn dhomh a chumail. Cha robh for agam gun robh Joni air tuiteam far na slighe – ciamar a bhitheadh? Bha mise a' gabhail ris gun d' fhuair i lorg air a bràthair is gum biodh i còmhla ri a teaghlach.'

Chunnaic i gun robh Scott am beachd rudeigin a ràdh. 'Nis, tha *fios* agam nach robh sin ceart, Scott – chan eil mi a' dèanamh leisgeul dhomh fhìn. Bha mi òg, fèineil is mì-thaitneach. Chan eil e gu diofar co-dhiù, oir tha fios agad dè thachair an uair sin: dh'iarr mi ort am bann-làimhe a chur na mo bhaga; chunnaic Amy e agus ghoid i e. Dh'fhalbh i an-ath-latha, is chaidh i a-null thairis, agus chan fhaca mi sgeul dheth fad sia no seachd a bhliadhnaichean, gus an robh mi a' coimhead air dealbhan bho phartaidh co-là-breith Ruaraidh air na meadhanan sòisealta. Dè bha air gàirdean na galla sin ach am bann-làimhe. Bha eagal mo bheatha orm gum biodh fios aice, air dòigh air choreigin, gum b' ann le Joni a bha am bann-làimhe, is gun rachadh i dhan a' phoileas leis. Chaidh na bliadhnaichean seachad, ge-tà, agus cha mhòr nach robh mi air dìochuimhneachadh mu dheidhinn nuair a chuir i post-dealain thugam, a' faighneachd mu dheidhinn Cill Rìmhinn.'

Bha làmhan Gemma air chrith. 'Nan robh mise air a chumail, cha bhiodh Amy no Ciara air uiread de dh'ùidh a ghabhail anns a' chùis – cha bhiodh iad air mo chur ann an cunnart. Nach do dh'inns mi dhut bliadhnaichean air ais nach robh còir agad fhèin no aig do phiuthar earbsa sam bith a chur ann an Amy? Mealltair a th' innte. Ghoid i geansaidh bhuamsa cuideachd: an geansaidh purpaidh a b' fheàrr leam. Bha e orm aon oidhche, is an-ath-latha cha robh sgeul air. Cha bhiodh tu fhèin no Ruaraidh air a ghoid, am bitheadh?'

Gu h-obann, thàinig cuimhne gu Scott. *Bha* Gemma air iarraidh air seudraidh air choreigin a chur na baga sa charabhan. Bha dà bhaga ri taobh a chèile, is iad gu math coltach ri chèile. Cha d' rinn Scott ach am bann-làimhe a thilgeil dhan a' bhaga b' fhaisge air, is ceann-daoraich fhathast air. Feumaidh gur e baga Amy a bh' ann.

Nochd dealbh eile na inntinn aig an aon àm: e fhèin is Ruaraidh a' feuchainn ri bhodca a chur ann an glainneachan, is ga dhòrtadh air geansaidh purpaidh Gemma a bha air a' bhòrd. Cha robh cuimhne aige dè thachair an uair sin – 's dòcha gun do stob e fhèin no Ruaraidh an geansaidh a-steach do bhaga Amy cuideachd?

Ghabh Scott balgam mòr cofaidh. Bha Gemma fhathast a' bruidhinn, is a' coimhead feargach, agus rinn e co-dhùnadh sa bhad nach innseadh e an fhìrinn dhi gu sìorraidh.

Cha robh cuimhne aige idir gun robh e air iarraidh air Ruaraidh an geansaidh a stobadh fo charabhan fhalamh san dorchadas, gus nach faiceadh Gemma dè rinn iad air. Cha robh fios aige fhèin no aig Ruaraidh gum b' e Ruaraidh an 'duine amharasach' a chunnaic boireannach air an oidhche a chaidh Joni air chall. Cha robh sgot aig Gemma nas motha gun robh Ruaraidh air an carabhan fhàgail mus do thill i bhon a' bhaile.

'Nuair a sgrìobh Amy thugam,' bha Gemma ag ràdh, 'a' faighneachd cheistean mu Chill Rìmhinn, bha mi anns a' choire theth. Bha mi a' gabhail ris gun rachadh ise dhan a' phoileas leis a' bhann-làimhe, is gum biodh iadsan a' cur cheistean oirnn uile.'

Stad i nuair a chunnaic i gun robh fiamh-ghàire air nochdadh air aodann Scott. 'Dè fon ghrèin a tha a' toirt gàire ort? 'Eil thu a' tuigsinn cho doirbh 's a tha e dhomh an sgeulachd seo innse dhut? Agus tha e a' toirt gàire ort?'

'Tha fios agam far a bheil am bann-làimhe, is chan ann aig Amy a tha e.'

37

'DÈ? CIAMAR…'

'Rinn Ruaraidh a' chùis.'

'Ruaraidh? Dè rinn esan? An do ghoid e bhon taigh aca e?'

Mhìnich Scott do Gemma mar a thachair do Ruaraidh ann an Cill Rìmhinn, agus gun robh e fhèin is Ruaraidh air coinneachadh mus deach e dhan a' charabhan còmhla ri Amy is Ciara. Bha iad air aontachadh gun robh còir aig Ruaraidh feuchainn ris am bann-làimhe a thoirt dhachaigh leis, gun fhiosta dhan dithis eile.

'Nan robh am bann-làimhe againn, bhitheamaid sàbhailte. Cha b' urrainn dhuinn a bhith cinnteach nach robh sinn an sàs ann am bàs Joni, agus cha robh sinn airson 's gum biodh fianais sam bith ri lorg. Tha e coltach gun do shoirbhich leinn – tha mi a' gabhail ris gu bheil Amy is Ciara fhathast a' feitheamh air dearbhadh gun d' fhuair Art Dawson lorg air.'

Rinn Scott fiamh-ghàire. 'Abair gur e gaisgeach a th' ann an Ruaraidh! Coltach ri smàladair, a' mùchadh theintean sa h-uile àite. Agus a-nis, tha sinn uile sàbhailte – cha bhi duine seach duine againn air ar losgadh. Sin agad e.'

'*Sin agad e?* Nach eil dad agad ri ràdh mu na dh'inns mi dhut? Gun do mharbh mi Joni Dawson?'

Thòisich Scott a' gàireachdainn. 'Gemma, cha do mharbh idir! Ciamar a bhiodh deugair, a bha air smùid a choin a ghabhail, air chomas aithneachadh gun robh criothnachadh eanchainn air cuideigin? Sheas i agus bhruidhinn i riut – cha robh i marbh nuair a dh'fhàg thu i. Cha do chuir thusa droch shìde air dòigh; cha do phut thusa i far na slighe; cha do chuir thusa pile na beul; cha robh thu fiù 's a' dràibheadh air na rathaidean mòra fo bhuaidh na dibhe. Cha do mharbh thusa Joni idir. Nis, nach gluais sinn air adhart?'

Chuir Scott a làmh fhèin air gualann Gemma. 'Nach cuir sinn gnothach Joni Dawson air ar cùlaibh?'

Cha tuirt Gemma dad airson greis. Bha a ceann na làmhan a-rithist. 'Tha aon rud a bharrachd agam ri innse dhut. Tha mi air a bhith a' faireachdainn cho ciontach mu dheidhinn Joni, is a' gabhail uiread de dhragh, 's gun d' rinn mi rudeigin gòrach.'

'Seadh?'

'Sgrìobh mi litir – gun ainm – gu Art Dawson, ag ràdh gun robh mi duilich mu na thachair ri Joni. Bha agam ri *rudeigin* a dhèanamh! Chunnaic mi gun do chuir e dealbh den litir air na meadhanan sòisealta – cha robh mi idir an dùil gum biodh e a' feuchainn ri faighinn a-mach cò sgrìobh i – agus an uair sin, thòisich cuideigin taga-hais grod co-cheangailte rithe. Thòisich daoine air feadh an t-saoghail ga chleachdadh – b' e seòrsa de fhealla-dhà a bh' ann – agus dhìochuimhnich iad uile gun robh litir air a bhith ann, is gun robh cuideigin air a leithid de rud a sgrìobhadh dha-rìribh. Bha mi cho faiceallach – rinn mi cinnteach nach biodh dòigh aige faighinn a-mach cò às a thàinig i. Nuair a chuir mi air falbh i, bha mi a' faireachdainn cho aotrom, ach an uair sin, bha eagal mo bheatha orm gun gabhadh luchd-leantainn a' phrògram ud ùidh san litir agus gum faigheadh iad lorg orm. Chuir an taga-hais stad air sin, ge-tà. Bha uiread de dhaoine a' cleachdadh #MhurtMiJoni air na meadhanan sòisealta 's nach biodh cothrom aig neach-sgrùdaidh sam bith sgrìobhadair na litir a lorg.'

Stad Gemma airson anail a tharraing.

'An cuala tu sin?' dh'fhaighnich i, is Scott fhathast sàmhach. 'Nach eil thu feargach? Nach eil thu a' dol ag ràdh gun robh mi gun chiall, gun robh mi ceart cho dona ri Amy is Ciara?'

Cha tuirt Scott càil airson diog no dhà. Chuir e crìoch air a' chofaidh aige agus shìn e a chasan a-mach fon a' bhòrd. 'Chan eil e gu diofar.'

'Nach eil?'

Chuir e a làmh air a glùin a-rithist. 'Gemma, tha thu air faochadh a thoirt dhomh an-diugh. Tha mi fhìn is Ruaraidh air a bhith den bheachd gun robh sinn an sàs ann am murt, agus cha robh! Cha robh na rinn thusa fiù 's cho dona sin, ma smaoineachas tu mu dheidhinn ann an dòigh chiallach. B' e tubaist a bh' ann! Chan eil fios aig duine beò ach agad fhèin – agus mi fhìn a-nis – dè thachair do Joni. Tha am bann-làimhe againn, agus gheibh Ruaraidh cuidhteas dheth cho luath 's a tha cùisean air socrachadh rud beag. Chan eil, agus cha bhi fios aig bràthair Joni cò chuir an litir ud thuige; agus tha cuimhneachan snog ann a-nis gus a beatha a chomharrachadh.'

Sheall Gemma air le gràin. 'Nach buidhe dhut. Tha an nighean fhathast marbh ge-tà!'

'Tha fios 'm gu bheil, a ghràidh. Feumaidh tu aideachadh nach eil dad eile as urrainn dhuinn a dhèanamh ge-tà? Nach eil thu a' faireachdainn nas toilichte? Tha cothrom againn beatha ùr a thòiseachadh còmhla a-nis – an dithis againn agus ar mic.'

Cha tigeadh facal gu bàrr teanga Gemma. Sheall i air Scott airson greis mus do sheas i agus a choisich i a-mach às an taigh-bìdh.

'Gemma?' dh'èigh Scott, a' ruith às a dèidh. 'Dè tha ceàrr?

Thionndaidh Gemma thuige gu h-obann. 'Dè tha *ceàrr*? Nach eil thu a' tuigsinn dè tha ceàrr? Nach eil aon rud a bharrachd a tha còir againn a dhèanamh?'

Chunnaic i gun robh teaghlach no dhà a' coimhead orra agus tharraing i Scott a dh'ionnsaigh an dorais. 'Tha mi airson 's gun cuir thu fhèin no Ruaraidh am bann-làimhe gu bràthair Joni. Chan eil còir agaibh a chumail, no a chur dhan bhiona. Nan deidheadh Ciara a mharbhadh, nach biodh tusa airson na rudan a bha prìseil dhìse a chumail?'

Dh'fhalbh an gàire bho shùilean Scott sa bhad. 'Na can guth mu Chiara! Tha mi seachd searbh sgìth den ghòraiche seo. Cha deach *Joni* a mharbhadh, Gemma – cuimhnich air sin. B' e TUBAIST a bh' ann! 'Eil thu a' tuigsinn nach bu tusa bu choireach?'

Bha aodann Gemma geal agus bha *mascara* a' ruith sìos a gruaidhean. 'Seo am fàbhar mu dheireadh a dh'iarras mi ort, Scott. Ma tha thu fhèin is Ruaraidh cho *gaisgeil*, nach fhaigh sibh lorg air dòigh air am bann-làimhe a chur air ais gu Art Dawson, gus nach bi dearbhadh aige cò às a thàinig e?'

Bha ceann Scott crùbte. 'Ceart. Bruidhnidh mi ri Ruaraidh.'

'Taing,' thuirt Gemma, gun choimhead air. 'Feumaidh mi falbh a-nis – 's ann aig còig uairean a bhios am plèana a' falbh.'

Leig Scott osna às. 'Nach fuirich thu an seo a-nochd? Feumaidh sinn bruidhinn mu na planaichean againn – ciamar a tha sinn a' dol a dh'innse do dh'Iseabail is Iain gu bheil sinn gam fàgail?'

B' e Gemma a rinn gàire a-nis. 'Thalla dhachaigh, Scott! Tha mi fhìn a' dol dhachaigh co-dhiù, tha mi cho sgìth ri cù. Na can guth ri Iseabail fhathast – bruidhnidh sinn a-rithist.'

Sheall Scott oirre, ach cha robh Gemma a' coimhead air-san.

'Glè mhath, tha thu sgìth. Cuimhnich, ge-tà, nach robh mi a-riamh ag iarraidh dad ach beatha còmhla riut fhèin. Nach gabh sinn an cothrom beagan toileachais fhaighinn?'

'Tha mise toilichte! Nach eil cuimhne agad carson a dhealaich sinn nuair a bha sinn san oilthigh?'

'Thuirt thusa gum biodh e ro dhoirbh dàimh a chumail a' dol aig astar.'

'Thuirt. Bha adhbhar eile ann, ge-tà.' Sheall Gemma air Scott mu dheireadh thall. 'Bha mi ro eòlach ort, Scott. Bha làn fhios agam gum biodh tu a' falbh còmhla ri boireannaich eile, is tusa air falbh aig an oilthigh. Thuig mi sin, agus bha mi airson mo dhìon fhèin.'

Bha Scott an impis bruidhinn, ach cha do stad Gemma. 'Cha tusa an seòrsa duine a bhiodh toilichte còmhla ri aon bhoireannach fad do bheatha. Tha mise toilichte le cùisean mar a tha iad, is sinn a' coinneachadh a h-uile mìos no dhà, agus an uair sin a' tilleadh gu ar beatha àbhaisteach. Sin na tha a' còrdadh rium, Scott. Cha chòrdadh e rium idir a bhith pòsta riut, is a' gabhail dragh fad na tìde gun robh thu còmhla ri boireannach eile. Cha chuirinn earbsa sam bith annad.'

Dh'fhàs aodann Scott dearg. 'Cuimhnich gu bheil mise eòlach ortsa cuideachd. Dè chanadh an duine agad nan robh fios aige nach ann leis-san a tha Donnchadh is am bèibidh? Agus dè chanadh ar deagh charaid, Amy, nan robh fios aice gun do thachair thu do Joni Dawson mus do chaochail i? Dh'fhaodainn sgeulachdan gu math *inntinneach* innse dhaibh. Cuimhnich air sin.'

Gun dad eile a ràdh agus gun choimhead air Gemma a-rithist,

thionndaidh e air falbh agus choisich e a dh'ionnsaigh a' chàir aige.

*

Cho luath 's a ràinig Gemma am port-adhair, chaidh i a-steach dhan taigh-bheag airson a h-aodann a ghlanadh. Choimhead i oirre fhèin anns an sgàthan agus chlisg i. Bha cumadh boireannaich òig ri a taobh; boireannach le falt fada, dualach, is màileid-droma throm oirre.

Leig Gemma sgreuch agus choimhead i air a cùlaibh, ach cha robh duine eile san taigh-bheag. Choimhead i air ais dhan sgàthan: bha cumadh a' bhoireannaich fhathast ann, ri a taobh.

Thuig Gemma, le uamhas, gum biodh Joni Dawson còmhla rithe gu sìorraidh.

38

AIR AN T-SLIGHE dhachaigh, chuir Scott fòn gu Ruaraidh.

'Scott! Dè tha dol, am faic mi thu a-nochd fhathast?'

'Dè tha thu a' ciallachadh? A-nochd? Èist, Ruaraidh, tha deagh naidheachd agam dhut: cha d' rinn sinn e! Tha Gemma cinnteach nach do dh'fhàg sinn an carabhan air an oidhche ud! Nis, 'eil am bann-làimhe agad fhathast?'

'Dè? Cuin a bha thu a' bruidhinn ri Gemma? Dè thuirt i? Dè mu dheidhinn a' bhann-làimhe?'

'Nach fhaigh thu cuidhteas dheth? Cuir dhan sgudal e, no sad e a-steach dhan a' mhuir. Chan eil e gu diofar leamsa, fhad 's nach fhaic mi e a-rithist.'

'Ach…'

'Agus ma chuireas Gemma fios thugad, can rithe nach eil e agad fhathast, is gun do chuir thu às dha.'

'Gemma?'

'Aidh, Gemma, nach eil thu ag èisteachd rium? Tha ise airson 's gun cuir sinn air ais gu Art Dawson e – beachd amaideach. Mura h-eil e ann tuilleadh, chan fheum sinn dad a dhèanamh leis. Nis, an dèan thu a' chùis air, no am feum mise a dhèanamh?'

'Gemma?' thuirt Ruaraidh a-rithist. 'Dè bha ise ag ràdh?'

'Chan eil sin cudromach an-dràsta, cuiridh mi fòn thugad a-màireach is innsidh mi dhut an sgeulachd shlàn. Na gabh dragh mu dheidhinn Gemma! Na gabh dragh mu chàil ach am bann-làimhe – am faigh thu cuidhteas e, no nach fhaigh?'

'Uill, Scott…'

'Glè mhath, taing, a charaid. Leig fios thugam cho luath 's a nì thu e. Bruidhnidh sinn a-rithist. Tìors.'

Cha robh Scott a-riamh air mòran a ràdh ri Ruaraidh mu dheidhinn Gemma. Ged a bha fios aig Ruaraidh gum biodh iad a' coinneachadh uaireannan, cha robh for aige gun robh iad fhathast còmhla. Bha eagal air Scott gun rachadh Ruaraidh na aghaidh, is an duine aige fhèin dìreach air fhàgail airson neach eile.

Bha dragh air gun robh e air earbsa a pheathar a chall mar-thà: cha robh e airson deagh charaid a chall cuideachd.

*

Thill Scott dhachaigh anmoch air an fheasgar. Bha e teth, sgìth, diombach agus deiseil airson oidhche shàmhach air beulaibh an tbh le glainne fìon agus piotsa. Bha e air flùraichean a cheannach do dh'Iseabail, is e air aideachadh ris fhèin gum biodh iad còmhla airson beagan mhìosan fhathast.

Choisich e a-steach dhan taigh, a' beachdachadh air fras fuar agus botal leann fiù 's nas fhuaire. Chuir e iongnadh air gun robh an t-àite cho sàmhach. B' e àm dìnnearach a bh' ann do Niamh is Lachie – feumaidh gun robh iad fhathast sa phàirc.

Dh'fhàg e na flùraichean air bòrd san trannsa agus ruith e suas an staidhre airson fras luath a ghabhail mus tilleadh iad. Bha e air ais san trannsa taobh a-staigh deich mionaidean, le falt fliuch is lèine-t ùr air, ach cha robh sgeul air duine fhathast.

Chaidh e a-steach dhan chidsin leis na flùraichean, is e am beachd bhàsa a lorg. B' ann an uair sin a mhothaich e dhi. Cèis-litreach le ainm sgrìobhte oirre, na laighe air a' bhòrd. Ged a bha e fhathast teth, chaidh gaoir troimhe. Ann an dòigh, bha e air a bhith an dùil ris an litir seo fad bhliadhnaichean. Mus do dh'fhosgail e an litir, dh'fhosgail e botal leann bhon frids agus dh'òl e an dàrna leth dheth.

Cha robh ach aon duilleag sa chèis, air an robh loidhnichean de sgrìobhadh beag ann an làmh Iseabail.

Scott,

Tha mi gad fhàgail. Cha chuir seo iongnadh ort, tha mi cinnteach. Tha thu air a bhith cho glic, cho seòlta thairis air na bliadhnaichean: cha robh mi a-riamh an dùil nach biodh tu a' falbh còmhla ri boireannaich eile an siud 's an seo – sin an seòrsa duine a th' annad. Chan urrainn dhomh seasamh ri seo,

ge-tà. Gemma? An tè ris an robh thu ann an gaol san àrd-sgoil?
An tè a bhris do chridhe?

Nas miosa na sin, tha MAC agad còmhla rithe??!!
Cha toir mi mathanas dhut gu sìorraidh, Scott.

Bidh mi fhìn, Lachie is Niamh a' fuireach còmhla ri mo
phàrantan. Tha mi cinnteach gum bi m' athair airson bruidhinn
riut cuideachd. Na cuir fòn thugam – bruidhnidh sinn mun
taigh, mun chloinn is a h-uile rud eile tro luchd-lagha.

Iseabail

Bhuail Scott mullach a' bhùird le cùl a dhùirn. Ciamar a bha fios
aice? An tuirt Amy rudeigin rithe? Bhuail e am bòrd a-rithist agus
shad e am botal air an ùrlar. Chuir e fòn gu Amy, agus an uair sin
gu Ciara. Cha do fhreagair iad, ach bhrùth e am putan a-rithist is
a-rithist gus an do thog Ciara am fòn. Cha d' fhuair Scott cothrom
dad a ràdh, ge-tà.

'Chan eil mi airson bruidhinn riut an-dràsta, Scott. Cuiridh
mi fòn thugad toiseach na h-ath-sheachdain. Na cuir fòn thugam
a-nochd a-rithist.'

Thòisich Scott a' bruidhinn, ach cha robh Ciara fhathast ann.
Dh'fheuch e ri fònadh a-rithist, ach bha i air am fòn aice a chur
dheth. Bha fònaichean Amy agus Iseabail dheth cuideachd.

Ann am meadhan taigh falamh, ghlaodh e àird a chinn, a-rithist
agus a-rithist, gus an robh amhaich goirt is a ghuth briste.

Dh'fhàg e pristealan a' bhotail is an leann air an ùrlar, thog e an
litir agus paidhir bhrògan agus dh'fhàg e an taigh a-rithist.

39

MUN ÀM A ràinig Scott taigh Amy is Ciara, bha e na bu theotha is na b' fheargaiche buileach. Bha aige ri dràibheadh bho thaobh an iar gu taobh a deas Ghlaschu, agus air a' mhòr-rathad chaidh a ghlacadh ann an sreath de chàraichean is busaichean, a' tilleadh bho gheama ball-coise.

Sheas e aig an doras airson diog no dhà mus do ghnog e, a' dèanamh oidhirp ri a shocrachadh fhèin. Bha e a' miannachadh gun tigeadh Ciara chun an dorais an àite Amy, ach bha mì-shealbh air a leantainn fad an latha agus b' i Amy a nochd air a bheulaibh, is deise gheal oirre. Choimhead i air gu mì-fhoighidneach.

''Eil fios agad dè an ceann-latha a th' ann an-diugh? 'Eil cuimhne agad dè thachair o chionn deich bliadhna?'

Sheall Scott oirre le iongnadh. Cha robh e an dùil ri farpais-cheist.

'Na bodraig, tha e soilleir nach eil sgot agad. Chan eil ùidh agad ann an cuspair sam bith, a bharrachd air beatha Scott, a bheil?'

Chuala e measgachadh de ghuthan a' gàireachdainn is a' cabadaich air cùlaibh Amy agus mhothaich e gun robh fàileadh tlachdmhor a' tighinn bhon chidsin.

'An e partaidh a th' ann?' dh'fhaighnich e, is fearg na ghuth. 'Tha mo bhean air m' fhàgail, agus tha sibhse air partaidh a chur air dòigh?'

'Deich bliadhna,' thuirt Amy, gun èisteachd ris. 'Chaidh mi fhìn is do phiuthar ann an compàirteachas sìobhalta o chionn deich bliadhna. Thug sinn cuireadh do charaid no dhà tighinn dhan taigh gus an latha a chomharrachadh. Bhiodh fios agad air sin, Scott, nan robh thu air a bhith aig an taigh còmhla ri do bhean, mar bu chòir. Fhuair an dithis agaibh cuireadh cuideachd – feumaidh nach d' fhuair Iseabail cothrom innse dhut, is tu ann an leabaidh air choreigin còmhla ri Gemma. Nis, mura tàinig thu an seo airson

meal-a-naidheachd a chur oirnn, b' fheàrr leam gun teicheadh tu.
Nach tuirt Ciara riut gun cuireadh i fòn thugad an-ath-sheachdain?
Chan eil sinn airson facal a chluinntinn mu dheidhinn Gemma,
Iseabail no Cill Rìmhinn a-nochd, Scott.'

Bha Scott air ceum no dhà a ghabhail air ais, gus an robh e
na sheasamh aig bonn na staidhre. Bhon àite-seallaidh ùr aige,
bha Amy coltach ri aingeal feargach, a' breithneachadh air a
pheacaidhean. Mus d' fhuair e cothrom beachdachadh air freagairt,
nochd aingeal eile ri taobh Amy: aingeal le glainne fìon na làimh
agus drèin air a h-aodann. Bha briogais is blobhsa geal air Ciara
cuideachd agus chuir i a làmh fhalamh timcheall air meadhan Amy
mus do bhruidhinn i ri a bràthair.

'Nach tuirt mi riut...'

'Aidh,' thuirt Scott gu luath, '...gun cuireadh tu fòn thugam an-
ath-sheachdain. Tha fios agam, Ciara. An robh fios agad gun robh
Iseabail air m' fhàgail, agus Lachie is Niamh a thoirt leatha? Dè
thuirt sibh rithe?'

Sheall Ciara air Amy agus choisich iad sìos na trì steapaichean
gu Scott, a' dùnadh an dorais air an cùlaibh.

''S math gun do dh'fhàg,' thuirt Ciara. 'Carson nach fàgadh
neach sam bith cèile a bha a' falbh le cuideigin eile? Cha robh againn
ri dad innse dhi, Scott, leugh i a h-uile rud air a' fòn agad. Cha
robh mi idir an dùil gum biodh tusa cho gòrach 's gun cumadh tu
a h-uile teachdaireachd a chuir Gemma thugad. Cha tuirt sinn dad
ri Iseabail.'

'Bidh sinn a' cumail taic rithe anns na seachdainean a tha
romhainn, ge-tà,' thuirt Amy.

'Nis,' thuirt Ciara, 'ged nach robh cuimhne agad fhèin air, tha
sinn a' comharrachadh latha sònraichte an-diugh, còmhla ri deagh
charaidean. Feumaidh sinn bruidhinn mu Iseabail agus Gemma ann
an doimhneachd, ach chan ann a-nochd.'

'A bheil Iseabail an seo?' dh'fhaighnich Scott. 'Thuirt Amy gun
d' fhuair i... sinn... cuireadh.'

Rinn Amy gàire cruaidh. 'Thug Iseabail a leisgeulan seachad,
Scott. Air adhbhar air choreigin, cha robh i airson tighinn gu
partaidh a-nochd.'

'Dè mu dheidhinn Ruaraidh? Tha mi airson facal fhaighinn air.'

'Ruaraidh!' thuirt Ciara. 'Tha esan ann, agus tha e toilichte, mar a bha sinne mus do nochd thu. Carson a leigeadh sinn duine feargach, gruamach a-steach dhan taigh, airson am partaidh a mhilleadh? Nach fhaigh thu facal air Ruaraidh a-màireach?'

Sheas an triùir aca ann an sàmhchair airson greis. Bha an fhearg a bha air Scott nuair a ràinig e an taigh air tionndadh gu bròn. Dh'aithnich Ciara gun robh e a' gabhail truas ris fhèin, is gun robh e a' sireadh cuideigin eile air an cuireadh e a' choire. Chuir i stad air mus b' urrainn dha càil eile a ràdh, no iarraidh orra a leigeil a-steach dhan phartaidh a-rithist.

'Thalla dhachaigh, Scott, agus beachdaich air faireachdainnean Iseabail, mas urrainn dhut. Bruidhnidh sinn an-ath-sheachdain.'

Thionndaidh Amy agus choisich i air ais dhan taigh, ach dh'fhuirich Ciara far an robh i. 'Cha bhi mi ach mionaid,' thuirt i ri Amy.

'Tha latha doirbh air a bhith againn an-diugh, Scott, a' leantainn air mìos dhoirbh, agus tha sinn a' cur feum air partaidh, is air leisgeul gaol is toileachas a chomharrachadh. Cha bhi fios agad air seo – is tha mi a' gabhail ris nach bi ùidh agad ann – ach b' ann an-diugh a stèidhich bràthair Joni cuimhneachan dhi ann an Cill Rìmhinn. Cha robh seirbheis cuimhneachaidh aca, ach chuir co-ogha Joni dealbh no dhà den t-snaigheadh a rinn iad air na meadhanan sòisealta. Tha e air diofar mòr a dhèanamh do dh'Amy, is i a' faireachdainn gu bheil Joni aig fois a-nis.'

'Carson a tha thu ag ràdh seo rium? Nach tuirt thu nach robh thu airson bruidhinn rium a-nochd?'

Sheall Ciara air agus, gu h-obann, dh'fhairich i gun robh i a' dol a chaoineadh. Thionndaidh i air ais dhan taigh agus choisich i air falbh bho a bràthair. 'Na gabh dragh, Scott. Oidhche mhath.'

Nuair a ràinig i an doras, bha i an impis coimhead air ais air Scott, is i an dòchas gun cuireadh e meal-a-naidheachd oirre fhèin is Amy, ach bha e air tilleadh dhan chàr aige mar-thà.

40

DÀ LATHA às dèidh do Scott fòn a chur thuige mun bhann-làimhe, bha Ruaraidh air nochdadh aig taigh Amy is Ciara a-rithist.

'Dè tha ceàrr?' dh'fhaighnich Ciara, a' coimhead air a h-uaireadair. 'Tha e faisg air ochd uairean a dh'oidhche! Ma dh'fhàg thu rudeigin an seo an dèidh a' phartaidh, dh'fhaodadh tu a bhith air fònadh thugainn.'

'Tha fios 'm, Ciara, duilich. Cha do dh'fhàg mi dad an seo.' Bha coltas air Ruaraidh nach robh e air cadal on a thill iad bho Chill Rìmhinn. 'Am faod mi bruidhinn ris an dithis agaibh?'

'Dè tha dol, ma-thà?' dh'fhaighnich Ciara gu greannach, cho luath 's a shuidh e sìos air an t-sòfa. Bha i fhèin is Amy dìreach air sreath ùr a thòiseachadh air Netflix agus cha robh iad deònach fàilte bhlàth a chur air neach-tadhail sam bith.

'Tha mi a' sireadh mathanas bhuaibh.' Choimhead Ruaraidh sìos air a bhrògan.

'Mathanas? Dè rinn thu?' dh'fhaighnich Amy.

''Eil cuimhne agaibh air an oidhche a thàinig mi airson dìnnear an seo? Nuair a sheall thu dhomh am bhideo anns an robh Art Dawson?'

'Tha… an do bhris thu truinnsear, no glainne?'

'Cha do bhris mi dad.' Bha aodann Ruaraidh pinc agus bha e a' fosgladh is a' dùnadh putain a sheacaid a-rithist is a-rithist. 'Dh'inns mi breug dhuibh mu dheidhinn Cill Rìmhinn…'

Leum Amy suas. 'Dè a' bhreug? Thuirt thu nach robh cuimhne agad air an turas idir, nach tuirt?'

Cha robh Ruaraidh a-riamh a' faireachdainn cho mì-chofhurtail. 'Bha sin ceart, gu ìre… agus b' e sin an trioblaid.'

'Dè tha thu a' ciallachadh?' thuirt Ciara, a bha a' fàs na b' fheargaiche is na b' fheargaiche. 'Chan eil thu a' dèanamh ciall!'

'Cha robh cuimhne agamsa no aig Scott dè thachair air an oidhche ud ann an Cill Rìmhinn… agus tha sinn air a bhith a' gabhail dragh mu dheidhinn fad fichead bliadhna. Bha fios agam gun robh mi air baga de philichean *Ecstasy* a thoirt leam, agus bha mi fhìn is Scott a' gabhail dragh gun robh sinne air coinneachadh ri Joni Dawson fhad 's a bha sinn loisgte air drogaichean, agus pile a thoirt dhi. Agus gum b' e sinne a bu choireach gun robh tubaist aice, gun fhiosta dhuinn.'

Bha Amy is Ciara a' coimhead air a chèile, is gun fios aca dè chanadh iad.

'Mar a thachair, cha tàinig na poilis às ar dèidh, agus cha mhòr nach robh sinn air dìochuimhneachadh mu dheidhinn gus an do sheall thu am bhidio sin dhomh. Choinnich mi ri Scott an-ath-oidhche agus dh'aontaich sinn gun robh còir agam am bann-làimhe a ghoid bhuaibh fhad 's a bha sinn anns a' charabhan, gus an cuireadh sinn às dha. Nach mi a bha toilichte nuair a thuirt sibh gun robh sibh an dùil am bann-làimhe adhlacadh ri taobh na slighe. Bha fios agam gum biodh e cudromach dhutsa, Amy, cuidhteas fhaighinn dheth, agus a bharrachd air sin, bhiodh e furasta gu leòr dhomh cothrom fhaighinn a thogail a-rithist gun fhiosta dhuibh.'

Bha e coltach gun robh Ciara a' dèanamh oidhirp ri bruidhinn, ach lean Ruaraidh air.

'Bha mi an dùil a dhol ann còmhla ribh, ach, mar a tha fios agad, thuit mi nam chadal. Bha sibh air innse dhomh càit an do thiodhlaic sibh e, ge-tà, agus nuair a chaidh sibh a-mach an-ath-mhadainn, chaidh mise chun na làraich, fhuair mi lorg air… agus tha e air a bhith agam on uair sin.'

Chuir Ruaraidh baga salach air a' bhòrd air a bheulaibh.

Bha sùilean Amy is Ciara fhathast glacte air aghaidh Ruaraidh. Mu dheireadh thall, choimhead Ciara sìos agus dh'fhosgail i am baga.

''S beag an t-iongnadh nach d' fhuair luchd-leantainn *Fuasgladh Cheist* lorg air seo, ma-thà,' thuirt i ann an guth cruaidh, a' togail a' bhann-làimhe a-mach às a' bhaga agus ga chur air a' bhòrd.

'A bheil thu fhathast den bheachd gun d' rinn thu fhèin no Scott cron air Joni?' dh'fhaighnich Amy, a' coimhead air mar gun robh dà cheann air.

Sheas Ruaraidh suas gu h-obann. 'Cha tuirt mi sin! B' e an dragh a bh' oirnn gun tug sinn drogaichean dhi, is gun robh i cho troimh-a-chèile 's gun do thuit i far na slighe. Cha robh sinn airson 's gum biodh fianais sam bith ann a bha gar ceangal ris an tubaist.'

'Adhbhar eile a bha Scott cho feargach,' thuirt Amy, a' togail a' bhann-làimhe bhon a' bhòrd. 'Carson a thug thu seo air ais dhuinn ma-thà?'

'Uill, thuirt Scott rium gun robh e a' bruidhinn ri Gemma…' thòisich e. Rinn Amy oidhirp gun choimhead air Ciara.

'… agus thuirt ise nach robh cuimhne aice air an oidhche ud nas motha, ged a bha i cinnteach nach do dh'fhàg duine againn an carabhan. Bha an t-sìde sgràthail, a rèir choltais, agus thuirt Gemma nach robh sinn airson a dhol a-mach. Bha sinn ag òl is ag èisteachd ri ceòl is a' dannsadh fad na h-oidhche. Tha i a' dol a choimhead tro na seann dealbhan aice, feuch a bheil feadhainn aice a chaidh a thogail air an oidhche.'

'Nach buidhe dhuibh,' thuirt Amy ann an cagar.

'Abair faochadh a bh' oirnn an uair sin, is dearbhadh againn nach robh sinne air drogaichean no deoch làidir a thoirt dhan nighinn. Feumaidh gun do thachair i ri cuideigin eile, no gun deach i do phartaidh air choreigin… Co-dhiù, chan eil sinn ciontach agus chan eil feum againn air a' bhann-làimhe. Bha Scott airson cuidhteas fhaighinn dheth, ach bha fios agam gun robh thusa gu math troimh-a-chèile mu dheidhinn, Amy, agus bha mi den bheachd gum biodh tu ga iarraidh air ais. Na can guth ri Scott, ge-tà.'

Sheall Amy is Ciara air a chèile a-rithist. Bha e coltach nach robh iad cinnteach dè na smaointean a bh' aca fhathast. Sheall Ruaraidh orra agus shuath e aodann.

Sheas Ciara, ach mus tuirt i dad, sheas Ruaraidh cuideachd agus thòisich e a' coiseachd a-mach às an t-seòmar.

'Ceart ma-thà, bidh sibh feumach air beagan tìde. Seall air an uair – tha mi duilich dragh a chur oirbh. Nach… uill, ma tha sibh airson fòn a chur thugam an ceann latha no dhà, cho luath 's a tha sibh air beachdachadh air a h-uile rud a dh'inns mi dhuibh, bhiodh sin math.'

Cha tuirt an dithis eile facal.

'Oidhche mhath,' thuirt Ruaraidh mus do dh'fhàg e an taigh, 'agus tha mi duilich a-rithist.'

Shuidh Amy agus Ciara ann an sàmhchair, a' coimhead air a' bhann-làimhe.

'Dè nì sinn a-nis?' dh'fhaighnich Ciara mu dheireadh thall. 'Chan eil mi cinnteach an ann feargach no brònach a tha mi. Nach urrainn dhuinn earbsa a chur ann an duine sam bith?'

Leig Amy osna aiste. 'Bha mi cinnteach gum biodh cuimhne aig Gemma air *rudeigin* bhon oidhche ud – saoil dè eile a thuirt i? Chan eil dòigh air thalamh nach do thachair rudeigin eile – tha i a' cleith fiosrachadh bhuainn gun teagamh.'

'Cò aig a tha fios. Seall air a h-uile rud eile a tha Gemma air a bhith a' cleith. Dè nì sinn mu dheidhinn, ge-tà? Rinn i soilleir nach robh i airson bruidhinn riutsa, agus chanainn-s' nach bi Scott deònach rùintean dìomhair Gemma innse dhuinne, is e fhathast an dùil gum bi iad còmhla.'

Thog Amy am bann-làimhe. 'Feumaidh sinn bruidhinn ri Scott a-rithist. Cha do chuir e iongnadh sam bith orm gu bheil rùintean dìomhair aig Gemma, ach cò shaoileadh gun dèanadh *Ruaraidh* a leithid de rud? Saoil a bheil sinn eòlach air gin de na caraidean no na càirdean againn?'

41

Disathairne 6 Iuchar 2024, Glaschu

CHA TUIRT AMY is Ciara mòran air an t-slighe chun a' chafaidh ann an taobh an iar Glaschu far an robh Scott air iarraidh orra coinneachadh. Ged a bha e faisg air an t-seann flat aca ann am Partaig, cha tug iad sùil air na bùithtean is taighean-bìdh ùra a bha air nochdadh on a dh'fhàg iad an sgìre, is cus eile air an inntinn. Nuair a choisich iad a-steach dhan chafaidh, bha Scott agus Ruaraidh nan suidhe aig bòrd ri taobh na h-uinneig mar-thà: a' coimhead air pasgan de dhealbhan agus a' gàireachdainn.

Bha Scott air teacsa a chur gu Ciara seachdain air ais, ag ràdh gun robh e air bruidhinn ri Ruaraidh mu dheidhinn Gemma. Chuir e iongnadh air Amy is Ciara gun robh Ruaraidh fhathast airson gnothach a ghabhail ris, ach seo iad còmhla, mar nach robh dad air tachairt.

'Dithis ghlaoicean,' chagair Amy ri Ciara. Leig Ciara osna aiste agus lean i Amy chun a' bhùird. Bhreab Scott Ruaraidh nuair a mhothaich e gun robh a phiuthar is Amy air nochdadh agus sheas e.

'Dè tha dol?' dh'fhaighnich e.

'Dè tha *dol*?' fhreagair Amy. 'Nach innis thusa dhuinne dè tha dol, is dè na dealbhan dìomhair a th' agad?'

Thug Scott sùil air Ciara. 'Cha b' ann airson bleadraigeadh a thàinig sinn an seo, Scott. A bheil rudeigin agad ri shealltainn dhuinn?'

Shuidh an triùir aca agus smèid Ruaraidh, a bha a' coimhead nàraichte, ri Amy is Ciara. Thug Amy sùil fhiadhaich air Scott. 'Nach bi Gemma gar coinneachadh?'

'Dè ghabhas sibh?' dh'fhaighnich Scott aig an aon àm, a' leigeil air nach cuala e ceist Amy. 'Cofaidh, tì, rudeigin reòite? Tha cèic teòclaid mhìorbhaileach aca an seo.'

Cho luath 's a dh'fhalbh e airson ceithir cofaidhean reòite a cheannach, thionndaidh Ruaraidh ri Amy. 'Na can guth ris mun bhann-làimhe – dh'inns mi dha gun do chuir mi dhan sgudal e – agus na cuir ceistean air mu dheidhinn Gemma. Dh'inns e dhomh dè tha air a bhith a' dol eatarra agus, ged nach eil mi ag aontachadh leis an dòigh anns a bheil e air dèiligeadh ri Gemma is Iseabail, tha mi a' gabhail truas ris. Chan eil cùisean a' dol gu math leis an-dràsta.'

'Nach bochd sin,' thuirt Amy, 'Scott bochd.'

'Cha bhithinn airson ainm Gemma a chluinntinn a-rithist,' thuirt Ciara, 'mura b' e…'

'Mura b' e dè?' dh'fhaighnich Ruaraidh.

Sheall Ciara air Amy, a' sireadh cobhair. Bha i am beachd a ràdh: *mura b' e gum b' ise màthair mac mo bhràthar*, ach cha robh i cinnteach dè an sgeulachd a bha Scott air innse do Ruaraidh; an robh fios aige gum b' ann le Scott a bha mac is bèibidh Gemma.

Gu fortanach, cha robh aig Amy ri freagairt a lorg, oir thill Scott chun a' bhùird. 'Ceart ma-thà,' thuirt e, gun choimhead air a phiuthar no air Amy, 'an seall mi na dealbhan seo dhuibh?'

'Dè th' annta?' dh'fhaighnich Ciara.

Bha gàire mòr air aodann Ruaraidh. 'Dearbhadh. Dearbhadh nach robh mi fhìn no Scott an sàs ann am bàs Joni Dawson.'

Thug Amy is Ciara sùil dhlùth air na sia dealbhan a bha Scott air a chur air a' bhòrd. Ann an trì dhiubh bha e fhèin is Ruaraidh nan cadal air an làr anns a' charabhan, is iad air an cuairteachadh le botail bhodca is leann. Bha cloc air a' bhalla os an cionn: deich uairean; meadhan-oidhche; agus trì uairean sa mhadainn. Bha Gemma air maise-gnùis agus brògan le sàilean àrda a chur orra ann an cuid de na dealbhan. Chaidh na dealbhan eile a thogail na bu thràithe air an oidhche: Gemma is Scott còmhla; Scott is Ruaraidh ag òl bho bhotail; Gemma a' dannsadh ann am meadhan a' charabhain.

'Bha sinn nar cadal fad na h-oidhche!' thuirt Ruaraidh, mar gun robh e ag innse dhaibh gun robh e air an crannchur nàiseanta a bhuannachadh.

'An e sin e?' dh'fhaighnich Ciara, a' coimhead air Scott le

iongantas. 'Bha mise an dùil gun robh thu air rudeigin fhaighinn
a-mach mu na thachair do Joni Dawson?'

Rinn Scott oidhirp air gàire a dhèanamh. 'Sin agad e! Chuir
Gemma na dealbhan seo thugam sa phost – tha iad air faochadh
a thoirt dhomh fhìn is do Ruaraidh. Cha do dh'fhàg sinne an
carabhan, is cha do thachair sinn ri Joni. Nach math sin?'

Ged a bha amharas aig Ciara nach robh a bràthair ag innse na
fìrinn, bha i a' tuigsinn bhon dòigh anns an robh e a' bruidhinn nach
biodh e deònach dad eile a ràdh mun chùis.

Ghabh i grèim air làmh Amy fon a' bhòrd. 'Tha e math dhuibhse
gun teagamh. Tha mi duilich nach d' fhuair sinn freagairtean do na
ceistean againn, ge-tà. Tha e coltach nach bi fios againn a-chaoidh
dè thachair do Joni dha-rìribh. Nach bochd sin?'

Sheall Scott oirre. Bha e follaiseach dha gun robh fios aig Ciara
gun robh e a' cleith rudeigin bhuaipe. Bha e deimhinnte, ge-tà, nach
innseadh e rùintean dìomhair Gemma do dhuine beò, fhad 's a bha
cothrom ann gum biodh rèiteachadh eadar an dithis aca, is gum
biodh i deònach fuireach còmhla ris.

'Cha chreid mi gu bheil freagairtean rin lorg fhathast,' thuirt
e, fhad 's a thog e na dealbhan bhon bhòrd. 'B' e tubaist a bh' ann,
nach b' e?'

Swansea, An t-Iuchar 2024

'Dè tha taigh-òsta nam biastagan a' cosg gach oidhche?' dh'fhaighnich guth binn ri taobh Art.

'Dè?' Bha Art ag uisgeachadh nam flùraichean ri taobh an structair bhig: còig sgeilpichean le mullach air an cinn, air an lìonadh le sailthean, slatagan, bambù, clachan, rùsg is connlach. Nuair a thog e 'Taigh-òsta nam Biastagan' an-uiridh, cha robh e an dùil gum biodh clann a' gabhail uiread de dh'ùidh ann. Bha e am beachd iarraidh air Will postair a dhealbhachadh a chuireadh e ri a thaobh, a' mìneachadh dè bh' ann.

'Ò, tha mi duilich, chan fhaca mi sibh an sin.' Thionndadh e ri balach beag a bha còmhla ri a mhàthair, agus dh'innis e dha nach robh aig na biastagan ri dad a chosg idir.

'Am faigh iad bracaist sa mhadainn? A bheil tbh anns na seòmraichean? A bheil amar-snàmh ann?'

Mun àm a bha e air sreath de cheistean a fhreagairt, mhothaich e gun robh e fadalach airson na coinneimh làitheil leis na gàirnealairean eile.

'Daingit!' thuirt e ris fhèin, agus thionndaidh e air ais chun na bara aige, a bha làn luibhean. Cha mhòr nach do thuit e a-steach a thaigh-òsta nam biastagan.

'Cò às a thàinig sin?' dh'èigh e, a' coimhead mun cuairt air. Ged a bha e fhathast tràth, bha a' phàirc trang, is an latha cho teth is grianach. Cha do dh'aithnich e duine sam bith a bha faisg air agus cha robh coltas amharasach air duine aca.

Choimhead e air a' bhara a-rithist, air eagal 's nach robh a shùilean ag obair mar bu chòir anns an teas. Bha e fhathast ann, ge-tà, air mullach nan luibhean: am bann-làimhe a rinn a shinn-seanmhair, a chaidh air chall nuair a chaochail a phiuthar.

42

An Dùbhlachd 2024, Glaschu

'GREAS ORT, CIARA, tha sinn air dheireadh mar-thà!'

Chuir Amy teacsa gu Ruaraidh: '10 mion.'

Bha Ciara air fad an fheasgair a chur seachad a' dèanamh cèic Nollaig agus bha i fhathast ga chur gu faiceallach ann am bogsa. Nuair a ràinig iad taigh Iseabail, bha Ruaraidh agus Cailean, a bhràmair ùr, nan seasamh còmhla ri caraidean Iseabail air nach robh Amy eòlach. Bha Cailean ag obair còmhla ri Ciara san taigh-bìdh, agus bha Ciara air Ruaraidh is e fhèin a chur an aithne a chèile o chionn ghoirid. Bha i fhèin is Amy cinnteach nach fhaigheadh Ruaraidh lorg air duine eile a bha cho freagarrach dha, agus gu dearbh bha an dithis aca air an dòigh glan ann an geansaidhean Nollaig: bodach-sneachda mòr na shìneadh air brù Ruaraidh agus ceann-fionn tòrr na bu lugha air geansaidh Chailein.

'Duilich, Iseabail,' dh'èigh Ciara, a' ruith seachad oirre agus a-steach dhan chidsin leis a' chèic. 'Tha fios agam gun tuirt mi gum bithinn an seo tràth, ach…'

'Ciara! Na gabh dragh!' Lean Iseabail i, a' gàireachdainn. 'Nach tusa a' bhana-ghaisgeach! Seall air seo, cha dèanadh Mary Berry fhèin cèic cho mìorbhaileach!'

Bha Ciara an impis bruidhinn, ach thàinig beachd eile gu Iseabail agus thòisich i a' leum suas is sìos ann am meadhan a' chidsin, coltach ri coineanach air bhoil. 'Ò, nach rachadh tu air *Bake Off*? Smaoinich air – 's cinnteach gum faigheadh tusa cothrom làmh Pòl Hollywood a chrathadh… agus an uair sin, mura glanadh tu do làmh, dh'fhaodainn do làmh-sa a chrathadh, agus bhiodh e mar gun robh mise air coinneachadh ris an t-sionnach-airgid fhèin! Nach coimhead sinn air-loidhne an-dràsta, feuch am faigh sinn lorg air foirm-iarrtais?'

'Nach tu tha laghach,' fhreagair Ciara gu luath, mus d' fhuair Iseabail cothrom foirm-iarrtais a lìonadh air a son, 'cha bhiodh e ceadaichte dhomh nochdadh air a' phrògram, ge-tà, is mi nam chef-pastraidh proifeiseanta.'

'Dè thuirt thu?' Bha aire Iseabail air a ghlacadh le rudeigin eile air-loidhne mar-thà. 'Amy, seall air seo! Nach bhiodh Batdog a' coimhead spaideil ann an deise Bodach na Nollaig?'

Sheall Amy air Batdog, cù Alsatian mòr a fhuair Iseabail bho ionad teasairginn às dèidh dhi Scott fhàgail. Bha i an dòchas gun dìonadh cù cho mòr an taigh, ach cha do choinnich Amy a-riamh ri cù cho bog, càirdeil is leisg ri Batdog, a chaidh ainmeachadh le Lachie. Nan tigeadh reubairean chun an taighe, cha dèanadh Batdog sìon ach an làmhan imlich is bàla a thoirt dhaibh, an dòchas gun cluicheadh iad geama còmhla ris.

Fhad 's a bha Iseabail ag innse do Chiara cho math 's a bha i air cèicichean a dhèanamh, choimhead Amy timcheall a' chidsin. Bha taigh ùr Iseabail na bu lugha na 'Toileachas', an taigh a bha aice fhèin is Scott, ach bha a h-uile seòmar fhathast coltach ri dealbh bho iris ghleansach. Gu dearbh, bha gleans air a h-uile inneal is bòrd sa chidsin, agus smaoinich Amy an robh duine a-riamh air biadh a dheasachadh ann. Mura robh an frids còmhdaichte le dealbhan dathach a rinn Lachie is Niamh san sgoil, cha bhiodh for agad gun robh clann a' fuireach an seo idir. Mhothaich i gun robh magnait air a' frids cuideachd, a cheannaich i fhèin is Ciara do dh'Iseabail tron t-samhradh, is iad air saor-làithean ann an taobh a deas na Cuimrigh.

Bhris guth Iseabail a-steach air na smaointean aice. 'Amy! Ciara! Nach mi a tha mì-mhodhail! Tha sibh air cèic iongantach a dhèanamh dhomh, agus chan eil sibh fiù 's air an taigh fhaicinn on a bha na sgeadaichean an seo! Nach tèid sinn air *grand tour* mus tòisich na geamannan? Innsibh dhomh, am faca sibh a-riamh *chandelier* ann an taigh-beag?'

Ghabh Ciara grèim air làmh Amy mus do lean iad Iseabail a-mach às a' chidsin agus rinn an dithis aca gàire ri chèile. Bha iad toilichte faicinn gun robh Iseabail, gu ìre mhòr, air ais mar a bha i: cho eadar-dhealaichte bhon bhoireannach bhriste, mhì-chinnteach a chunnaic iad aig deireadh an Ògmhios, is i dìreach air sreath de theachdaireachdan eadar Scott agus Gemma a leughadh.

Lean iad Iseabail suas an staidhre agus a-steach dhan t-seòmar-cadail aice, far an robh e coltach gun robh Laurence Llewelyn-Bowen air spreadhadh.

'Nach d' rinn iad obair mhìorbhaileach!' thuirt Iseabail, a' togail cluasag phinc is ga glacadh teann. 'Tha mi a' faireachdainn cho *cosy* a-staigh seo – nach math nach eil fireannach mun cuairt, a' gearan mun uiread de phinc san t-seòmar!'

Ged a bha i a' gàireachdainn, bha bròn na sùilean, agus ghluais Amy is Ciara na b' fhaisge oirre. 'Tha an taigh uabhasach snog,' thuirt Ciara, a' togail cluasag dhi fhèin is ga slìobadh.

Thug i sùil air Amy, agus chrom Amy a ceann. 'Iseabail, tha rudeigin a bha sinn airson innse dhut, is sinn nar n-aonar.'

'Dè th' ann?' Bha Iseabail a' coimhead draghail. 'An tuirt Scott rudeigin riut?'

'Cha tuirt,' fhreagair Ciara. 'Chuala Amy bho Iain, an duine aig Gemma.'

Shuidh Iseabail sìos air *futon* beag pinc aig bonn na leapa. Bha a h-aodann geal agus thòisich i air a h-ìnean a bhìdeadh. Shuidh Ciara is Amy cuideachd.

'Fhuair mi post-dealain bhuaithe an t-seachdain sa chaidh,' thuirt Amy. 'Fhuair e obair ùr ann an Toronto, far a bheil a bhràthair a' fuireach, agus tha e air Gemma fhàgail. Cha tuirt e mòran a bharrachd, ach tha mi a' gabhail ris gun do dh'inns i fhèin dha mu dheidhinn Scott, is mu dheidhinn Dhonnchaidh is Phàdraig bhig. Cha robh mi airson cus ceistean a chur air – bha coltas brònach, trom-inntinneach air an teachdaireachd, cho eu-choltach ri Iain.'

Bha Iseabail a' coimhead bochd. 'Truaghan eile. A bheil i fhèin is Scott... nach tuirt Scott rium gun robh e a' gluasad a Dhùn Èideann?'

'Chan eil iad còmhla, fhad 's is fiosrach leam,' thuirt Ciara gu luath. 'Bha Scott am beachd obair ùr a lorg ann am Baile Àtha Cliath, ach cha robh Gemma airson fuireach còmhla ris, no beatha ùr a thòiseachadh còmhla ris. Chan eil Scott air mòran a ràdh mu dheidhinn nas motha, ach tha mi cinnteach gu bheil esan fhathast an dùil gun toir e oirre a h-inntinn atharrachadh. Tha e air obair ùr fhaighinn ann an Dùn Èideann a-nis, mar a thuirt thu.'

Bha làmhan Iseabail air chrith. Ghluais Ciara chun a' *futon* agus chuir i a làmhan-sa air mullach làmhan Iseabail.

'Dh'fhòn e thugam a-raoir,' thuirt Iseabail, a' coimhead sìos. 'Bha e airson latha na Nollaig a chur seachad còmhla rium fhìn, Lachie is Niamh. Cha tuirt e dad mu dheidhinn Gemma, agus cha do chuir mi ceist sam bith air – cha robh mi airson ùidh sam bith a shealltainn na bheatha. Feumaidh gur ann air sgàth Gemma a chuir e fòn thugamsa. Bidh e den bheachd gun urrainn dha tilleadh is rèiteachadh a dhèanamh còmhla riumsa, gus am faigh e lorg air boireannach eile.'

Sheas i a-rithist, is i fiadhaich a-nis. 'Tha mi toilichte gu bheil an dithis aca nan aonar. Cha toir mise mathanas dhaibh gu sìorraidh, is cha chuir mi seachad latha sam bith còmhla ri Scott. Ma tha e airson Lachie is Niamh fhaicinn, cuiridh sinn rudeigin air dòigh. Cha bhi mise còmhla riutha, ge-tà. 'Eil fios agaibh gu bheil e airson 's gun cuir a' chlann a h-uile dàrna deireadh-seachdain seachad còmhla ris ann an Dùn Èideann? Agus gum feum mise a dhol air an trèana còmhla riutha, no dràibheadh ann?'

Bha làn fhios aig Ciara. Bha a màthair air a bhith a' fònadh thuice cha mhòr a h-uile oidhche on a dh'fhàg Scott, a' faighneachd dhi dè chaidh ceàrr is carson nach robh Ciara air innse dhaibh gun robh trioblaidean eadar e fhèin is Iseabail. Thuig Ciara gun robh e doirbh do Lynn a thuigsinn gum b' e pòsadh Scott a dh'fhàillig, an àite pòsadh Ciara fhèin.

'Tha mi duilich gun robh agam ri innse dhut,' thuirt Ciara, ach chuir Iseabail stad oirre.

''S mi tha toilichte gun do dh'inns! 'S e bumalair a th' ann! Duilich, Ciara, ach 's e. Bha beatha air leth aige agus tha e air a h-uile rud a mhilleadh dha fhèin. Tha e a' fuireach leis fhèin; tha obair ùr aige le tuarastal na b' ìsle na bh' aige ann an companaidh m' athar, agus chan eil bean no bràmair aige. Agus seall orm fhìn: clann eireachdail, taigh ùr, spaideil, agus air mo chuairteachadh le deagh charaidean. Cò an glaoic?'

'Cha robh thusa a-riamh nad ghlaoic,' thuirt Amy, a' seasamh suas is a' toirt cudail dhi. Mus d' fhuair iad cothrom dad eile a ràdh, shuath Iseabail a sùilean, a bha a' fàs fliuch, agus stiùir i iad a-mach às an t-seòmar is sìos an staidhre a-rithist.

'Nis,' thuirt i, a' dèanamh soilleir gun robh i deiseil leis a h-uile cuspair co-cheangailte ri Scott. 'Nach till sinn dhan a' phartaidh? Feumaidh sinn a' chèic agad fheuchainn, Ciara!'

Sheall Amy is Ciara air a chèile mus do lean iad Iseabail. Bha naidheachd eile aca ri innse dhi, ach dh'fhaodadh iad feitheamh latha no dhà. Chuir Amy a làmh air stamag Ciara agus rinn an dithis aca gàire mus do lean iad Iseabail sìos an staidhre.

Cill Rìmhinn, An t-Ògmhios 2034

Ged a bha gaoth fhuar a' sèideadh, is a' ghrian air a bhith falaichte air cùl sgòthan fad na maidne, bha an sealladh bhon t-snaigheadh: cidhe, caisteal is cathair-eaglais Chill Rìmhinn, fhathast a' toirt sìth do dh'Art. Bha na siantan air buaidh a thoirt air thairis air na deich bliadhna a dh'fhalbh, ach bha pàtran nan duilleagan is nam flùraichean agus ainm Joni fhathast ri fhaicinn.

'An d' rinn sibhse seo, Dadaidh?'

'Cha d' rinn,' fhreagair Art, a' gàireachdainn. 'B' e Uncail Will a dhealbh e, agus b' e Antaidh Raonaid a rinn e, nach b' i?'

Cha do fhreagair Will no Raonaid, is an cù aca air ruith air falbh an tòir air coineanaich.

'Dè rinn sibhse, ma-thà?' dh'fhaighnich Joanna, a' coimhead air an t-snaigheadh.

'B' ann aig Dadaidh a bha na beachdan, nach b' ann?' thuirt Cerys, bean Art. 'Rinn esan co-dhùnadh air na duilleagan is flùraichean a bhiodh air.'

'Uill,' fhreagair Art, 'bha mi air mo bhrosnachadh lem theaghlach.'

Choisich Cerys na b' fhaisge air an t-snaigheadh. 'Tha e fiù 's nas àille na tha e anns na dealbhan. Cò chreideadh nach robh e an seo a-riamh, tha e na phàirt den dealbh-tìre, nach eil? Tha mi cho toilichte gun tàinig sinn an seo, Art, agus gum faigh Joanna cothrom an t-àite fhaicinn.'

Rinn Art fiamh-ghàire. 'Tha mise toilichte gun tàinig sinn cuideachd. Bha mi am beachd tilleadh an seo o chionn còig bliadhna, ach bha sinn caran trang, nach robh?'

Choimhead iad air Joanna, a bha a' coimhead gu dlùth air na duilleagan air an t-snaigheadh.

'A bheil Antaidh Joni fon talamh an seo, Dadaidh?'

'Chan eil – seo an t-àite far am bi sinn a' faireachdainn dlùth rithe, ge-tà. Tha fios agad gum b' ann le Antaidh Joni a bha am bann-làimhe seo, nach eil?' Thug an dithis aca sùil air gàirdean Cerys, air an robh am bann-làimhe.

'Tha. An d' rinn ise e?'

'Cha d' rinn. B' e do shinn-shinn-seanmhair a rinn e. Rinn i e do *chuideigin air an robh Joanna cuideachd.'*

'Cò? Ciamar?'

Shuidh Art sìos air being a bha a' chomhairle air stèidheachadh faisg air an t-snaigheadh agus dh'iarr e air Cerys is Joanna suidhe ri a thaobh.

'Nach inns mi stòiridh dhut,' thuirt e, a' coimhead air a' mhuir is air na flùraichean a bha a' fàs mun cuairt an t-snaighidh. 'Stòiridh a' bhann-làimhe; stòiridh ar teaghlaich.'

Craobh Teaghlaich

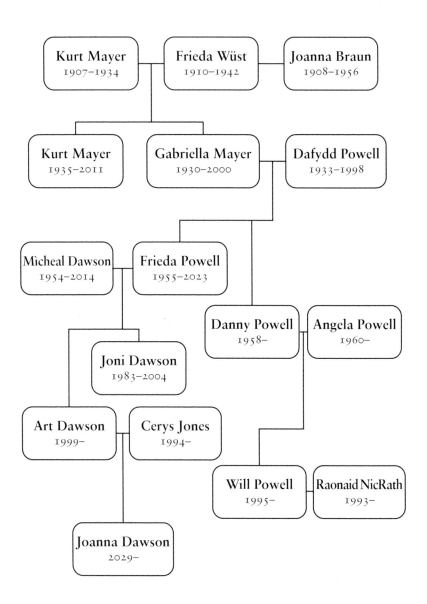

Gheibhear an tuilleadh fiosrachaidh mun sgeulachd seo aig
www.shelaghcampbell.co.uk

- Liostaichean de bhriathrachas feumail airson gach caibideil
- Dealbhan a' sealltainn Slighe Chladach Fìobha
- Ceistean airson buidhnean-leughaidh.

Luath foillsichearan earranta

le rùn leabhraichean as d'fhiach a leughadh fhoillseachadh

Thog na foillsichearan Luath an t-ainm aca o Raibeart Burns, aig an robh cuilean beag dom b' ainm Luath. Aig banais, thachair gun do thuit Jean Armour tarsainn a' chuilein bhig, agus thug sin adhbhar do Raibeart bruidhinn ris a' bhoireannach a phòs e an ceann ùine. Nach iomadh doras a tha steach do ghaol! Bha Burns fhèin mothachail gum b' e Luath cuideachd an t-ainm a bh' air a' chù aig Cù Chulainn anns na dàin aig Oisean. Chaidh na foillsichearan Luath a stèidheachadh an toiseach ann an 1981 ann an sgìre Bhurns, agus tha iad a nis stèidhichte air a' Mhìle Rìoghail an Dùn Èideann, beagan shlatan shuas on togalach far an do dh'fhuirich Burns a' chiad turas a thàinig e dhan bhaile mhòr.
Tha Luath a' foillseachadh leabhraichean a tha ùidheil, tarraingeach agus tlachdmhor. Tha na leabhraichean againn anns a' mhòr-chuid dhe na bùitean am Breatainn, na Stàitean Aonaichte, Canada, Astràilia, Sealan Nuadh, agus tron Roinn Eòrpa – 's mura bheil iad aca air na sgeilpichean thèid aca an òrdachadh dhut.
Airson leabhraichean fhaighinn dìreach bhuainn fhìn, cuiribh seic, òrdugh-puist, òrdugh-airgid-eadar-nàiseanta neo fiosrachadh cairt-creideis (àireamh, seòladh, ceann-latha) thugainn aig an t-seòladh gu h-ìseal. Feuch gun cuir sibh a' chosgais son postachd is cèiseachd mar a leanas: An Rìoghachd Aonaichte – £1.00 gach seòladh; postachd àbhaisteach a-null thairis – £2.50 gach seòladh; postachd adhair a-null thairis – £3.50 son a' chiad leabhar gu gach seòladh agus £1.00 airson gach leabhar a bharrachd chun an aon t-seòlaidh. Mas e gibht a tha sibh a' toirt seachad bidh sinn glè thoilichte ur cairt neo ur teachdaireachd a chur cuide ris an leabhar an-asgaidh.

Luath foillsichearan earranta
543/2 Barraid a' Chaisteil
Am Mìle Rìoghail
Dùn Èideann EH1 2ND
Alba
Fòn: +44 (0)131 225 4326 (24 uair)
Post-dealain: sales@luath.co.uk
Làrach-lìn: www.luath.co.uk